ISBN 978-1-332-55031-9
PIBN 10377862

This book is a reproduction of an important historical work. Forgotten Books uses
state-of-the-art technology to digitally reconstruct the work, preserving the original format
whilst repairing imperfections present in the aged copy. In rare cases, an imperfection in
the original, such as a blemish or missing page, may be replicated in our edition. We do,
however, repair the vast majority of imperfections successfully; any imperfections that
remain are intentionally left to preserve the state of such historical works.

1 MONTH OF
FREE
READING

at

www.ForgottenBooks.com

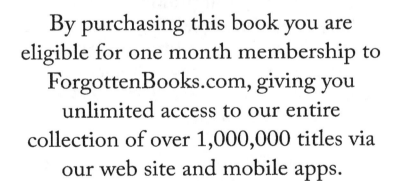

By purchasing this book you are eligible for one month membership to ForgottenBooks.com, giving you unlimited access to our entire collection of over 1,000,000 titles via our web site and mobile apps.

To claim your free month visit:

www.forgottenbooks.com/free377862

English
Français
Deutsche
Italiano
Español
Português

www.forgottenbooks.com

Mythology Photography **Fiction**
Fishing Christianity **Art** Cooking
Essays Buddhism Freemasonry
Medicine **Biology** Music **Ancient**
Egypt Evolution Carpentry Physics
Dance Geology **Mathematics** Fitness
Shakespeare **Folklore** Yoga Marketing
Confidence Immortality Biographies
Poetry **Psychology** Witchcraft
Electronics Chemistry History **Law**
Accounting **Philosophy** Anthropology
Alchemy Drama Quantum Mechanics
Atheism Sexual Health **Ancient History**
Entrepreneurship Languages Sport
Paleontology Needlework Islam
Metaphysics Investment Archaeology
Parenting Statistics Criminology
Motivational

ÉDITIONS DE LA NOUVELLE REVUE FRANÇAISE

ŒUVRES DE MARCEL PROUST

MARCEL PROUST

A LA RECHERCHE DU TEMPS PERDU

TOME I

DU CÔTÉ DE CHEZ SWANN

VINGT-DEUXIÈME ÉDITION

* *

179452.
10. 4. 23.

PARIS

ÉDITIONS DE LA NOUVELLE REVUE FRANÇAISE
35 ET 37, RUE MADAME

IL A ÉTÉ RÉIMPOSÉ ET TIRÉ A PART SUR PAPIER
LAFUMA DE VOIRON PUR FIL, AU FILIGRANE DE LA
NOUVELLE REVUE FRANÇAISE, HUIT EXEMPLAIRES HORS
COMMERCE, NUMÉROTÉS DE I A VIII. CENT EXEMPLAIRES
RÉSERVÉS AUX BIBLIOPHILES DE LA NOUVELLE
REVUE FRANÇAISE NUMÉROTÉS DE 1 A 100 ET DOUZE
EXEMPLAIRES NUMÉROTÉS DE 101 A 112

DU CÔTÉ
DE CHEZ SWANN

DEUXIÈME PARTIE

UN AMOUR DE SWANN

(SUITE)

Ainsi revenait-elle dans la voiture de Swann ; un soir comme elle venait d'en descendre et qu'il lui disait à demain, elle cueillit précipitamment dans le petit jardin qui précédait la maison un dernier chrysanthème et lui donna avant qu'il fût reparti. Il le tint serré contre sa bouche pendant le retour, et quand au bout de quelques jours la fleur fut fanée, il l'enferma précieusement dans son secrétaire.

Mais il n'entrait jamais chez elle. Deux fois seulement, dans l'après-midi, il était allé participer à cette opération capitale pour elle « prendre le thé ». L'isolement et le vide de ces courtes rues (faites presque toutes de petits hôtels contigus, dont tout à coup venait rompre la monotonie quelque sinistre échoppe, témoignage historique et reste sordide du temps où ces quartiers étaient encore mal famés), la neige qui était restée dans le jardin et aux arbres, le négligé de la saison, le voisinage de la nature, donnaient quelque chose de plus mystérieux à la chaleur, aux fleurs qu'il avait trouvé en entrant.

Laissant à gauche, au rez-de-chaussée surélevé, la chambre à coucher d'Odette qui donnait derrière sur une petite rue parallèle, un escalier droit entre des murs peints de couleur sombre et d'où tombaient des étoffes orientales, des fils de chapelets turcs et une grande lanterne japonaise suspendue à une cordelette de soie (mais qui, pour ne pas priver les visiteurs des derniers conforts de la civilisation occidentale s'éclairait au gaz), montait au salon et au petit salon. Ils étaient précédés d'un étroit vestibule dont le mur quadrillé d'un treillage de jardin, mais doré, était bordé dans toute sa longueur d'une caisse rectangulaire où fleurissaient comme dans une serre une rangée de ces gros chrysanthèmes encore rares à cette époque, mais bien éloignés cependant de ceux que les horticulteurs réussirent plus tard à obtenir. Swann était agacé par la mode qui depuis l'année dernière se portait sur eux, mais il avait eu plaisir, cette fois, à voir la pénombre de la pièce zébrée de rose, d'oranger et de blanc par les rayons odorants de ces astres éphémères qui s'allument dans les jours gris. Odette l'avait reçu en robe de chambre de soie rose, le cou et les bras nus. Elle l'avait fait asseoir près d'elle dans un des nombreux retraits mystérieux qui étaient ménagés dans les enfoncements du salon, protégés par d'immenses palmiers contenus dans des cache-pot de Chine, ou par des paravents auxquels étaient fixés des photographies, des nœuds de rubans et des éventails. Elle lui avait dit : « Vous n'êtes pas confortable comme cela, attendez, moi je vais bien vous arranger », et avec le petit rire vaniteux qu'elle aurait eu pour quelque invention particulière à elle, avait installé derrière la tête de Swann, sous ses pieds, des coussins de soie japonaise qu'elle pétrissait comme si elle avait été prodigue de ces richesses et insoucieuse de leur valeur. Mais quand le valet de chambre était venu apporter successivement les nombreuses lampes qui, presque toutes enfermées dans des potiches chinoises brûlaient isolées ou par couples, toutes sur des meubles différents comme sur des autels et qui dans le crépuscule déjà presque nocturne de cette fin d'après-midi d'hiver avaient fait reparaître un coucher de soleil plus durable, plus rose et plus humain, — faisant peut-être rêver dans la rue quelque amoureux arrêté devant le mystère de la présence que décelaient et cachaient à la fois les vitres rallumées — elle avait surveillé sévèrement du coin de l'œil le domestique pour voir s'il les posait bien à leur place consacrée. Elle pensait qu'en en mettant une seule là où il ne fallait pas, l'effet d'ensemble de son salon eût été détruit, et son portrait, placé sur un chevalet oblique drapé de peluche, mal éclairé. Aussi suivait-elle avec fièvre les mouvements de cet homme grossier et le réprimanda-t-elle vivement parce qu'il avait passé trop près de deux jardinières qu'elle se réservait de nettoyer elle-même dans sa peur qu'on ne les abîmât et qu'elle alla regarder de près pour voir s'il ne les avait pas écornées. Elle trouvait à tous ses bibelots chinois des formes « amusantes », et aussi aux orchidées, aux catleyas surtout, qui étaient, avec les chrysanthèmes, ses fleurs préférées, parce qu'ils avaient le grand mérite de ne pas ressembler à des fleurs, mais d'être en soie, en satin. « Celle-là a l'air d'être découpée dans la doublure de mon manteau », dit-elle à Swann en lui montrant une orchidée, avec une nuance d'estime pour cette fleur si « chic », pour cette sœur élégante et imprévue que la nature lui donnait, si loin d'elle dans l'échelle des êtres et pourtant raffinée, plus digne que bien des femmes qu'elle lui fît une place dans son salon. En lui montrant tour à tour des chimères à langues de feu décorant une potiche ou brodées sur un écran, les corolles d'un bouquet d'orchidées, un dromadaire d'argent niellé aux yeux incrustés de rubis qui voisinait sur la cheminée avec un crapaud de jade, elle affectait tour à tour d'avoir peur de la méchanceté, ou de rire de la cocasserie des monstres, de rougir de l'indécence des fleurs et d'éprouver un irrésistible désir d'aller embrasser le dromadaire et le crapaud qu'elle appelait : « chéris ». Et ces affectations contrastaient avec la sincérité de certaines de ses dévotions, notamment à Notre-Dame du Laghet qui l'avait jadis, quand elle habitait Nice, guérie d'une maladie mortelle et dont elle portait toujours sur elle une médaille d'or à laquelle elle attribuait un pouvoir sans limites. Odette fit à Swann « son » thé, lui demanda : « Citron ou crème ? » et comme il répondit « crème », lui dit en riant : « Un nuage ! » Et comme il le trouvait bon : « Vous voyez que je sais ce que vous aimez ». Ce thé en effet avait paru à Swann quelque chose de précieux comme à elle-même et l'amour a tellement besoin de se trouver une justification, une garantie de durée, dans des plaisirs qui au contraire sans lui n'en seraient pas et finissent avec lui, que quand il l'avait quittée à sept heures pour rentrer chez lui s'habiller, pendant tout le trajet qu'il fit dans son coupé, ne pouvant contenir la joie que cet après-midi lui avait causée, il se répétait : « Ce serait bien agréable d'avoir ainsi une petite personne chez qui on pourrait trouver cette chose si rare, du bon thé. » Une heure après, il reçut un mot d'Odette, et reconnut tout de suite cette grande écriture dans laquelle une affectation de raideur britannique imposait une apparence de discipline à des caractères informes qui eussent signifié peut-être pour des yeux moins prévenus le désordre de la pensée, l'insuffisance de l'éducation, le manque de franchise et de volonté. Swann avait oublié son étui à cigarettes chez Odette. « Que n'y avez-vous oublié aussi votre cœur, je ne vous aurais pas laissé le reqrendre. »

Une seconde visite qu'il lui fit eut plus d'importance peut-être. En se rendant chez elle ce jour-là comme chaque fois qu'il devait la voir d'avance, il se la représentait ; et la nécessité où il était pour trouver jolie sa figure de limiter aux seules pommettes roses et fraîches, les joues qu'elle avait si souvent jaunes, languissantes, parfois piquées de petits points rouges, l'affligeait comme une preuve que l'idéal est inaccessible et le bonheur médiocre. Il lui apportait une gravure qu'elle désirait voir. Elle était un peu souffrante ; elle le reçut en peignoir de crêpe de Chine mauve, ramenant sur sa poitrine, comme un manteau, une étoffe richement brodée. Debout à côté de lui, laissant couler le long de ses joues ses cheveux qu'elle avait dénoués, fléchissant une jambe dans une attitude légèrement dansante pour pouvoir se pencher sans fatigue vers la grayure qu'elle regardait, en inclinant la tête, de ses grands yeux, si fatigués et maussades quand elle ne s'animait pas, elle frappa Swann par sa ressemblance avec cette figure de Zéphora, la fille de Jéthro, qu'on voit dans une fresque de la chapelle Sixtine. Swann avait toujours eu ce goût particulier d'aimer à retrouver dans la peinture des maîtres non pas seulement les caractères généraux de la réalité qui nous entoure, mais ce qui semble au contraire le moins susceptible de généralité, les traits individuels des visages que nous connaissons : ainsi, dans la matière d'un buste du doge Loredan par Antoine Rizzo, la saillie des pommettes, l'obliquité des sourcils, enfin la ressemblance criante de son cocher Rémi ; sous les couleurs d'un Ghirlandajo, le nez de M. de Palancy ; dans un portrait de Tintoret, l'envahissement du gras de la joue par l'implantation des premiers poils des favoris, la cassure du nez, la pénétration du regard, la congestion des paupières du docteur du Boulbon. Peut-être ayant toujours gardé un remords d'avoir borné sa vie aux relations mondaines, à la conversation, croyait-il trouver une sorte d'indulgent pardon à lui accordé par les grands artistes, dans ce fait qu'ils avaient eux aussi considéré avec plaisir, fait entrer dans leur œuvre, de tels visages qui donnent à celle-ci un singulier certificat de réalité et de vie, une saveur moderne ; peut-être aussi s'était-il tellement laissé gagner par la frivolité des gens du monde qu'il éprouvait le besoin de trouver dans une œuvre ancienne ces allusions anticipées et rajeunissantes à des noms propres d'aujourd'hui. Peut-être au contraire avait-il gardé suffisamment une nature d'artiste pour que ces caractéristiques individuelles lui causassent du plaisir en prenant une signification plus générale, dès qu'il les apercevait déracinées, délivrées, dans la ressemblance d'un portrait plus ancien avec un original qu'il ne représentait pas. Quoi qu'il en soit et peut-être parce que la plénitude d'impressions qu'il avait depuis quelque temps et bien qu'elle lui fût venue plutôt avec l'amour de la musique, avait enrichi même son goût pour la peinture, le plaisir fut plus profond et devait exercer sur Swann une influence durable, qu'il trouva à ce moment-là dans la ressemblance d'Odette avec la Zéphora de ce Sandro di Mariano auquel on ne donne plus volontiers sur surnom populaire de Botticelli depuis que celui-ci évoque au lieu de l'œuvre véritable du peintre l'idée banale et fausse qui s'en est vulgarisée. Il n'estima plus le visage d'Odette selon la plus ou moins bonne qualité de ses joues et d'après la douceur purement carnée qu'il supposait devoir leur trouver en les touchant avec ses lèvres si jamais il osait l'embrasser, mais comme un écheveau de lignes subtiles et belles que ses regards dévidèrent, poursuivant la courbe de leur enroulement, rejoignant la cadence de la nuque à l'effusion des cheveux et à la flexion des paupières, comme en un portrait d'elle en lequel son type devenait intelligible et clair.

Il la regardait ; un fragment de la fresque apparaissait dans son visage et dans son corps, que dès lors il chercha toujours à y retrouver soit qu'il fût auprès d'Odette, soit qu'il pensât seulement à elle, et bien qu'il ne tînt sans doute au chef-d'œuvre florentin que parce qu'il le retrouvait en elle, pourtant cette resssemblance lui conférait à elle aussi une beauté, la rendait plus précieuse. Swann se reprocha d'avoir méconnu le prix d'un être qui eût paru adorable au grand Sandro, et il se félicita que le plaisir qu'il avait à voir Odette trouvât une justification dans sa propre culture esthétique. Il se dit qu'en associant la pensée d'Odette à ses rêves de bonheur il ne s'était pas résigné à un pis aller aussi imparfait qu'il l'avait cru jusqu'ici, puisqu'elle contenait en lui ses goûts d'art les plus raffinés. Il oubliait qu'Odette n'était pas plus pour cela une femme selon son désir, puisque précisément son désir avait toujours été orienté dans un sens opposé à ses goûts esthétiques. Le mot d' « œuvre florentine » rendit un grand service à Swann. Il lui permit, comme un titre, de faire pénétrer l'image d'Odette dans un monde de rêves, où elle n'avait pas eu accès jusqu'ici et où elle s'imprégna de noblesse. Et tandis que la vue purement charnelle qu'il avait eue de cette femme, en renouvelant perpétuellement ses doutes sur la qualité de son visage, de son corps, de toute sa beauté, affaiblissait son amour, ces doutes furent détruits, cet amour assuré quand il eut à la place pour base les données d'une esthétique certaine ; sans compter que le baiser et la possession qui semblaient naturels et médiocres s'ils lui étaient accordés par une chair abîmée, venant couronner l'adoration d'une pièce de musée, lui parurent devoir être surnaturels et délicieux.

Et quand il était tenté de regretter que depuis des mois il ne fît plus que voir Odette, il se disait qu'il était raisonnable de donner beaucoup de son temps à un chef-d'œuvre inestimable, coulé pour une fois dans une matière différente et particulièrement savoureuse, en un exemplaire rarissime qu'il contemplait tantôt avec l'humilité, la spiritualité et le désintéressement d'un artiste, tantôt avec l'orgueil, l'égoïsme et la sensualité d'un collectionneur.

Il plaça sur sa table de travail, comme une photographie d'Odette, une reproduction de la fille de Jéthro. Il admirait les grands yeux, le délicat visage qui laissait deviner la peau imparfaite, les boucles merveilleuses des cheveux le long des joues fatiguées, et adaptant ce qu'il trouvait beau jusque-là d'une façon esthétique à l'idée d'une femme vivante, il le transformait en mérites physiques qu'il se félicitait de trouver réunis dans un être qu'il pourrait posséder. Cette vague sympathie qui nous porte vers un chef-d'œuvre que nous regardons, maintenant qu'il connaissait l'original charnel de la fille de Jéthro, elle devenait un désir qui suppléa désormais à celui que le corps d'Odette ne lui avait pas d'abord inspiré. Quand il avait regardé longtemps ce Botticelli, il pensait à son Botticelli à lui qu'il trouvait plus beau encore et approchant de lui la photographie de Zéphora, il croyait serrer Odette contre son cœur.

Et cependant ce n'était pas seulement la lassitude d'Odette qu'il s'ingéniait à prévenir, c'était quelquefois aussi la sienne propre ; sentant que depuis qu'Odette avait toutes facilités pour le voir, elle semblait n'avoir pas grand'chose à lui dire, il craignait que les façons un peu insignifiantes, monotones, et comme définitivement fixées, qui étaient maintenant les siennes quand ils étaient ensemble, ne finissent pas tuer en lui cet espoir romanesque d'un jour où elle voudrait déclarer sa passion, qui seul l'avait rendu et gardé amoureux. Et pour renouveler un peu l'aspect moral, trop figé, d'Odette, et dont il avait peur de se fatiguer, il lui écrivait tout d'un coup une lettre pleine de déceptions feintes et de colères simulées qu'il lui faisait porter avant le dîner. Il savait qu'elle allait être effrayée, lui répondre et il espérait que dans la contraction que la peur de le perdre ferait subir à son âme, jailliraient des mots qu'elle ne lui avait encore jamais dits ; et en effet — c'est de cette façon qu'il avait obtenu les lettres les plus tendres qu'elle lui eût encore écrites dont l'une, qu'elle lui avait

DU COTÉ DE CHEZ SWANN

fait porter à midi de la « Maison Dorée » (c'était le jour de la fête de Parie-Murcie donnée pour les inondés de Murcie), commençait par ces mots : « Mon ami, ma main tremble si fort que je peux à peine écrire », et qu'il avait gardée dans le même tiroir que la fleur séchée du chrysanthème. Ou bien si elle n'avait pas eu le temps de lui écrire, quand il arriverait chez les Verdurin, elle irait vivement à lui et lui dirait : « J'ai à vous parler », et il contemplerait avec curiosité sur son visage et dans ses paroles ce qu'elle lui avait caché jusque-là de son cœur.

Rien qu'en approchant de chez les Verdurin quand il apercevait, éclairées par des lampes, les grandes fenêtres dont on ne fermait jamais les volets, il s'attendrissait en pensant à l'être charmant qu'il allait voir épanoui dans leur lumière d'or. Parfois les ombres des invités se détachaient minces et noires, en écran, devant les lampes, comme ces petites gravures qu'on intercale de place en place dans un abat-jour translucide dont les autres feuillets ne sont que clarté. Il cherchait à distinguer la silhouette d'Odette. Puis, dès qu'il était arrivé, sans qu'il s'en rendît compte, ses yeux brillaient d'une telle joie que M. Verdurin disait au peintre : « Je crois que ça chauffe. » Et la présence d'Odette ajoutait en effet pour Swann à cette maison ce dont n'était pourvue aucune de celles où il était reçu : une sorte d'appareil sensitif, de réseau nerveux qui se ramifiait dans toutes les pièces et apportait des excitations constantes à son cœur. .

Ainsi le simple fonctionnement de cet organisme social qu'était le petit « clan », prenait automatiquement pour Swann des rendez-vous quotidiens avec Odette et lui permettait de feindre une indifférence à la voir, ou même un désir de ne plus la voir, qui ne lui faisait pas courir de grands risques, puisque, quoi qu'il lui eût écrit dans la journée, il la verrait forcément le soir et la ramènerait chez elle.

Mais une fois qu'ayant songé avec maussaderie à cet inévitable retour ensemble, il avait emmené jusqu'au bois sa jeune ouvrière pour retarder le moment d'aller chez les Verdurin, il arriva chez eux si tard qu'Odette, croyant qu'il ne viendrait plus, était partie. En voyant qu'elle n'était plus dans le salon, Swann ressentit une souffrance au cœur ; il tremblait d'être privé d'un plaisir qu'il mesurait pour la première fois, ayant eu jusque-là cette certitude de le trouver quand il le voulait, qui pour tous les plaisirs nous diminue ou même nous empêche d'apercevoir aucunement leur grandeur.

— « As-tu vu la tête qu'il a fait quand il s'est aperçu qu'elle n'était pas là ? dit M. Verdurin à sa femme, je crois qu'on peut dire qu'il est pincé ! »

— « La tête qu'il a fait ? » demanda avec violence le docteur Cottard qui, étant allé un instant voir un malade, revenait chercher sa femme et ne savait pas de qui on parlait.

— « Comment vous n'avez pas rencontré devant la porte le plus beau des Swann » ?

— « Non. M. Swann est venu » ?

— Oh ! un instant seulement. Nous avons eu un Swann très agité, très nerveux. Vous comprenez, Odette était partie.

— « Vous voulez dire qu'elle est du dernier bien avec lui, qu'elle lui a fait voir l'heure du berger », dit le docteur, expérimentant avec prudence le sens de ces expressions.

— Mais non, il n'y a absolument rien, et entre nous, je trouve qu'elle a bien tort et qu'elle se conduit comme une fameuse cruche, qu'elle est du reste.

— « Ta, ta, ta, dit M. Verdurin, qu'est-ce que tu en sais qu'il n'y a rien, nous n'avons pas été y voir, n'est-ce pas. »

— « A moi, elle me l'aurait dit, répliqua fièrement Mme Verdurin. Je vous dis qu'elle me raconte toutes ses petites affaires ! Comme elle n'a plus personne en ce moment, je lui ai dit qu'elle devrait coucher avec lui. Elle prétend qu'elle ne peut pas, qu'elle a bien eu un fort béguin pour lui mais qu'il est timide avec elle, que cela l'intimide à son tour, et puis qu'elle ne l'aime pas de cette manière-là, que c'est un être idéal, qu'elle a peur de déflorer le sentiment qu'elle a pour lui, est-ce que je sais, moi. Ce serait pourtant absolument ce qu'il lui faut. »

— « Tu me permettras de ne pas être de ton avis, dit M. Verdurin, il ne me revient qu'à demi ce monsieur ; je le trouve poseur. »

Mme Verdurin s'immobilisa, prit une expression inerte comme si elle était devenue une statue, fiction qui lui permit d'être censée ne pas avoir entendu ce mot insupportable de poseur qui avait l'air d'impliquer qu'on pouvait « poser » avec eux, donc qu'on était « plus qu'eux. »

— « Enfin, s'il n'y a rien, je ne pense pas que ce soit que ce monsieur la croit *vertueuse*, dit ironiquement M. Verdurin. Et après tout, on ne peut rien dire, puisqu'il a l'air de la croire intelligente. Je ne sais si tu as entendu ce qu'il lui débitait l'autre soir sur la sonate de Vinteuil ; j'aime Odette de tout mon cœur, mais pour lui faire des théories d'esthétique, il faut tout de même être un fameux jobard ! »

DU COTÉ DE CHEZ SWANN

— « Voyons, ne dites pas du mal d'Odette, dit Mme Verdurin en faisant l'enfant. Elle est charmante. »

— « Mais cela ne l'empêche pas d'être charmante ; nous ne disons pas du mal d'elle, nous disons que ce n'est pas une vertu ni une intelligence. Au fond, dit-il au peintre, tenez-vous tant que ça à ce qu'elle soit vertueuse ? Elle serait peut-être beaucoup moins charmante, qui sait ? »

Sur le palier, Swann avait été rejoint par le maître d'hôtel qui ne se trouvait pas là au moment où il était arrivé et avait été chargé par Odette de lui dire, — mais il y avait bien une heure déjà, — au cas où il viendrait encore, qu'elle irait probablement prendre du chocolat chez Prévost avant de rentrer. Swann partit chez Prévost, mais à chaque pas sa voiture était arrêtée par d'autres ou par des gens qui traversaient, odieux obstacles qu'il eût été heureux de renverser si le procès-verbal de l'agent ne l'eût retardé plus encore que le passage du piéton. Il comptait le temps qu'il mettait, ajoutait quelques secondes à toutes les minutes pour être sûr de ne pas les avoir faites trop courtes, ce qui lui eût laissé croire plus grande qu'elle n'était en réalité sa chance d'arriver assez tôt et de trouver encore Odette. Et à un moment, comme un fiévreux qui vient de dormir et qui prend conscience de l'absurdité des rêvasseries qu'il ruminait sans se distinguer nettement d'elles, Swann tout d'un coup aperçut en lui l'étrangeté des pensées qu'il roulait depuis le moment où on lui avait dit chez les Verdurin qu'Odette était déjà partie, la nouveauté de la douleur au cœur dont il souffrait, mais qu'il constata seulement comme s'il venait de s'éveiller. Quoi ? toute cette agitation parce qu'il ne verrait Odette que demain, ce que précisément il avait souhaité, il y a une heure, en se rendant chez Mme Verdurin. Il fut bien obligé de constater que dans cette même voiture qui l'emmenait chez Prévost, il n'était plus le même, et qu'il n'était plus seul, qu'un être nouveau était là avec lui, adhérent, amalgamé à lui, duquel il ne pourrait peut-être pas se débarrasser, avec qui il allait être obligé d'user de ménagements comme avec un maître ou avec une maladie. Et pourtant depuis un moment qu'il sentait qu'une nouvelle personne s'était ainsi ajoutée à lui, sa vie lui paraissait plus intéressante. C'est à peine s'il se disait que cette rencontre possible chez Prévost (de laquelle l'attente saccageait, dénudait à ce point les moments qui la précédaient qu'il ne trouvait plus une seule idée, un seul souvenir derrière lequel il pût faire reposer son esprit), il était probable pourtant, si elle avait lieu, qu'elle serait comme les autres, fort peu de chose. Comme chaque soir, dès qu'il serait avec Odette, jetant furtivement

15

sur son changeant visage un regard aussitôt détourné de peur qu'elle n'y vît l'avance d'un désir et ne crût plus à son désintéressement, il cesserait de pouvoir penser à elle, trop occupé à trouver des prétextes qui lui permissent de ne pas la quitter tout de suite et de s'assurer, sans avoir l'air d'y tenir, qu'il la retrouverait le lendemain chez les Verdurin : c'est-à-dire de prolonger pour l'instant et de renouveler un jour de plus la déception et la torture que lui apportait la vaine présence de cette femme qu'il approchait sans oser l'étreindre.

Elle n'était pas chez Prévost ; il voulut chercher dans tous les restaurants des boulevards. Pour gagner du temps, pendant qu'il visitait les uns, il envoya dans les autres son cocher Rémi (le doge Lorédan de Rizzo) qu'il alla attendre ensuite — n'ayant rien trouvé lui-même — à l'endroit qu'il lui avait désigné. La voiture ne revenait pas et Swann se représentait le moment qui approchait, à la fois comme celui où Rémi lui dirait : « cette dame est là », et comme celui où Rémi lui dirait, « cette dame n'était dans aucun des cafés ». Et ainsi il voyait la fin de sa soirée devant lui, une et pourtant alternative, précédée soit par la rencontre d'Odette qui abolirait son angoisse, soit, par le renoncement forcé à la trouver ce soir, par l'acceptation de rentrer chez lui sans l'avoir vue.

Le cocher revint, mais, au moment où il s'arrêta devant Swann, celui-ci ne lui dit pas : « Avez-vous trouvé cette dame ? » mais : « Faites-moi donc penser demain à commander du bois, je crois que la provision doit commencer à s'épuiser. » Peut-être se disait-il que si Rémi avait trouvé Odette dans un café où elle l'attendait, la fin de la soirée néfaste était déjà anéantie par la réalisation commencée de la fin de soirée bienheureuse et qu'il n'avait pas besoin de se presser d'atteindre un bonheur capturé et en lieu sûr, qui ne s'échapperait plus. Mais aussi c'était par force d'inertie ; il avait dans l'âme le manque de souplesse que certains êtres ont dans le corps, ceux-là qui au moment d'éviter un choc, d'éloigner une flamme de leur habit, d'accomplir un mouvement urgent, prennent leur temps, commencent pas rester une seconde dans la situation où ils étaient auparavant comme pour y trouver leur point d'appui, leur élan. Et sans doute si le cocher l'avait interrompu en lui disant : « Cette dame est là », il eût répondu : « Ah ! oui, c'est vrai, la course que je vous avais donnée, tiens je n'aurais pas cru », et aurait continué à lui parler provision de bois pour lui cacher l'émotion qu'il avait eue et se laisser à lui-même le temps de rompre avec l'inquiétude et de se donner au bonheur.

Mais le cocher revint lui dire qu'il ne ⌐
ajouta son avis, en vieux serviteur :
— Je crois que Monsieur n'a plus qu'à rentrer.

Mais l'indifférence que Swann jouait facilement quand Rémi ne pouvait plus rien changer à la réponse qu'il apportait tomba, quand il le vit essayer de le faire renoncer à son espoir et à sa recherche :

— « Mais pas du tout, s'écria-t-il, il faut que nous trouvions cette dame ; c'est de la plus haute importance. Elle serait extrêmement ennuyée, pour une affaire, et froissée, si elle ne m'avait pas vu. »

— « Je ne vois pas comment cette dame pourrait être froissée, répondit Rémi, puisque c'est elle qui est partie sans attendre Monsieur, qu'elle a dit qu'elle allait chez Prévost et qu'elle n'y était pas. »

D'ailleurs on commençait à éteindre partout. Sous les arbres des boulevards, dans une obscurité mystérieuse, les passants plus rares erraient, à peine reconnaissables. Parfois l'ombre d'une femme qui s'approchait de lui, lui murmurant un mot à l'oreille, lui demandant de la ramener, fit tressaillir Swann. Il frôlait anxieusement tous ces corps obscurs comme si parmi les fantômes des morts, dans le royaume sombre, il eût cherché Eurydice.

De tous les modes de production de l'amour, de tous les agents de dissémination du mal sacré, il est bien l'un des plus efficaces, ce grand souffle d'agitation qui parfois passe sur nous. Alors l'être avec qui nous nous plaisons à ce moment-là, le sort en est jeté, c'est lui que nous aimerons. Il n'est même pas besoin qu'il nous plût jusque-là plus ou même autant que d'autres. Ce qu'il fallait c'est que notre goût pour lui devînt exclusif. Et cette condition-là est réalisée quand, — à ce moment où il nous a fait défaut —, à la recherche des plaisirs que son agrément nous donnait, s'est brusquement substitué en nous un besoin anxieux, qui a pour objet cet être même, un besoin absurde, que les lois de ce monde rendent impossible à satisfaire et difficile à guérir — le besoin insensé et douloureux de le posséder.

Swann se fit conduire dans les derniers restaurants ; c'est la seule hypothèse du bonheur qu'il avait envisagée avec calme ; il ne cachait plus maintenant son agitation, le prix qu'il attachait à cette rencontre et il promit en cas de succès une récompense à son cocher, comme si en lui inspirant le désir de réussir qui viendrait s'ajouter à celui qu'il en avait lui-même, il pouvait faire qu'Odette, au cas où elle fût déjà rentrée se coucher, se trouvât pourtant dans un restaurant du boulevard. Il poussa jusqu'à la Maison Dorée, entra deux fois chez Tortoni et, sans l'avoir vue davantage, venait de ressortir du Café Anglais, marchant à grands pas, l'air hagard, pour rejoindre sa voiture qui l'attendait au coin du boulevard des Italiens, quand il heurta une personne qui venait en sens contraire : c'était Odette ; elle lui expliqua plus tard que n'ayant pas trouvé de place chez Prévost, elle était allée souper à la Maison Dorée dans un enfoncement où il ne l'avait pas découverte, et elle regagnait sa voiture.

Elle s'attendait si peu à le voir qu'elle eut un mouvement d'effroi. Quant à lui, il avait couru Paris non parce qu'il croyait possible de la rejoindre, mais parce qu'il lui était trop cruel d'y renoncer. Mais cette joie que sa raison n'avait cessé d'estimer, pour ce soir, irréalisable, ne lui en paraissait maintenant que plus réelle ; car, il n'y avait pas colla-boré par la prévision des vraisemblances, elle lui restait extérieure ; il n'avait pas besoin de tirer de son esprit pour la lui fournir, — c'est d'elle-même qu'émanait, c'est elle-même qui projetait vers lui — cette vérité qui rayonnait au point de dissiper comme un songe l'isolement qu'il avait redouté, et sur laquelle il appuyait, il reposait, sans penser, sa rêverie heureuse. Ainsi un voyageur arrivé par un beau temps au bord de la Méditerranée, incertain de l'existence des pays qu'il vient de quitter, laisse éblouir sa vue, plutôt qu'il ne leur jette des regards, par les rayons qu'émet vers lui l'azur lumineux et résistant des eaux.

Il monta avec elle dans la voiture qu'elle avait et dit à la sienne de suivre.

Elle tenait à la main un bouquet de catleyas et Swann vit, sous sa fanchon de dentelle, qu'elle avait dans les cheveux des fleurs de cette même orchidée attachées à une aigrette en plumes de cygnes. Elle était habillée sous sa mantille, d'un flot de velours noir qui, par un rattrapé oblique, découvrait en un large triangle le bas d'une jupe de faille blanche et laissait voir un empiècement, également de faille blanche, à l'ouverture du corsage décolleté, où étaient enfoncées d'autres fleurs de catleyas. Elle était à peine remise de la frayeur que Swann lui avait causée quand un obstacle fit faire un écart au cheval. Ils furent vivement déplacés, elle avait jeté un cri et restait toute palpitante, sans respiration.

— « Ce n'est rien, lui dit-il, n'ayez pas peur. »

Et il la tenait par l'épaule, l'appuyant contre lui pour la maintenir ; puis il lui dit :

— Surtout, ne me parlez pas, ne me répondez que par signes pour ne pas vous essouffler encore davantage. Cela ne vous gêne pas que je remette droites les fleurs de votre corsage qui ont été déplacées par le choc. J'ai peur que vous ne les perdiez, je voudrais les enfoncer un peu.

Elle, qui n'avait pas été habituée à voir les hommes faire tant de façons avec elle, dit en souriant :

— « Non, pas du tout, ça ne me gêne pas. »

Mais lui, intimidé par sa réponse, peut-être aussi pour avoir l'air d'avoir été sincère quand il avait pris ce prétexte, ou même, commençant déjà à croire qu'il l'avait été, s'écria :

— « Oh ! non, surtout, ne parlez pas, vous allez encore vous essouffler, vous pouvez bien me répondre par gestes, je vous comprendrai bien. Sincèrement je ne vous gêne pas ? Voyez, il y a un peu... je pense que c'est du pollen qui s'est répandu sur vous, vous permettez que je l'essuie avec ma main ? Je ne vais pas trop fort, je ne suis pas trop brutal ? Je vous chatouille peut-être un peu ? mais c'est que je ne voudrais pas toucher le velours de la robe pour ne pas le friper. Mais, voyez-vous, il était vraiment nécessaire de les fixer, ils seraient tombés ; et, comme cela, en les enfonçant un peu moi-même... Sérieusement, je ne suis pas désagréable ? Et en les respirant pour voir s'ils n'ont vraiment pas d'odeur non plus ? Je n'en ai jamais senti, je peux ? dites la vérité » ?

Souriant, elle haussa légèrement les épaules, comme pour dire « vous êtes fou, vous voyez bien que ça me plaît ».

Il élevait son autre main le long de la joue d'Odette ; elle le regarda fixement, de l'air languissant et grave qu'ont les femmes du maître florentin avec lesquelles il lui avait trouvé de la ressemblance ; amenés au bord des paupières, ses yeux brillants, larges et minces, comme les leurs, semblaient prêts à se détacher ainsi que deux larmes. Elle fléchissait le cou comme on leur voit faire à toutes, dans les scènes païennes comme dans les tableaux religieux. Et, en une attitude qui sans doute lui était habituelle, qu'elle savait convenable à ces moments-là et qu'elle faisait attention à ne pas oublier de prendre, elle semblait avoir besoin de toute sa force pour retenir son visage, comme si une force invisible l'eût attiré vers Swann. Et ce fut Swann, qui, avant qu'elle le laissât tomber, comme malgré elle, sur ses lèvres, le retint un instant, à quelque distance, entre ses deux mains. Il avait voulu laisser à sa pensée le temps d'accourir, de reconnaître le rêve qu'elle avait si longtemps caressé et d'assister à sa réalisation, comme une parente qu'on appelle pour prendre sa part du succès d'un enfant qu'elle a beaucoup aimé. Peut-être aussi Swann attachait-il sur ce visage d'Odette non encore possédée, ni même encore embrassée par lui, qu'il voyait pour la dernière fois, ce regard avec lequel, un jour de départ, cn voudrait emporter un paysage qu'on va quitter pour toujou·s.

Mais il était si timide avec elle, qu'ayant fini par la posséder ce soir-là, en commençant par arranger ses catleyas, soit crainte de la froisser, soit peur de paraître rétrospectivement avoir menti, soit manque d'au·ace pour formuler une exigence plus grande que celle-là (qu'il pouvait renouveler puisqu'elle n'avait pas fâché Odette la première fois), les jours suivants il usa du même prétexte.Si elle avait des catleyas à son corsage, il disait : « C'est malheureux, ce soir, les catleyas n'ont pas besoin d'être arrangés, ils n'ont pas été déplacés comme l'autre soir ; il me semble pourtant que celui-ci n'est pas très droit. Je peux voir s'ils ne sentent pas plus que les autres ? » Ou bien, si elle n'en avait pas : « Oh ! pas de catleyas ce soir, pas moyen de me livrer à mes petits arrangements.» De sorte que, pendant quelque temps, ne fut pas changé l'ordre qu'il avait suivi le premier soir, en débutant par des attouchements de doigts et de lèvres sur la gorge d'Odette et que ce fut par eux encore que commençaient chaque fois ses caresses ; et, bien plus tard quand l'arrangement (ou le simulacre rituel d'arrangement) des catleyas, fut depuis longtemps tombé en désuétude, la métaphore « faire catleya » devenue un simple vocable qu'ils employaient sans y penser quand ils voulaient signifier l'acte de la possession physique — où d'ailleurs l'on ne possède rien, — survécut dans leur langage, où elle le commémorait, à cet usage oublié. Et peut- être cette manière particulière de dire « faire l'amour » ne signifiait-elle pas exactement la même chose que ses synonymes. On a beau être blasé sur les femmes, considérer la possession des plus différentes comme toujours la même et connue d'avance, elle devient au contraire un plaisir nouveau s'il s'agit de femmes assez difficiles — ou crues telles par nous — pour que nous soyons obligés de la faire naître de quelque épisode imprévu de nos relations avec elles, comme avait été la première fois pour Swann l'arrangement des catleyas. Il espérait en tremblant, ce soir-là (mais Odette, se disait-il, si elle était dupe de sa ruse, ne pouvait le deviner) que c'était la possession de cette femme qui allait sortir d'entre leurs larges pétales mauves ; et le plaisir qu'il éprouvait déjà et qu'Odette ne tolérait peut-être, pensait-il, que parce qu'elle ne l'avait pas reconnu, lui semblait, à cause de cela — comme il put paraître au premier homme qui le goûta parmi les fleurs du paradis terrestre — un plaisir qui n'avait pas existé jusque-là, qu'il cherchait à créer, un plaisir —

ainsi que le nom spécial qu'il lui donna en garda la trace — entièrement particulier et nouveau.

Maintenant, tous les soirs, quand il l'avait ramenée chez elle, il fallait qu'il entrât et souvent elle ressortait en robe de chambre et le conduisait jusqu'à sa voiture l'embrassait aux yeux du cocher, disant : « Qu'est-ce que cela peut me faire, que me font les autres ? » Les soirs où il n'allait pas chez les Verdurin (ce qui arrivait parfois depuis qu'il pouvait la voir autrement) les soirs de plus en plus rares où il allait dans le monde, elle lui demandait de venir chez elle avant de rentrer, quelque heure qu'il fût. C'était le printemps, un printemps pur et glacé. En sortant de soirée, il montait dans sa victoria, étendait une couverture sur ses jambes, répondait aux amis qui s'en allaient en même temps que lui et lui demandaient de revenir avec eux qu'il ne pouvait pas, qu'il n'allait pas du même côté, et le cocher partait au grand trot sachant où on allait. Eux s'étonnaient, et de fait, Swann n'était plus le même. On ne recevait plus jamais de lettre de lui où il demandât à connaître une femme. Il ne faisait plus attention à aucune, s'abstenait d'aller dans les endroits où on en rencontre. Dans un restaurant, à la campagne, il avait l'attitude inversée de celle à quoi, hier encore, on l'eût reconnu et qui avait semblé devoir toujours être la sienne. Tant une passion est en nous comme un caractère momentané et différent qui se substitue à l'autre et abolit les signes jusque-là invariables par lesquels il s'exprimait ! En revanche ce qui était invariable maintenant, c'était que où que Swann se trouvât, il ne manquât pas d'aller rejoindre Odette. Le trajet qui le séparait d'elle était celui qu'il parcourait inévitablement et comme la pente même irrésistible et rapide de sa vie. A vrai dire, souvent resté tard dans le monde, il aurait mieux aimé rentrer directement chez lui sans faire cette longue course et ne la voir que le lendemain ; mais le fait même de se déranger à une heure anormale pour aller chez elle, de deviner que les amis qui le quittaient se disaient : « Il est très tenu, il y a certainement une femme qui le force à aller chez elle à n'importe quelle heure », lui faisait sentir qu'il menait la vie des hommes qui ont une affaire amoureuse dans leur existence, et en qui le sacrifice qu'ils font de leur repos et de leurs intérêts à une rêverie voluptueuse fait naître un charme intérieur. Puis sans qu'il s'en rendît compte, cette certitude qu'elle l'attendait, qu'elle n'était pas ailleurs avec d'autres, qu'il ne reviendrait pas sans l'avoir vue, neutralisait cette angoisse oubliée mais toujours prête à renaître qu'il avait éprouvée le soir où Odette n'était plus chez les Verdurin et dont l'apaisement actuel était si doux que cela pouvait s'appeler du bonheur. Peut-être était-ce à cette angoisse qu'il était redevable de l'importance qu'Odette avait prise pour lui. Les êtres nous sont d'habitude si indifférents que quand nous avons mis dans l'un d'eux de telles possibilités de souffrance et de joie pour nous il nous semble appartenir à un autre univers, il s'entoure de poésie il fait de notre vie comme une étendue émouvante où il sera plus ou moins rapproché de nous. Swann ne pouvait se demander sans trouble ce qu'Odette deviendrait pour lui dans les années qui allaient venir. Parfois, en voyant, de sa victoria, dans ces belles nuits froides, la lune brillante qui répandait sa clarté entre ses yeux et les rues désertes, il pensait à cette autre figure claire et légèrement rosée comme celle de la lune, qui, un jour, avait surgi devant sa pensée et, depuis, projetait sur le monde la lumière mystérieuse dans laquelle il le voyait. S'il arrivait après l'heure où Odette envoyait ses domestiques se coucher, avant de sonner à la porte du petit jardin, il allait d'abord dans la rue, où donnait au rez-de-chaussée, entre les fenêtres toutes pareilles, mais obscures, des hôtels contigus, la fenêtre, seule éclairée, de sa chambre. Il frappait au carreau, et elle, avertie, répondait et allait l'attendre de l'autre côté, à la porte d'entrée. Il trouvait ouverts sur son piano quelques-uns des morceaux qu'elle préférait : la *Valse des Roses* ou *Pauvre fou* de Tagliafico (qu'on devait, selon sa volonté écrite, faire exécuter à son enterrement), il lui demandait de jouer à la place la petite phrase de la sonate de Vinteuil, bien qu'Odette jouât fort mal, mais la vision la plus belle qui nous reste d'une œuvre est souvent celle qui s'éleva au-dessus des sons faux tirés par des doigts malhabiles, d'un pinao désaccordé. La petite phrase continuait à s'associer pour Swann à l'amour qu'il avait pour Odette) Il sentait bien que cet amour, c'était quelque chose qui ne correspondait à rien d'extérieur, de constatable par d'autres que lui ; il se rendait compte que les qualités d'Odette ne justifiaient pas qu'il attachât tant de prix aux moments passés auprès d'elle. Et souvent, quand c'était l'intelligence positive qui régnait seule en Swann, il voulait cesser de sacrifier tant d'intérêts intellectuels et sociaux à ce plaisir imaginaire. Mais la petite phrase, dès qu'il l'entendait, savait rendre libre en lui l'espace qui pour elle était nécessaire, les proportions de l'âme de Swann s'en trouvaient changées ; une marge y était réservée à une jouissance qui elle non plus ne correspondait à aucun objet extérieur et qui pourtant au lieu d'être purement individuelle comme celle de l'amour, s'imposait à Swann comme une réalité supérieure aux choses concrètes. Cette soif d'un charme inconnu,

22

la petite phrase l'éveillait en lui, mais ne lui apportait rien de précis pour l'assouvir. De sorte que ces parties de l'âme de Swann où la petite phrase avait effacé le souci des intérêts matériels, les considérations humaines et valables pour tous, elle les avait laissées vacantes et en blanc, et il était libre d'y inscrire le nom d'Odette. Puis à ce que l'affection d'Odette pouvait avoir d'un peu court et décevant, la petite phrase venait ajouter, amalgamer son essence mystérieuse. A voir le visage de Swann pendant qu'il écoutait la phrase, on aurait dit qu'il était en train d'absorber un anesthésique qui donnait plus d'amplitude à sa respiration. Et le plaisir que lui donnait la musique et qui allait bientôt créer chez lui un véritable besoin, ressemblait en effet, à ces moments-là, au plaisir qu'il aurait eu à expérimenter des parfums, à entrer en contact avec un monde pour lequel nous ne sommes pas faits, qui nous semble sans forme parce que nos yeux ne le perçoivent pas, sans signification parce qu'il échappe à notre intelligence, que nous n'atteignons que par un seul sens. Grand repos, mystérieuse rénovation pour Swann, — pour lui dont les yeux quoique délicats amateurs de peinture, dont l'esprit quoique fin observateur des mœurs, portaient à jamais la trace indélébile de la sécheresse de sa vie, — de se sentir transformé en une créature étrangère à l'humanité, aveugle, dépourvue de facultés logiques, presque une fantastique licorne, une créature chimérique ne percevant le monde que par l'ouïe. Et comme dans la petite phrase il cherchait cependant un sens où son intelligence ne pouvait descendre, quelle étrange ivresse il avait à dépouiller son âme la plus intérieure de tous les secours du raisonnement et à la faire passer seule dans le couloir, dans le filtre obscur du son. Il commençait à se rendre compte de tout ce qu'il y avait de douloureux, peut-être même de secrètement inapaisé au fond de la douceur de cette phrase, mais il ne pouvait pas en souffrir. Qu'importait qu'elle lui dît que l'amour est fragile, le sien était si fort ! Il jouait avec la tristesse qu'elle répandait, il la sentait passer sur lui, mais comme une caresse qui rendait plus profond et plus doux le sentiment qu'il avait de son bonheur. Il la faisait rejouer dix fois, vingt fois à Odette, exigeant qu'en même temps elle ne cessât pas de l'embrasser. Chaque baiser appelle un autre baiser. Ah ! dans ces premiers temps où l'on aime, les baisers naissent si naturellement ! Ils foisonnent si pressés les uns contre les autres ; et l'on aurait autant de peine à compter les baisers qu'on s'est donnés pendant une heure que les fleurs d'un champ au mois de mai. Alors elle faisait mine de s'arrêter, disant : « Comment veux-tu que je joue comme cela si tu me tiens, je ne peux

tout faire à la fois, sache au moins ce que tu veux, est-ce que je dois
jouer la phrase ou faire des petites caresses », lui se fâchait et elle écla-
tait d'un rire qui se changeait et retombait sur lui, en une pluie de baisers. Ou bien elle le regardait d'un air maussade, il revoyait un visage
digne de figurer dans la *Vie de Moïse* de Botticelli, il l'y situait, il donnait au cou d'Odette l'inclinaison nécessaire ; et quand il l'avait bien
peinte à la détrempe, au XVᵉ siècle, sur la muraille de la Sixtine, l'idée
qu'elle était cependant restée là, près du piano, dans le moment actuel,
prête à être embrassée et possédée, l'idée de sa matérialité et de sa vie
venait l'enivrer avec une telle force que, l'œil égaré, les mâchoires tendues comme pour dévorer, il se précipitait sur cette vierge de Botticelli et se mettait à lui pincer les joues. Puis, une fois qu'il l'avait
quittée, non sans être rentré pour l'embrasser encore parce qu'il avait
oublié d'emporter dans son souvenir quelque particularité de son odeur
ou de ses traits, tandis qu'il revenait dans sa victoria, bénissant Odette
de lui permettre ces visites quotidiennes, dont il sentait qu'elles ne
devaient pas lui causer à elle une bien grande joie, mais qui en le préser-
vant de devenir jaloux, — en lui ôtant l'occasion de souffrir de nouveau
du mal qui s'était déclaré en lui le soir où il ne l'avait pas trouvée chez
les Verdurin — l'aideraient à arriver, sans avoir plus d'autres de ces
crises dont la première avait été si douloureuse et resterait la seule, au
bout de ces heures singulières de sa vie, heures presque enchantées,
à la façon de celles où il traversait Paris au clair de lune. Et, remarquant, pendant ce retour, que l'astre était maintenant déplacé par
rapport à lui, et presque au bout de l'horizon, sentant que son amour
obéissait, lui aussi, à des lois immuables et naturelles, il se demandait
si cette période où il était entré durerait encore longtemps, si bientôt
sa pensée ne verrait plus le cher visage qu'occupant une position lointaine et diminuée, et près de cesser de répandre du charme. Car Swann
en trouvait aux choses, depuis qu'il était amoureux, comme au temps
où, adolescent, il se croyait artiste ; mais ce n'était plus le même charme,
celui-ci c'est Odette seule qui le leur conférait. Il sentait renaître en lui
les inspirations de sa jeunesse qu'une vie frivole avait dissipées, mais
elles portaient toutes le reflet, la marque d'un être particulier ; et,
dans les longues heures qu'il prenait maintenant un plaisir délicat à
passer chez lui, seul avec son âme en convalescence, il redevenait peu
à peu lui-même, mais à une autre.

Il n'allait chez elle que le soir, et il ne savait rien de l'emploi de son
temps pendant le jour, pas plus que de son passé, au point qu'il lui

manquait même ce petit renseignement initial qui, en nous permettant de nous imaginer ce que nous ne savons pas, nous donne envie de le connaître. Aussi ne se demandait-il pas ce qu'elle pouvait faire, ni quelle avait été sa vie. Il souriait seulement quelquefois en pensant qu'il y a quelques années, quand il ne la connaissait pas, on lui avait parlé d'une femme, qui, s'il se rappelait bien, devait certainement être elle, comme d'une fille, d'une femme entretenue, une de ces femmes auxquelles il attribuait encore, comme il avait peu vécu dans leur société, le caractère entier, foncièrement pervers, dont les dota longtemps l'imagination de certains romanciers. Il se disait qu'il n'y a souvent qu'à prendre le contre-pied des réputations que fait le monde pour juger exactement une personne, quand, à un tel caractère, il opposait celui d'Odette, bonne, naïve, éprise d'idéal, presque si incapable de ne pas dire la vérité, que, l'ayant un jour priée, pour pouvoir dîner seul avec elle, d'écrire aux Verdurin qu'elle était souffrante, le lendemain, il l'avait vue, devant Mme Verdurin qui lui demandait si elle allait mieux, rougir, balbutier et refléter malgré elle, sur son visage, le chagrin, le supplice que cela lui était de mentir, et, tandis qu'elle multipliait dans sa réponse les détails inventés sur sa prétendue indisposition de la veille, avoir l'air de faire demander pardon par ses regards suppliants et sa voix désolée de la fausseté de ses paroles.

Certains jours pourtant, mais rares, elle venait chez lui dans l'après-midi, interrompre sa rêverie ou cette étude sur Ver Meer à laquelle il s'était remis dernièrement. On venait lui dire que Mme de Crécy était dans son petit salon. Il allait l'y retrouver, et quand il ouvrait la porte, au visage rosé d'Odette, dès qu'elle avait aperçu Swann, venait —, changeant la forme de sa bouche, le regard de ses yeux, le modelé de ses joues — se mélanger un sourire. Une fois seul, il revoyait ce sourire, celui qu'elle avait eu la veille, un autre dont elle l'avait accueilli telle ou telle fois, celui qui avait été sa réponse, en voiture, quand il lui avait demandé s'il lui était désagréable en redressant les catleyas ; et la vie d'Odette pendant le reste du temps, comme il n'en connaissait rien, lui apparaissait avec son fond neutre et sans couleur, semblable à ces feuilles d'études de Watteau, où on voit çà et là, à toutes les places, dans tous les sens, dessinés aux trois crayons sur le papier chamois, d'innombrables sourires. Mais, parfois, dans un coin de cette vie que Swann voyait toute vide, si même son esprit lui disait qu'elle ne l'était pas, parce qu'il ne pouvait pas l'imaginer, quelque ami, qui, se doutant qu'ils s'aimaient, ne se fût pas risqué à lui rien

25

dire d'elle que d'insignifiant, lui décrivait la silhouette d'Odette, qu'il avait aperçue, le matin même, montant à pied la rue Abbattucci dans une « visite » garnie de skunks, sous un chapeau « à la Rembrandt » et un bouquet de violettes à son corsage. Ce simple croquis bouleversait Swann parce qu'il lui faisait tout d'un coup apercevoir qu'Odette avait une vie qui n'était pas tout entière à lui ; il voulait savoir à qui elle avait cherché à plaire par cette toilette qu'il ne lui connaissait pas ; il se promettait de lui demander où elle allait, à ce moment-là, comme si dans toute la vie incolore, — presque inexistante, parce qu'elle lui était invisible —, de sa maîtresse, il n'y avait qu'une seule chose en dehors de tous ces sourires adressés à lui : sa démarche sous un chapeau à la Rembrandt, avec un bouquet de violettes au corsage.

Sauf en lui demandant la petite phrase de Vinteuil au lieu de la *Valse des Roses*, Swann ne cherchait pas à lui faire jouer plutôt des choses qu'il aimât, et pas plus en musique qu'en littérature, à corriger son mauvais goût. Il se rendait bien compte qu'elle n'était pas intelligente. En lui disant qu'elle aimerait tant qu'il lui parlât des grands poètes, elle s'était imaginée qu'elle allait connaître tout de suite des couplets héroïques et romanesques dans le genre de ceux du vicomte de Borelli, en plus émouvant encore. Pour Ver Meer de Delft, elle lui demanda s'il avait souffert par une femme, si c'était une femme qui l'avait inspiré, et Swann lui ayant avoué qu'on n'en savait rien, elle s'était désintéressée de ce peintre. Elle disait souvent : « Je crois bien, la poésie, naturellement, il n'y aurait rien de plus beau si c'était vrai, si les poètes pensaient tout ce qu'ils disent. Mais bien souvent, il n'y a pas plus intéressé que ces gens-là. J'en sais quelque chose, j'avais une amie qui a aimé une espèce de poète. Dans ses vers il ne parlait que de l'amour, du ciel, des étoiles. Ah ! ce qu'elle a été refaite ! Il lui a croqué plus de trois cent mille francs. » Si alors Swann cherchait à lui apprendre en quoi consistait la beauté artistique, comment il fallait admirer les vers ou les tableaux, au bout d'un instant, elle cessait d'écouter, disant : « Oui... je ne me figurais pas que c'était comme cela. » Et il sentait qu'elle éprouvait une telle déception qu'il préférait mentir en lui disant que tout cela n'était rien, que ce n'était encore que des bagatelles, qu'il n'avait pas le temps d'aborder le fond, qu'il y avait autre chose. Mais elle lui disait vivement : « Autre chose ? quoi ?... Dis-le alors », mais il ne le disait pas, sachant combien cela lui paraîtrait mince et différent de ce qu'elle espérait, moins sensationnel et moins touchant, et craignant que, désillusionnée de l'art, elle ne le fût en même temps de l'amour.

26

DU COTÉ DE CHEZ SWANN

Et en effet elle trouvait Swann, intellectuellement, inférieur à ce qu'elle aurait cru. « Tu gardes toujours ton sang-froid, je ne peux te définir. » Elle s'émerveillait davantage de son indifférence à l'argent, de sa gentillesse pour chacun, de sa délicatesse. Et il arrive en effet souvent pour de plus grands que n'était Swann, pour un savant, pour un artiste, quand il n'est pas méconnu par ceux qui l'entourent, que celui de leurs sentiments qui prouve que la supériorité de son intelligence s'est imposée à eux, ce n'est pas leur admiration pour ses idées car elles leur échappent, mais leur respect pour sa bonté. C'est aussi du respect qu'inspirait à Odette la situation qu'avait Swann dans le monde, mais elle ne désirait pas qu'il cherchât à l'y faire recevoir. Peut-être sentait-elle qu'il ne pourrait pas y réussir, et même craignait-elle, que rien qu'en parlant d'elle, il ne provoquât des révélations qu'elle redoutait. Toujours est-il qu'elle lui avait fait promettre de ne jamais prononcer son nom. La raison pour laquelle elle ne voulait pas aller dans le monde, lui avait-elle dit, était une brouille qu'elle avait eue autrefois avec une amie qui, pour se venger, avait ensuite dit du mal d'elle. Swann objectait : « Mais tout le monde n'a pas connu ton amie. » — « Mais si, ça fait la tache d'huile, le monde est si méchant. » D'une part Swann ne comprit pas cette histoire, mais d'autre part il savait que ces propositions : « Le monde est si méchant », « un propos calomnieux fait la tache d'huile », sont généralement tenues pour vraies ; il devait y avoir des cas auxquels elles s'appliquaient. Celui d'Odette était-il l'un de ceux-là ? Il se le demandait, mais pas longtemps, car il était sujet, lui aussi, à cette lourdeur d'esprit qui s'appesantissait sur son père, quand il se posait un problème difficile. D'ailleurs, ce monde qui faisait si peur à Odette, ne lui inspirait peut-être pas de grands désirs, car pour qu'elle se le représentât bien nettement, il était trop éloigné de celui qu'elle connaissait. Pourtant, tout en étant restée à certains égards vraiment simple, (elle avait par exemple gardé pour amie une petite couturière retirée dont elle grimpait presque chaque jour l'escalier raide, obscur et fétide), elle avait soif de chic, mais ne s'en faisait pas la même idée que les gens du monde. Pour eux, le chic est une émanation de quelques personnes peu nombreuses qui le projettent jusqu'à un degré assez éloigné — et plus ou moins affaibli dans la mesure où l'on est distant du centre de leur intimité —, dans le cercle de leurs amis ou des amis de leurs amis dont les noms forment une sorte de répertoire. Les gens du monde le possèdent dans leur mémoire, ils ont sur ces matières une érudition d'où ils ont extrait une sorte de goût, de tact, si bien que Swann par exemple, sans avoir besoin de faire appel à son savoir mondain, s'il lisait dans un journal les noms des personnes qui se trouvaient à un dîner pouvait dire immédiatement la nuance du chic de ce dîner, comme un lettré, à la simple lecture d'une phrase, apprécie exactement la qualité littéraire de son auteur. Mais Odette faisait partie des personnes (extrêmement nombreuses quoi qu'en pensent les gens du monde, et comme il y en a dans toutes les classes de la société), qui ne possèdent pas ces notions, imaginent un chic tout autre, qui revêt divers aspects selon le milieu auquel elles appartiennent, mais a pour caractère particulier, — que ce soit celui dont rêvait Odette, ou celui devant lequel s'inclinait Mme Cottard. — d'être directement accessible à tous. L'autre, celui des gens du monde, l'est à vrai dire aussi, mais il y faut quelque délai. Odette disait de quelqu'un :

— « Il ne va jamais que dans les endroits chics. »

Et si Swann lui demandait ce qu'elle entendait par là, elle lui répondait avec un peu de mépris :

— « Mais les endroits chics, parbleu ! Si, à ton âge, il faut t'apprendre ce que c'est que les endroits chics, que veux-tu que je te dise moi, par exemple, le dimanche matin, l'avenue de l'Impératrice, à cinq heures le tour du Lac, le jeudi l'Eden Théâtre, le vendredi l'Hippodrome, les bals... »

— Mais quels bals ?

— « Mais les bals qu'on donne à Paris, les bals chics, je veux dire. Tiens, Herbinger, tu sais, celui qui est chez un coulissier ? mais si, tu dois savoir, c'est un des hommes les plus lancés de Paris, ce grand jeune homme blond qui est tellement snob, il a toujours une fleur à la boutonnière, une raie dans le dos, des paletots clairs ; il est avec ce vieux tableau qu'il promène à toutes les premières. Eh bien ! il a donné un bal, l'autre soir, il y avait tout ce qu'il y a de chic à Paris. Ce que j'aurais aimé y aller ! mais il fallait présenter sa carte d'invitation à la porte et je n'avais pas pu en avoir. Au fond j'aime autant ne pas y être allée, c'était une tuerie, je n'aurais rien vu. C'est plutôt pour pouvoir dire qu'on était chez Herbinger. Et tu sais, moi, la gloriole ! Du reste, tu peux bien te dire que sur cent qui racontent qu'elles y étaient, il y a bien la moitié dont ça n'est pas vrai... Mais ça m'étonne que toi, un homme si « pschutt », tu n'y étais pas. »

Mais Swann ne cherchait nullement à lui faire modifier cette conception du chic ; pensant que la sienne n'était pas plus vraie, était aussi sotte, dénuée d'importance, il ne trouvait aucun intérêt à en instruire sa maîtresse, si bien qu'après des mois elle ne s'intéressait aux personnes chez qui il allait que pour les cartes de pesage, de concours hippique, les billets de première qu'il pouvait avoir par elles. Elle souhaitait qu'il cultivât des relations si utiles mais elle était par ailleurs, portée à les croire peu chic, depuis qu'elle avait vu passer dans la rue la marquise de Villeparisis en robe de laine noire, avec un bonnet à brides.

— Mais elle a l'air d'une ouvreuse, d'une vieille concierge, darling! Ça, une marquise ! Je ne suis pas marquise, mais il faudrait me payer bien cher pour me faire sortir nippée comme ça !

Elle ne comprenait pas que Swann habitât l'hôtel du quai d'Orléans que, sans oser le lui avouer, elle trouvait indigne de lui.

Certes, elle avait la prétention d'aimer les « antiquités » et prenait un air ravi et fin pour dire qu'elle adorait passer toute une journée à « bibeloter », à chercher « du bric-à-brac », des choses « du temps ». Bien qu'elle s'entêtât dans une sorte de point d'honneur (et semblât pratiquer quelque précepte familial) en ne répondant jamais aux questions et en ne « rendant pas de comptes » sur l'emploi de ses journées, elle parla une fois à Swann d'une amie qui l'avait invitée et chez qui tout était « de l'époque ». Mais Swann ne put arriver à lui faire dire qu'elle était cette époque. Pourtant, après avoir réfléchi, elle répondit que c'était « moyenâgeux ». Elle entendait par là qu'il y avait des boiseries. Quelque temps après, elle lui reparla de son amie et ajouta, sur le ton hésitant et de l'air entendu dont on cite quelqu'un avec qui on a dîné la veille et dont on n'avait jamais entendu le nom, mais que vos amphitryons avaient l'air de considérer comme quelqu'un de si célèbre qu'on espère que l'interlocuteur saura bien de qui vous voulez parler : « Elle a une salle à manger... du... dix-huitième ! » Elle trouvait du reste cela affreux, nu, comme si la maison n'était pas finie, les femmes y paraissaient affreuses et la mode n'en prendrait jamais. Enfin, une troisième fois, elle en reparla et montra à Swann l'adresse de l'homme qui avait fait cette salle à manger et qu'elle avait envie de faire venir, quand elle aurait de l'argent pour voir s'il ne pourrait pas lui en faire, non pas certes une pareille, mais celle qu'elle rêvait et que, malheureusement, les dimensions de son petit hôtel ne comportaient pas, avec de hauts dressoirs, des meubles Renaissance et des cheminées comme au château de Blois. Ce jour-là, elle laissa échapper devant Swann ce qu'elle pensait de son habitation du quai d'Orléans ; comme il avait critiqué que l'amie
r . pas dans le Louis XVI, car, disait-il, bien que cela

29

ne se fasse pas, cela peut être charmant, mais dans le faux ancien : « Tu ne voudrais pas qu'elle vécût comme toi au milieu de meubles cassés et de tapis usés », lui dit-elle, le respect humain de la bourgeoise l'emportant encore chez elle sur le dilettantisme de la cocotte.

De ceux qui aimaient à bibeloter, qui aimaient les vers, méprisaient les bas calculs, rêvaient d'honneur et d'amour, elle faisait une élite supérieure au reste de l'humanité. Il n'y avait pas besoin qu'on eût réellement ces goûts pourvu qu'on les proclamât ; d'un homme qui lui avait avoué à dîner qu'il aimait à flâner, à se salir les doigts dans les vieilles boutiques, qu'il ne serait jamais apprécié par ce siècle commercial, car il ne se souciait pas de ses intérêts et qu'il était pour cela d'un autre temps, elle revenait en disant : « Mais c'est une âme adorable, un sensible, je ne m'en étais jamais doutée ! » et elle se sentait pour lui une immense et soudaine amitié. Mais, en revanche ceux, qui comme Swann, avaient ces goûts, mais n'en parlaient pas, la laissaient froide. Sans doute elle était obligée d'avouer que Swann ne tenait pas à l'argent, mais elle ajoutait d'un air boudeur : « Mais lui, ça n'est pas la même chose » ; et en effet, ce qui parlait à son imagination, ce n'était pas la pratique du désintéressement, c'en était le vocabulaire.

Sentant que souvent il ne pouvait pas réaliser ce qu'elle rêvait, il cherchait du moins à ce qu'elle se plût avec lui, à ne pas contrecarrer ces idées vulgaires, ce mauvais goût qu'elle avait en toutes choses, et qu'il aimait d'ailleurs comme tout ce qui venait d'elle, qui l'enchantaient même, car c'était autant de traits particuliers grâce auxquels l'essence de cette femme lui apparaissait, devenait visible. Aussi, quand elle avait l'air heureux parce qu'elle devait aller à la *Reine Topaze*, ou que son regard devenait sérieux, inquiet et volontaire, si elle avait peur de manquer la fête des fleurs ou simplement l'heure du thé, avec muffins et toasts, au « Thé de la Rue Royale » où elle croyait que l'assiduité était indispensable pour consacrer la réputation d'élégance d'une femme, Swann, transporté comme nous le sommes par le naturel d'un enfant ou par la vérité d'un portrait qui semble sur le point de parler, sentait si bien l'âme de sa maîtresse affleurer à son visage qu'il ne pouvait résister à venir l'y toucher avec ses lèvres. « Ah ! elle veut qu'on la mène à la fête des fleurs, la petite Odette, elle veut se faire admirer, eh bien, on l'y mènera, nous n'avons qu'à nous incliner. » Comme la vue de Swann était un peu basse, il dut se résigner à se servir de lunettes pour travailler chez lui, et à adopter, pour aller dans le monde, le monocle qui le défigurait moins. La première fois qu'elle lui en vit un dans

l'œil, elle ne put contenir sa joie : « Je trouve que pour un homme, il
n'y a pas à dire, ça a beaucoup de chic ! Comme tu es bien ainsi ! tu
as l'air d'un vrai gentleman. Il ne te manque qu'un titre ! » ajouta-t-elle,
avec une nuance de regret. Il aimait qu'Odette fût ainsi, de même que,
s'il avait été épris d'une Bretonne, il aurait été heureux de la voir en
coiffe et de lui entendre dire qu'elle croyait aux revenants. Jusque-là,
comme beaucoup d'hommes chez qui leur goût pour les arts se développe
indépendamment de la sensualité, un disparate bizarre avait existé
entre les satisfactions qu'il accordait à l'un et à l'autre, jouissant, dans
la compagnie de femmes de plus en plus grossières, des séductions
d'œuvres de plus en plus raffinées, emmenant une petite bonne dans une
baignoire grillée à la représentation d'une pièce décadente qu'il avait
envie d'entendre ou à une exposition de peinture impressionniste, et
persuadé d'ailleurs qu'une femme du monde cultivée n'y eut pas compris davantage, mais n'aurait pas su se taire aussi gentiment. Mais,
au contraire, depuis qu'il aimait Odette, sympathiser avec elle, tâcher
de n'avoir qu'une âme à eux deux lui était si doux, qu'il cherchait à se
plaire aux choses qu'elle aimait, et il trouvait un plaisir d'autant plus
profond non seulement à imiter ses habitudes, mais à adopter ses opinions, que comme elles n'avaient aucune racine dans sa propre intelligence, elles lui rappelaient seulement son amour, à cause duquel il les
avait préférées. S'il retournait à Serge Panine, s'il recherchait les occasions d'aller voir conduire Olivier Métra, c'était pour la douceur d'être
initié dans toutes les conceptions d'Odette, de se sentir de moitié dans
tous ses goûts. Ce charme de le rapprocher d'elle, qu'avaient les ouvrages
ou les lieux qu'elle aimait, lui semblait plus mystérieux que celui qui est
intrinsèque à de plus beaux, mais qui ne la lui rappelaient pas. D'ailleurs, ayant laissé s'affaiblir les croyances intellectuelles de sa jeunesse,
et son scepticisme d'homme du monde ayant à son insu pénétré jusqu'à elles, il pensait (ou du moins il avait si longtemps pensé cela qu'il
le disait encore) que les objets de nos goûts n'ont pas en eux une valeur
absolue, mais que tout est affaire d'époque, de classe, consiste en modes,
dont les plus vulgaires valent celles qui passent pour les plus distinguées.
Et comme il jugeait que l'importance attachée par Odette à avoir des
cartes pour le vernissage n'était pas en soi quelque chose de plus ridicule que le plaisir qu'il avait autrefois à déjeuner chez le prince de
Galles, de même, il ne pensait pas que l'admiration qu'elle professait
pour Monte-Carlo ou pour le Righi fût plus déraisonnable que le goût
qu'il avait, lui, pour la Hollande qu'elle se figurait laide et pour Ver-

sailles qu'elle trouvait triste. Aussi, se privait-il d'y aller, ayant plaisir à se dire que c'était pour elle, qu'il voulait ne sentir, n'aimer qu'avec elle.

Comme tout ce qui environnait Odette et n'était en quelque sorte que le mode selon lequel il pouvait la voir, causer avec elle, il aimait la société des Verdurin. Là, comme au fond de tous les divertissements, repas, musique, jeux, soupers costumés, parties de campagne, parties de théâtre, même les rares « grandes soirées » données pour les « ennuyeux », il y avait la présence d'Odette, la vue d'Odette, la conversation avec Odette, dont les Verdurin faisaient à Swann, en l'invitant, le don inestimable, il se plaisait mieux que partout ailleurs dans le « petit noyau », et cherchait à lui attribuer des mérites réels, car il s'imaginait ainsi que par goût, il le fréquenterait toute sa vie. Or, n'osant pas se dire, par peur de ne pas le croire, qu'il aimerait toujours Odette, du moins en cherchant à supposer qu'il fréquenterait toujours les Verdurin (proposition qui, *a priori*, soulevait moins d'objections de principe de la part de son intelligence), il se voyait dans l'avenir continuant à rencontrer chaque soir Odette ; cela ne revenait peut-être pas tout à fait au même que l'aimer toujours, mais, pour le moment, pendant qu'il l'aimait, croire qu'il ne cesserait pas un jour de la voir, c'est tout ce qu'il demandait. « Quel charmant milieu, se disait-il. Comme c'est au fond la vraie vie qu'on mène là ! Comme on y est plus intelligent, plus artiste que dans le monde. Comme Mme Verdurin, malgré de petites exagérations un peu risibles, a un amour sincère de la peinture, de la musique ! quelle passion pour les œuvres, quel désir de faire plaisir aux artistes ! Elle se fait une idée inexacte des gens du monde ; mais avec cela que le monde n'en a pas une plus fausse encore des milieux artistes ! Peut-être n'ai-je pas de grands besoins intellectuels à assouvir dans la conversation, mais je me plais parfaitement bien avec Cottard, quoiqu'il fasse des calembours ineptes. Et quant au peintre, si sa prétention est déplaisante quand il cherche à étonner, en revanche c'est une des plus belles intelligences que j'aie connues. Et puis surtout, là, on se sent libre, on fait ce qu'on veut sans contrainte, sans cérémonie. Quelle dépense de bonne humeur il se fait par jour dans ce salon-là ! Décidément, sauf quelques rares exceptions, je n'irai plus jamais que dans ce milieu. C'est là que j'aurai de plus en plus mes habitudes et ma vie. »

Et comme les qualités qu'il croyait intrinsèques aux Verdurin n'étaient que le reflet sur eux de plaisirs qu'avait goûtés chez eux son amour pour Odette, ces qualités devenaient plus sérieuses, plus profondes, plus vitales, quand ces plaisirs l'étaient aussi. Comme Mme Verdurin donnait parfois à Swann ce qui seul pouvait constituer pour lui le bonheur ; comme, tel soir où il se sentait anxieux parce qu'Odette avait causé avec un invité plus qu'avec un autre, et où, irrité contre elle, il ne voulait pas prendre l'initiative de lui demander si elle reviendrait avec lui, Mme Verdurin lui apportait la paix et la joie en disant spontanément : « Odette, vous allez ramener M. Swann, n'est-ce pas ? » comme cet été qui venait et où il s'était d'abord demandé avec inquiétude si Odette ne s'absenterait pas sans lui, s'il pourrait continuer à la voir tous les jours Mme Verdurin allait les inviter à le passer tous deux chez elle à la campagne, — Swann laissant à son insu la reconnaissance et l'intérêt s'infiltrer dans son intelligence et influer sur ses idées, allait jusqu'à proclamer que Mme Verdurin était une grande âme. De quelques gens exquis ou éminents que tel de ses anciens camarades de l'école du Louvre lui parlât : « Je préfère cent fois les Verdurin, lui répondait-il. » Et, avec une solennité qui était nouvelle chez lui : « Ce sont des êtres magnanimes, et la magnanimité est, au fond, la seule chose qui importe et qui distingue ici-bas. Vois-tu, il n'y a que deux classes d'êtres : les magnanimes et les autres ; et je suis arrivé à un âge où il faut prendre parti, décider une fois pour toutes qui on veut aimer et qui on veut dédaigner, se tenir à ceux qu'on aime et, pour réparer le temps qu'on a gâché avec les autres ne plus les quitter jusqu'à sa mort. Eh bien ! ajoutait-il avec cette légère émotion qu'on éprouve quand même sans bien s'en rendre compte, on dit une chose non parce qu'elle est vraie, mais parce qu'on a plaisir à la dire et qu'on l'écoute dans sa propre voix comme si elle venait d'ailleurs que de nous-mêmes, le sort en est jeté, j'ai choisi d'aimer les seuls cœurs magnanimes et de ne plus vivre que dans la magnanimité. Tu me demandes si Mme Verdurin est véritablement intelligente. Je t'assure qu'elle m'a donné les preuves d'une noblesses de cœur, d'une hauteur d'âme où, que veux-tu, on n'atteint pas sans une hauteur égale de pensée. Certes elle a la profonde intelligence des arts. Mais ce n'est peut-être pas là qu'elle est le plus admirable ; et telle petite action ingénieusement, exquisement bonne, qu'elle a accomplie pour moi, telle géniale attention, tel geste familièrement sublime, révèlent une compréhension plus profonde de l'existence que tous les traités de philosophie. »

Il aurait pourtant pu se dire qu'il y avait des anciens amis de ses

parents aussi simples que les Verdurin, des camarades de sa jeunesse-
aussi épris d'art, qu'il connaissait d'autres êtres d'un grand cœur, et
que, pourtant, depuis qu'il avait opté pour la simplicité, les arts et la
magnanimité, il ne les voyait plus jamais. Mais ceux-là ne connaissaient pas Odette, et, s'ils l'avaient connue, ne se seraient pas souciés de
la rapprocher de lui.

Ainsi il n'y avait sans doute pas, dans tout le milieu Verdurin, un seul
fidèle qui les aimât ou crût les aimer autant que Swann. Et pourtant,
quand M. Verdurin avait dit que Swann ne lui revenait pas, non seulement il avait exprimé sa propre pensée, mais il avait deviné celle de sa
femme. Sans doute Swann avait pour Odette une affection trop particulière et dont il avait négligé de faire de Mme Verdurin la confidente-
quotidienne ; sans doute la discrétion même avec laquelle il usait de-
l'hospitalité des Verdurin, s'abstenant souvent de venir dîner pour
une raison qu'ils ne soupçonnaient pas et à la place de laquelle ils
voyaient le désir de ne pas manquer une invitation chez des « ennuyeux »,
sans doute aussi, et malgré toutes les précautions qu'il avait prises pour
la leur cacher, la découverte progressive qu'ils faisaient de sa brillante
situation mondaine, tout cela contribuait à leur irritation contre lui.
Mais la raison profonde en était autre. C'est qu'ils avaient très vite senti en
lui un espace réservé, impénétrable, où il continuait à professer silencieusement pour lui-même que la princesse de Sagan n'était pas grotesque et que les plaisanteries de Cottard n'étaient pas drôles, enfin
et bien que jamais il ne se départît de son amabilité et ne se révol-
tât contre leurs dogmes, une impossibilité de les lui imposer, de l'y
convertir entièrement, comme ils n'en avaient jamais rencontré une-
pareille chez personne. Ils lui auraient pardonné de fréquenter des
ennuyeux (auxquels d'ailleurs, dans le fond de son cœur, il préférait
mille fois les Verdurin et tout le petit noyau) s'il avait consenti, pour
le bon exemple, à les renier en présence des fidèles. Mais c'est une
abjuration qu'ils comprirent qu'on ne pourrait pas lui arracher.

Quelle différence avec un « nouveau » qu'Odette leur avait demandé
d'inviter, quoiqu'elle ne l'eût rencontré que peu de fois, et sur lequel
ils fondaient beaucoup d'espoir, le comte de Forcheville ! (Il se trouva
qu'il était justement le beau-frère de Saniette, ce qui remplit d'étonnement les fidèles : le vieil archiviste avait des manières si humbles
qu'ils l'avaient toujours cru d'un rang social inférieur au leur et ne
s'attendaient pas à apprendre qu'il appartenait à un monde riche
et relativement aristocratique.) Sans doute Forcheville était grossière-

ment snob, alors que Swann ne l'était pas ; sans doute il était bien loin
de placer, comme lui, le milieu des Verdurin au-dessus de tous les
autres. Mais il n'avait pas cette délicatesse de nature qui empêchait
Swann de s'associer aux critiques trop manifestement fausses que
dirigeait Mme Verdurin contre des gens qu'il connaissait. Quant aux
tirades prétentieuses et vulgaires que le peintre lançait à certains jours,
aux plaisanteries de commis voyageur que risquait Cottard et auxquelles
Swann, qui les aimait l'un et l'autre, trouvait facilement des excuses
mais n'avait pas le courage et l'hypocrisie d'applaudir, Forcheville
était au contraire d'un niveau intellectuel qui lui permettait d'être
abasourdi, émerveillé par les unes, sans d'ailleurs les comprendre,
et de se délecter aux autres. Et justement le premier dîner chez les
Verdurin auquel assista Forcheville, mit en lumière toutes ces diffé-
rences, fit ressortir ses qualités et précipita la disgrâce de Swann.

Il y avait, à ce dîner, en dehors des habitués, un professeur de la Sor-
bonne, Brichot, qui avait rencontré M. et Mme Verdurin aux eaux et
si ses fonctions universitaires et ses travaux d'érudition n'avaient pas
rendu très rares ses moments de liberté, serait volontiers venu souvent
chez eux. Car il avait cette curiosité, cette superstition de la vie, qui
unie à un certain scepticisme relatif à l'objet de leurs études, donne
dans n'importe quelle profession, à certains hommes intelligents,
médecins qui ne croient pas à la médecine, professeurs de lycée qui
ne croient pas au thème latin, la réputation d'esprits larges, brillants,
et même supérieurs. Il affectait, chez Mme Verdurin, de chercher ses
comparaisons dans ce qu'il y avait de plus actuel quand il parlait de
philosophie et d'histoire, d'abord parce qu'il croyait qu'elles ne sont
qu'une préparation à la vie et qu'il s'imaginait trouver en action dans
le petit clan ce qu'il n'avait connu jusqu'ici que dans les livres, puis
peut-être aussi parce que, s'étant vu inculquer autrefois, et ayant gardé
à son insu, le respect de certains sujets, il croyait dépouiller l'universitaire en prenant avec eux des hardiesses qui, au contraire, ne lui paraissaient telles, que parce qu'il l'était resté.

Dès le commencement du repas, comme M. de Forcheville, placé à
la droite de Mme Verdurin qui avait fait pour le « nouveau » de grands
frais de toilette, lui disait : « C'est original, cette robe blanche », le docteur qui n'avait cessé de l'observer, tant il était curieux de savoir comment était fait ce qu'il appelait un « de », et qui cherchait une occasion
d'attirer son attention et d'entrer plus en contact avec lui, saisit au
vol le mot « blanche » et, sans lever le nez de son assiette dit : « blanche ?

Blanche de Castille ? », puis sans bouger la tête lança furtivement de droite et de gauche des regards incertains et souriants. Tandis que Swann, par l'effort douloureux et vain qu'il fit pour sourire, témoigna qu'il jugeait ce calembour stupide, Forcheville avait montré à la fois qu'il en goûtait la finesse et qu'il savait vivre, en contenant dans de justes limites une gaieté dont la franchise avait charmé Mme Verdurin.

— Qu'est-ce que vous dites d'un savant comme cela ? avait-elle demandé à Forcheville. Il n'y a pas moyen de causer sérieusement deux minutes avec lui. Est-ce que vous leur en dites comme cela, à votre hôpital ? avait-elle ajouté en se tournant vers le docteur, ça ne doit pas être ennuyeux tous les jours, alors. Je vois qu'il va falloir que je demande à m'y faire admettre.

— Je crois avoir entendu que le docteur parlait de cette vieille chipie de Blanche de Castille, si j'ose m'exprimer ainsi. N'est-il pas vrai, madame ? demanda Brichot à Mme Verdurin qui, pâmant, les yeux fermés, précipita sa figure dans ses mains d'où s'échappèrent des cris étouffés.

« Mon Dieu, madame, je ne voudrais pas alarmer les âmes respectueuses s'il y en a autour de cette table, *sub rosa*... Je reconnais d'ailleurs que notre ineffable république athénienne — ô combien ! — pourrait honorer en cette capétienne obscurantiste le premier des préfets de police à poigne. Si fait, mon cher hôte, si fait, reprit-il de sa voix bien timbrée qui détachait chaque syllabe, en réponse à une objection de M. Verdurin. La chronique de Saint-Denis dont nous ne pouvons contester la sûreté d'information ne laisse aucun doute à cet égard. Nulle ne pourrait être mieux choisie comme patronne par un prolétariat laïcisateur que cette mère d'un saint à qui elle en fit d'ailleurs voir de saumâtres, comme dit Suger et autres saint Bernard ; car avec elle chacun en prenait pour son grade.

— Quel est ce monsieur ? demande Forcheville à Mme Verdurin, il a l'air d'être de première force.

— Comment, vous ne connaissez pas le fameux Brichot, il est célèbre dans toute l'Europe.

— Ah ! c'est Bréchot, s'écria Forcheville qui n'avait pas bien entendu vous m'en direz tant, ajouta-t-il tout en attachant sur l'homme célèbre des yeux écarquillés. C'est toujours intéressant de dîner avec un homme en vue. Mais, dites-moi, vous nous invitez-là avec des convives de choix. On ne s'ennuie pas chez vous.

— Oh ! vous savez ce qu'il y a surtout, dit modestement Mme Verdurin, c'est qu'ils se sentent en confiance. Ils parlent de ce qu'ils veulent, et la conversation rejaillit en fusées. Ainsi Brichot, ce soir, ce n'est rien : je l'ai vu, vous savez, chez moi, éblouissant, à se mettre à genoux devant ; eh bien ! chez les autres, ce n'est plus le même homme, il n'a plus d'esprit, il faut lui arracher les mots, il est même ennuyeux. »

— C'est curieux ! dit Forcheville étonné.

Un genre d'esprit comme celui de Brichot aurait été tenu pour stupidité pure dans la coterie où Swann avait passé sa jeunesse, bien qu'il soit compatible avec une intelligence réelle. Et celle du professeur, vigoureuse et bien nourrie, aurait probablement pu être enviée par bien des gens du monde que Swann trouvait spirituels. Mais ceux-ci avaient fini par lui inculquer si bien leurs goûts et leurs répugnances, au moins en tout ce qui touche à la vie mondaine et même en celle de ses parties annexes qui devraient plutôt relever du domaine de l'intelligence : la conversation, que Swann ne put trouver les plaisanteries de Brichot que pédantesques, vulgaires et grasses à écœurer. Puis il était choqué, dans l'habitude qu'il avait des bonnes manières, par le ton rude et militaire qu'affectait, en s'adressant à chacun, l'universitaire cocardier. Enfin, peut-être avait-il surtout perdu, ce soir-là, de son indulgence en voyant l'amabilité que Mme Verdurin déployait pour ce Forcheville qu'Odette avait eu la singulière idée d'amener. Un peu gênée vis-à-vis de Swann, elle lui avait demandé en arrivant :

— Comment trouvez-vous mon invité ?

Et lui, s'apercevant pour la première fois que Forcheville qu'il connaissait depuis longtemps pouvait plaire à une femme et était assez bel homme, avait répondu : « Immonde ! » Certes, il n'avait pas l'idée d'être jaloux d'Odette, mais il ne se sentait pas aussi heureux que d'habitude et quand Brichot, ayant commencé à raconter l'histoire de la mère de Blanche de Castille qui « avait été avec Henri Plantagenet des années avant de l'épouser », voulut s'en faire demander la suite par Swann en lui disant : « n'est-ce pas, monsieur Swann ? » sur le ton martial qu'on prend pour se mettre à la portée d'un paysan ou pour donner du cœur à un troupier, Swann coupa l'effet de Brichot à la grande fureur de la maîtresse de la maison, en répondant qu'on voulût bien l'excuser de s'intéresser si peu à Blanche de Castille, mais qu'il avait quelque chose à demander au peintre. Celui-ci, en effet, était allé dans l'après-midi visiter l'exposition d'un artiste, ami de Mme Verdurin qui était mort récemment, et Swann aurait voulu savoir par lui (car il appréciait son goût) si vraiment il y avait dans ces dernières œuvres plus que la virtuosité qui stupéfiait déjà dans les précédentes.

— A ce point de vue-là, c'était extraordinaire, mais cela ne me semblait pas d'un art, comme on dit, trés « élevé », dit Swann en souriant.

— Elevé... à la hauteur d'une institution, interrompit Cottard en levant les bras avec une gravité simulée.

Toute la table éclata de rire.

— Quand je vous disais qu'on ne peut pas garder son sérieux avec lui, dit Mme Verdurin à Forcheville. Au moment où on s'y attend le moins, il vous sort une calembredaine.

Mais elle remarqua que seul Swann ne s'était pas déridé. Du reste il n'était pas très content que Cottard fît rire de lui devant Forcheville. Mais le peintre, au lieu de répondre d'une façon intéressante à Swann, ce qu'il eût probablement fait s'il eût été seul avec lui, préféra se faire admirer des convives en plaçant un morceau sur l'habileté du maître disparu.

— Je me suis approché, dit-il, pour voir comment c'était fait, j'ai mis le nez dessus. Ah ! bien ouiche ! on ne pourrait pas dire si c'est fait avec de la colle, avec du rubis, avec du savon, avec du bronze, avec du soleil, avec du caca !

— Et un font douze, s'écria trop tard le docteur dont personne ne comprit l'interruption.

— « Ça a l'air fait avec rien, reprit le peintre, pas plus moyen de découvrir le truc que dans la Ronde ou les Régentes et c'est encore plus fort comme patte que Rembrandt et que Hals. Tout y est, mais non, je vous jure. »

Et comme les chanteurs parvenus à la note la plus haute qu'ils puissent donner continuent en voix de tête, piano, il se contenta de murmurer, et en riant, comme si en effet cette peinture eût été dérisoire à force de beauté :

— « Ça sent bon, ça vous prend à la tête, ça vous coupe la respiration, ça vous fait des chatouilles, et pas mèche de savoir avec quoi c'est fait, c'en est sorcier, c'est de la rouerie, c'est du miracle (éclatant tout à fait de rire) : c'en est malhonnête ! » En s'arrêtant, redressant gravement la tête, prenant une note de basse profonde qu'il tâcha de rendre harmonieuse, il ajouta : « et c'est si loyal ! »

Sauf au moment où il avait dit : « plus fort que la Ronde », blasphème qui avait provoqué une protestation de Mme Verdurin qui tenait « la Ronde » pour le plus grand chef-d'œuvre de l'univers avec

« la Neuvième » et « la Samothrace », et à : « fait avec du caca » qui avait fait jeter à Forcheville un coup d'œil circulaire sur la table pour voir si le mot passait et avait ensuite amené sur sa bouche un sourire prude et conciliant, tous les convives, excepté Swann, avaient attaché sur le peintre des regards fascinés par l'admiration.

— « Ce qu'il m'amuse quand il s'emballe comme ça, s'écria, quand il eut terminé, Mme Verdurin, ravie que la table fût justement si intéressante le jour où M. de Forcheville venait pour la première fois. Et toi, qu'est-ce que tu as à rester comme cela, bouche bée comme une grande bête ? dit-elle à son mari. Tu sais pourtant qu'il parle bien ; on dirait que c'est la première fois qu'il vous entend. Si vous l'aviez vu pendant que vous parliez, il vous buvait. Et demain il nous récitera tout ce que vous avez dit sans manger un mot. »

— Mais non, c'est pas de la blague, dit le peintre, enchanté de son succès, vous avez l'air de croire que je fais le boniment, que c'est du chiqué ; je vous y mènerai voir, vous direz si j'ai exagéré, je vous fiche mon billet que vous revenez plus emballée que moi !

— Mais nous ne croyons pas que vous exagérez, nous voulons seulement que vous mangiez, et que mon mari mange aussi ; redonnez de la sole normande à Monsieur, vous voyez bien que la sienne est froide. Nous ne sommes pas si pressés, vous servez comme s'il y avait le feu, attendez donc un peu pour donner la salade.

Mme Cottard qui était modeste et parlait peu, savait pourtant ne pas manquer de l'assurance quand une heureuse inspiration lui avait fait trouver un mot juste. Elle sentait qu'il aurait du succès, cela la mettait en confiance, et ce qu'elle en faisait était moins pour briller que pour être utile à la carrière de son mari. Aussi ne laissa-t-elle pas échapper le mot de salade que venait de prononcer Mme Verdurin.

— Ce n'est pas de la salade japonaise ? dit-elle à mi-voix en se tournant vers Odette.

Et ravie et confuse de l'à-propos et de la hardiesse qu'il y avait à faire ainsi une allusion discrète, mais claire, à la nouvelle et retentissante pièce de Dumas, elle éclata d'un rire charmant d'ingénue, peu bruyant, mais si irrésistible qu'elle resta quelques instants sans pouvoir le maîtriser. « Qui est cette dame ? elle a de l'esprit », dit Forcheville.

— « Non, mais nous vous en ferons si vous venez tous dîner vendredi. »

— Je vais vous paraître bien provinciale, monsieur, dit Mme Cottard à Swann, mais je n'ai pas encore vu cette fameuse *Francillon* dont tout le monde parle. Le docteur y est déjà allé (je me rappelle même qu'il m'a dit avoir eu le très grand plaisir de passer la soirée avec vous) et j'avoue que je n'ai pas trouvé raisonnable qu'il louât des places pour y retourner avec moi. Evidemment, au Théâtre-Français, on ne regrette jamais sa soirée, c'est toujours si bien joué, mais comme nous avons des amis très aimables (Mme Cottard prononçait rarement un nom propre et se contentait de dire « des amis à nous », « une de mes amies », par « distinction », sur un ton factice, et avec l'air d'importance d'une personne qui ne nomme que qui elle veut) qui ont souvent des loges et ont la bonne idée de nous emmener à toutes les nouveautés qui en valent la peine, je suis toujours sûre de voir *Francillon* un peu plus tôt ou un peu plus tard, et de pouvoir me former une opinion. Je dois pourtant confesser que je me trouve assez sotte, car, dans tous les salons où je vais en visite, on ne parle naturellement que de cette malheureuse salade japonaise. On commence même à en être un peu fatigué, ajouta-t-elle en voyant que Swann n'avait pas l'air aussi intéressé qu'elle aurait cru par une si brûlante actualité. Il faut avouer pourtant que cela donne quelquefois prétexte à des idées assez amusantes. Ainsi j'ai une de mes amies qui est très originale, quoique très jolie femme, très entourée, très lancée, et qui prétend qu'elle a fait faire chez elle cette salade japonaise, mais en faisant mettre tout ce qu'Alexandre Dumas fils dit dans la pièce. Elle avait invité quelques amies à venir en manger. Malheureusement je n'étais pas des élues. Mais elle nous l'a raconté tantôt, à son jour ; il paraît que c'était détestable, elle nous a fait rire aux larmes. Mais vous savez, tout est dans la manière de raconter, dit-elle en voyant que Swann gardait un air grave.

Et supposant que c'était peut-être parce qu'il n'aimait pas *Francillon* :

— Du reste, je crois que j'aurai une déception. Je ne crois pas que cela vaille *Serge Panine*, l'idole de Mme de Crécy. Voilà au moins des sujets qui ont du fond, qui font réfléchir ; mais donner une recette de salade sur la scène du Théâtre-Français ! Tandis que *Serge Panine* ! Du reste, c'est comme tout ce qui vient de la plume de Georges Ohnet, c'est toujours si bien écrit. Je ne sais pas si vous connaissez *le Maître de Forges* que je préférerais encore à *Serge Panine*.

— « Pardonnez-moi, lui dit Swann d'un air ironique, mais j'avoue que mon manque d'admiration est à peu près égal pour ces deux chefs d'œuvre. »

— « Vraiment, qu'est-ce que vous leur reprochez. Est-ce un parti pris ? Trouvez-vous peut-être que c'est un peu triste ? D'ailleurs, comme je dis toujours, il ne faut jamais discuter sur les romans ni sur les pièces de théâtre. Chacun a sa manière de voir et vous pouvez trouver détestable ce que j'aime le mieux. »

Elle fut interrompue par Forcheville qui interpellait Swann. En effet, tandis que Mme Cottard parlait de *Francillon*, Forcheville avait exprimé à Mme Verdurin son admiration pour ce qu'il avait appelé le petit « speech » du peintre.

— Monsieur a une facilité de parole, une mémoire ! avait-il dit à Mme Verdurin quand le peintre eut terminé, comme j'en ai rarement rencontré. Bigre ! je voudrais bien en avoir autant. Il ferait un excellent prédicateur. On peut dire qu'avec M. Bréchot, vous avez là deux numéros qui se valent, je ne sais même pas si comme platine, celui-ci ne damerait pas encore le pion au professeur. Ça vient plus naturellement, c'est moins recherché. Quoiqu'il ait chemin faisant quelques mots un peu réalistes, mais c'est le goût du jour, je n'ai pas souvent vu tenir le crachoir avec une pareille dextérité, comme nous disions au régiment, où pourtant j'avais un camarade que justement monsieur me rappelait un peu. A propos de n'importe quoi, je ne sais que vous dire, sur ce verre, par exemple, il pouvait dégoiser pendant des heures, non, pas à propos de ce verre, ce que je dis est stupide ; mais à propos de la bataille de Waterloo, de tout ce que vous voudrez et il nous envoyait chemin faisant des choses auxquelles vous n'auriez jamais pensé. Du reste Swann était dans le même régiment ; il a dû le connaître ».

— Vous voyez souvent M. Swann ? demanda Mme Verdurin.

— Mais non, répondit M. de Forcheville et comme pour se rapprocher plus aisément d'Odette, il désirait être agréable à Swann, voulant saisir cette occasion, pour le flatter, de parler de ses belles relations, mais d'en parler en homme, du monde sur un ton de critique cordiale et n'avoir pas l'air de l'en féliciter comme d'un succès inespéré : « N'est-ce pas Swann ? je ne vous vois jamais. D'ailleurs, comment faire pour le voir ? Cet animal-là est tout le temps fourré chez les La Trémoïlle, chez les Laumes, chez tout ça !... » Imputation d'autant plus fausse d'ailleurs que depuis un an Swann n'allait plus guère que chez les Verdurin. Mais le seul nom de personnes qu'ils ne connaissaient pas était accueilli chez eux par un silence réprobateur. M. Verdurin, craignant la pénible impression que ces noms d' « ennuyeux », surtout lancés ainsi sans tact à la face de tous les fidèles, avaient dû produire sur sa femme, jeta sur elle à la dérobée un regard plein d'inquiète sollicitude. Il vit alors que dans sa résolution de ne pas prendre acte, de ne pas avoir été touchée par la nouvelle qui venait de lui être notifiée, de ne pas seulement rester muette, mais d'avoir été sourde comme nous l'affectons, quand un ami fautif essaye de glisser dans la conversation une excuse que ce serait avoir l'air d'admettre que de l'avoir écoutée sans protester, ou quand on prononce devant nous le nom défendu d'un ingrat, Mme Verdurin, pour que son silence n'eût pas l'air d'un consentement, mais du silence ignorant des choses inanimées, avait soudain dépouillé son visage de toute vie, de toute motilité ; son front bombé n'était plus qu'une belle étude de ronde bosse où le nom de ces La Trémoïlle chez qui était toujours fourré Swann, n'avait pu pénétrer ; son nez légèrement froncé laissait voir une échancrure qui semblait calquée sur la vie. On eût dit que sa bouche entr'ouverte allait parler. Ce n'était plus qu'une cire perdue, qu'un masque de plâtre, qu'une maquette pour un monument, qu'un buste pour le Palais de l'Industrie devant lequel le public s'arrêterait certainement pour admirer comment le sculpteur, en exprimant l'imprescriptible dignité des Verdurin opposée à celle des La Trémoïlle et des Laumes qu'ils valent certes ainsi que tous les ennuyeux de la terre, était arrivé à donner une majesté presque papale à la blancheur et à la rigidité de la pierre. Mais le marbre finit par s'animer et fit entendre qu'il fallait ne pas être dégoûté pour aller chez ces gens-là, car la femme était toujours ivre et le mari si ignorant qu'il disait collidor pour corridor.

— « On me paierait bien cher que je ne laisserais pas entrer ça chez moi », conclut Mme Verdurin, en regardant Swann d'un air impérieux.

Sans doute elle n'espérait pas qu'il se soumettrait jusqu'à imiter la sainte simplicité de la tante du pianiste qui venait de s'écrier :

— Voyez-vous ça ? Ce qui m'étonne, c'est qu'ils trouvent encore des personnes qui consentent à leur causer ; il me semble que j'aurais peur : un mauvais coup est si vite reçu ! Comment y a-t-il encore du peuple assez brute pour leur courir après.

Que ne répondait-il du moins comme Forcheville : « Dame c'est une duchesse ; il y a des gens que ça impressionne encore », ce qui aurait permis au moins à Mme Verdurin de répliquer : « Grand bien leur fasse ! » Au lieu de cela, Swann se contenta de rire d'un air qui signifiait qu'il ne pouvait même pas prendre en sérieux une pareille extravagance. M. Verdurin, continuant à jeter sur sa femme des regards furtifs, voyait avec tristesse et comprenait trop bien qu'elle éprouvait la colère d'un grand inquisiteur qui ne parvient pas à extirper l'hérésie ; et pour tâcher d'amener Swann à une rétractation, comme le courage de ses opinions paraît toujours un calcul et une lâcheté aux yeux de ceux à l'encontre de qui il s'exerce, M. Verdurin l'interpella :

— Dites-donc franchement votre pensée, nous n'irons pas le leur répéter.

A quoi Swann répondit :

— Mais ce n'est pas du tout par peur de la duchesse (si c'est des La Trémoïlle que vous parlez). Je vous assure que tout le monde aime aller chez elle. Je ne vous dis pas qu'elle soit « profonde » (il prononça profonde, comme si ç'avait été un mot ridicule, car son langage gardait la trace d'habitudes d'esprit qu'une certaine rénovation, marquée par l'amour de la musique, lui avait momentanément fait perdre — il exprimait parfois ses opinions avec chaleur —) mais, très sincèrement, elle est intelligente et son mari est un véritable lettré. Ce sont des gens charmants.

Si bien que Mme Verdurin sentant que, par ce seul infidèle, elle serait empêchée de réaliser l'unité morale du petit noyau, ne put pas s'empêcher dans sa rage contre cet obstiné qui ne voyait pas combien ses paroles la faisaient souffrir, de lui crier du fond du cœur :

— Trouvez-le si vous voulez, mais du moins ne nous le dites pas.

— Tout dépend de ce que vous appelez intelligence, dit Forcheville qui voulait briller à son tour. Voyons, Swann, qu'entendez-vous par intelligence ?

— Voilà ! s'écria Odette, voilà les grandes choses dont je lui demande de me parler, mais il ne veut jamais.

— Mais si... protesta Swann.

— Cette blague ! dit Odette.

— Blague à tabac ? demanda le docteur.

— Pour vous, reprit Forcheville, l'intelligence, est-ce le bagout du monde, les personnes qui savent s'insinuer ?

— Finissez votre entremets qu'on puisse enlever votre assiette, dit Mme Verdurin d'un ton aigre en s'adressant à Saniette, lequel absorbé dans des réflexions, avait cessé de manger. Et peut-être un peu honteuse du ton qu'elle avait pris : Cela ne fait rien, vous avez votre temps, mais, si je vous le dis, c'est pour les autres, parce que cela empêche de servir.

— Il y a, dit Brichot en martelant les syllabes, une définition bien curieuse de l'intelligence dans ce doux anarchiste de Fénelon...

— Ecoutez ! dit à Forcheville et au docteur Mme Verdurin, il va nous dire la définition de l'intelligence par Fénelon, c'est intéressant, on n'a pas toujours l'occassion d'apprendre cela.

Mais Brichot attendait que Swann eût donné la sienne. Celui-ci ne répondit pas et en se dérobant fit manquer la brillante joute que Mme Verdurin se réjouissait d'offrir à Forcheville.

— Naturellement, c'est comme avec moi, dit Odette d'un ton boudeur, je ne suis pas fâchée de voir que je ne suis pas la seule qu'il ne trouve pas à la hauteur.

— Ces de La Trémouaille que Mme Verdurin nous a montrés comme si peu recommandables, demande Brichot, en articulant avec force, descendent-ils de ceux que cette bonne snob de Mme de Sévigné avouait être heureuse de connaître parce que cela faisait bien pour ses paysans ? Il est vrai que la marquise avait une autre raison, et qui pour elle devait primer celle-là, car gendelettre dans l'âme, elle faisait passer la copie avant tout. Or dans le journal qu'elle envoyait régulièrement à sa fille, c'est Mme de La Trémouaille, bien documentée par ses grandes alliances, qui faisait la politique étrangère.

— Mais non, je ne crois pas que ce soit la même famille, dit à tout hasard Mme Verdurin.

Saniette qui, depuis qu'il avait rendu précipitamment au maître d'hôtel son assiette encore pleine, s'était replongé dans un silence méditatif, en sortit enfin pour raconter en riant l'histoire d'un dîner qu'il avait fait avec le duc de La Trémoïlle et d'où il résultait que celui-ci ne savait pas que George Sand était le pseudonyme d'une femme. Swann qui avait de la sympathie pour Saniette crut devoir lui donner sur la culture du duc des détails montrant qu'une telle ignorance de la part de celui-ci était matériellement impossible ; mais tout d'un coup il s'arrêta, il venait de comprendre que Saniette n'avait pas besoin de ces preuves et savait que l'histoire était fausse pour la raison qu'il venait de l'inventer il y avait un moment. Cet excellent homme souffrait d'être trouvé si ennuyeux par les Verdurin ; et ayant conscience d'avoir été plus terne encore à ce dîner que d'habitude, il n'avait voulu le laisser finir sans avoir réussi à amuser. Il capitula si vite, eut l'air si malheureux de voir manqué l'effet sur lequel il avait compté et répondit d'un ton si lâche à Swann pour que celui-ci ne s'acharnât pas à une réfutation désormais inutile : « C'est bon, c'est bon ; en tout cas, même si je me trompe, ce n'est pas un crime, je pense » que Swann aurait voulu pouvoir dire que l'histoire était vraie et délicieuse. Le docteur qui les avait écoutés eut l'idée que c'était le cas de dire : « Se non e vero », mais il n'était pas assez sûr des mots et craignit de s'embrouiller. Après le dîner Forcheville alla de lui-même vers le docteur.

— « Elle n'a pas dû être mal, Mme Verdurin, et puis c'est une femme avec qui on peut causer, pour moi tout est là. Evidemment elle commence à avoir un peu de bouteille. Mais Mme de Crécy voilà une petite femme qui a l'air intelligente, ah ! saperlipopette, on voit tout de suite qu'elle a l'œil américain, celle-là ! Nous parlons de Mme de Crécy, dit-il à M. Verdurin qui s'approchait, la pipe à la bouche. Je me figure que comme corps de femme... »

— « J'aimerais mieux l'avoir dans mon lit que le tonnerre », dit précipitamment Cottard qui depuis quelques instants attendait en vain que Forcheville reprît haleine pour placer cette vieille plaisanterie dont il craignait que ne revînt pas l'a-propos si la conversation changeait de cours, et qu'il débita avec cet excès de spontanéité et d'assurance qui cherche à masquer la froideur et l'émoi inséparables d'une récitation. Forcheville la connaissait, il la comprit et s'en amusa. Quant à M. Verdurin, il ne marchanda pas sa gaieté, car il avait trouvé depuis peu pour la signifier un symbole autre que celui dont usait sa femme, mais aussi simple et aussi clair. A peine avait-il commencé à faire le mouvement de tête et d'épaules de quelqu'un qui s'esclaffe qu'aussitôt il se mettait à tousser comme si, en riant trop fort, il avait avalé la fumée de sa pipe. Et la gardant toujours au coin de sa bouche, il prolongeait indéfiniment le simulacre de suffocation et d'hilarité. Ainsi lui et Mme Verdurin, qui en face, écoutant le peintre qui lui racontait une histoire, fermait les yeux avant de précipiter son visage dans ses mains, avaient l'air de deux masques de théâtre qui figuraient différemment la gaieté.

M. Verdurin avait d'ailleurs fait sagement en ne retirant pas sa pipe de sa bouche, car Cottard qui avait besoin de s'éloigner un instant fit à mi-voix une plaisanterie qu'il avait apprise depuis peu et qu'il renouvelait chaque fois qu'il avait à aller au même endroit : « Il faut que j'aille entretenir un instant le duc d'Aumale », de sorte que la quinte de M. Verdurin recommença.

— Voyons, enlève-donc ta pipe de ta bouche, tu vois bien que tu vas t'étouffer à te retenir de rire comme ça, lui dit Mme Verdurin qui venait offrir des liqueurs.

— « Quel homme charmant que votre mari, il a de l'esprit comme quatre, déclara Forcheville à Mme Cottard. Merci madame. Un vieux troupier comme moi, ça ne refuse jamais la goutte »

— « M. de Forcheville trouve Odette charmante », dit M. Verdurin à sa femme.

— Mais justement elle voudrait déjeuner une fois avec vous. Nous allons combiner ça, mais il ne faut pas que Swann le sache. Vous savez, il met un peu de froid. Ça ne vous empêchera pas de venir dîner, naturellement, nous espérons vous avoir très souvent. Avec la belle saison qui vient, nous allons souvent dîner en plein air. Cela ne vous ennuie pas les petits dîners au Bois ? bien, bien, ce sera très gentil. Est-ce que vous n'allez pas travailler de votre métier, vous ! cria-t-elle au petit pianiste, afin de faire montre, devant un nouveau de l'importance de Forcheville, à la fois de son esprit et de son pouvoir tyrannique sur les fidèles.

— M. de Forcheville était en train de me dire du mal de toi, dit Mme Cottard à son mari quand il rentra au salon.

Et lui, poursuivant l'idée de la noblesse de Forcheville qui l'occupait depuis le commencement du dîner, lui dit :

— « Je soigne en ce moment une baronne, la baronne Putbus, les Putbus étaient aux Croisades, n'est-ce pas ? Ils ont, en Poméranie, un lac qui est grand comme dix fois la place de la Concorde. Je la soigne pour de l'arthrite sèche, c'est une femme charmante. Elle connaît du reste Mme Verdurin, je crois.

Ce qui permit à Forcheville, quand il se retrouva, un moment après, seul avec Mme Cottard, de compléter le jugement favorable qu'il avait porté sur son mari :

— Et puis il est intéressant, on voit qu'il connaît du monde. Dame, ça sait tant de choses, les médecins.

— Je vais jouer la phrase de la Sonate pour M. Swann ? dit le pianiste.

— Ah ! bigre ! ce n'est pas au moins le « Serpent à Sonates » ? demanda M. de Forcheville pour faire de l'effet.

Mais le docteur Cottard qui n'avait jamais entendu ce calembour, ne le comprit pas et crut à une erreur de M. de Forcheville. Il s'approcha vivement pour la rectifier :

— « Mais non, ce n'est pas serpent à sonates qu'on dit, c'est serpent à sonnettes », dit-il d'un ton zélé, impatient et triomphal.

Forcheville lui expliqua le calembour. Le docteur rougit.

— Avouez qu'il est drôle, docteur ?

— Oh ! je le connais depuis si longtemps, répondit Cottard.

Mais ils se turent ; sous l'agitation des trémolos de violon qui la

46

protégeaient de leur tenue frémissante à deux octaves de là — et comme dans un pays de montagne, derrière l'immobilité apparente et vertigineuse d'une cascade, on aperçoit, deux cents pieds plus bas, la forme minuscule d'une promeneuse — la petite phrase venait d'apparaître, lointaine, gracieuse, protégée par le long déferlement du rideau transparent, incessant et sonore. Et Swann, en son cœur, s'adressa à elle comme à une confidente de son amour, comme à une amie d'Odette qui devrait bien lui dire de ne pas faire attention à ce Forcheville.

— Ah ! vous arrivez tard, dit Mme Verdurin à un fidèle qu'elle n'avait invité qu'en « cure-dents », nous avons eu « un » Brichot incomparable, d'une éloquence ! Mais il est parti. N'est-ce pas, monsieur Swann ? Je crois que c'est la première fois que vous vous rencontriez avec lui, dit-elle pour lui faire remarquer que c'était à elle qu'il devait de le connaître. N'est-ce pas, il a été délicieux notre Brichot ? »

Swann s'inclina poliment.

— Non ? il ne vous a pas intéressé ? lui demanda sèchement Mme Verdurin.

— « Mais si, madame, beaucoup, j'ai été ravi. Il est peut-être un peu péremptoire et un peu jovial pour mon goût. Je lui voudrais parfois un peu d'hésitations et de douceur, mais on sent qu'il sait tant de choses et il a l'air d'un bien brave homme.

Tout le monde se retira fort tard. Les premiers mots de Cottard à sa femme furent :

— J'ai rarement vu Mme Verdurin aussi en verve que ce soir.

— Qu'est-ce que c'est exactement que cette Mme Verdurin, un demi-castor ? dit Forcheville au peintre à qui il proposa de revenir avec lui.

Odette le vit s'éloigner avec regret, elle n'osa pas ne pas revenir avec Swann, mais fut de mauvaise humeur en voiture, et quand il lui demanda s'il devait entrer chez elle, elle lui dit « Bien entendu » en haussant les épaules avec impatience. Quand tous les invités furent partis, Mme Verdurin dit à son mari :

— As-tu remarqué comme Swann a ri d'un rire niais quand nous avons parlé de Mme La Trémoïlle ?

Elle avait remarqué que devant ce nom Swann et Forcheville avaient plusieurs fois supprimé la particule. Ne doutant pas que ce fût pour montrer qu'ils n'étaient pas intimidés par les titres, elle souhaitait d'imiter leur fierté, mais n'avait pas bien saisi par quelle forme grammaticale elle se traduisait. Aussi sa vicieuse façon de parler l'emportant

sur son intransigeance républicaine, elle disait encore les de La Trémoïlle ou plutôt par une abréviation en usage dans les paroles des chan-
sons de café-concert et les légendes des caricaturistes et qui dissimu-
lait le de, les d'La Trémoïlle, mais elle se rattrapait en disant : « Madame La Trémoïlle. » « La *Duchesse,* comme dit Swann », ajouta-t-elle
ironiquement avec un sourire qui prouvait qu'elle ne faisait que citer
et ne prenait pas à son compte une dénomination aussi naïve et ridicule.

— Je te dirai que je l'ai trouvé extrêmement bête.

Et M. Verdurin lui répondit :

— Il n'est pas franc, c'est un monsieur cauteleux, toujours entre
le zist et le zest. Il veut toujours ménager la chèvre et le chou. Quelle
différence avec Forcheville. Voilà au moins un homme qui vous dit
carrément sa façon de penser. Ça vous plaît ou ça ne vous plaît pas.
Ce n'est pas comme l'autre qui n'est jamais ni figue ni raisin. Du reste
Odette a l'air de préférer joliment le Forcheville, et je lui donne raison.
Et puis enfin puisque Swann veut nous la faire à l'homme du monde,
au champion des duchesses, au moins l'autre a son titre ; il est toujours
comte de Forcheville, ajouta-t-il d'un air délicat, comme si, au courant
de l'histoire de ce comté, il en soupesait minutieusement la valeur
particulière.

— Je te dirai, dit Mme Verdurin, qu'il a cru devoir lancer contre
Brichot quelques insinuations venimeuses et assez ridicules. Naturellement, comme il a vu que Brichot était aimé dans la maison, c'était une
manière de nous atteindre, de bêcher notre dîner. On sent le bon petit
camarade qui vous débinera en sortant.

— Mais je te l'ai dit, répondit M. Verdurin, c'est le raté, le petit
individu envieux de tout ce qui est un peu grand.

En réalité il n'y avait pas un fidèle qui ne fût plus malveillant que
Swann ; mais tous ils avaient la précaution d'assaisonner leurs médi-
sances de plaisanteries connues, d'une petite pointe d'émotion et de
cordialité ; tandis que la moindre réserve que se permettait Swann,
dépouillée des formules de convention telles que : « Ce n'est pas du mal
que nous disons » et auxquelles il dédaignait de s'abaisser, paraissait une
perfidie. Il y a des auteurs originaux dont la moindre hardiesse révolte
parce qu'ils n'ont pas d'abord flatté les goûts du public et ne lui ont
pas servi les lieux communs auxquels il est habitué ; c'est de la même
manière que Swann indignait M. Verdurin. Pour Swann comme pour
eux, c'était la nouveauté de son langage qui faisait croire à la noirceur
de ses intentions.

DU COTÉ DE CHEZ SWANN

Swann ignorait encore la disgrâce dont il était menacé chez les Verdurin et continuait à voir leurs ridicules en beau, au travers de son amour.

Il n'avait de rendez-vous avec Odette, au moins le plus souvent, que le soir ; mais le jour, ayant peur de la fatiguer de lui en allant chez elle, il aurait aimé du moins ne pas cesser d'occuper sa pensée, et à tous moments il cherchait à trouver une occasion d'y intervenir, mais d'une façon agréable pour elle. Si, à la devanture d'un fleuriste ou d'un joaillier, la vue d'un arbuste ou d'un bijou le charmait, aussitôt il pensait à les envoyer à Odette, imaginant le plaisir qu'ils lui avaient procuré ressenti par elle, venant accroître la tendresse qu'elle avait pour lui, et les faisait porter immédiatement rue La Pérouse, pour ne pas retarder l'instant où, comme elle recevrait quelque chose de lui, il se sentirait en quelque sorte près d'elle. Il voulait surtout qu'elle les reçût avant de sortir pour que la reconnaissance qu'elle éprouverait lui valût un accueil plus tendre quand elle le verrait chez les Verdurin, ou même, qui sait, si le fournisseur faisait assez diligence, peut-être une lettre qu'elle lui enverrait avant le dîner, ou sa venue à elle en personne chez lui, en une visite supplémentaire, pour le remercier. Comme jadis quand il expérimentait sur la nature d'Odette les réactions du dépit, il cherchait par celles de la gratitude à tirer d'elle des parcelles intimes de sentiment qu'elle ne lui avait pas révélées encore.

Souvent elle avait des embarras d'argent et, pressée par une dette, le priait de lui venir en aide. Il en était heureux comme de tout ce qui pouvait donner à Odette une grande idée de l'amour qu'il avait pour elle, ou simplement une grande idée de son influence, de l'utilité dont il pouvait lui être. Sans doute si on lui avait dit au début : « c'est ta situation qui lui plaît », et maintenant : « c'est pour ta fortune qu'elle t'aime », il ne l'aurait pas cru, et n'aurait pas été d'ailleurs très mécontent qu'on se la figurât tenant à lui, — qu'on les sentît unis l'un à l'autre — par quelque chose d'aussi fort que le snobisme ou l'argent. Mais, même s'il avait pensé que c'était vrai, peut-être n'eût-il pas souffert de découvrir à l'amour d'Odette pour lui cet état plus durable que l'agrément ou les qualités qu'elle pouvait lui trouver : l'intérêt, l'intérêt qui empêcherait de venir jamais le jour où elle aurait pu être tentée de cesser de le voir. Pour l'instant, en la comblant de présents, en lui rendant des services, il pouvait se reposer sur des avantages extérieurs à sa personne, à son intelligence, du soin épuisant de lui plaire par lui-même. Et cette volupté d'être amoureux, de ne vivre que d'amour, de la réalité de laquelle il doutait parfois, le prix dont en somme il la payait, en dilettante de sensations immatérielles, lui en augmentait la valeur, — comme on voit des gens incertains si le spectacle de la mer et le bruit de ses vagues sont délicieux, s'en convaincre ainsi que de la rare qualité de leurs goûts désintéressés, en louant cent francs par jour la chambre d'hôtel qui leur permet de les goûter.

Un jour que des réflexions de ce genre le ramenaient encore au souvenir du temps où on lui avait parlé d'Odette comme d'une femme entretenue, et où une fois de plus il s'amusait à opposer cette personnification étrange : la femme entretenue, — chatoyant amalgame d'éléments inconnus et diaboliques, serti, comme une apparition de Gustave Moreau, de fleurs vénéneuses entrelacées à des joyaux précieux,— et cette Odette sur le visage de qui il avait vu passer les mêmes sentiments de pitié pour un malheureux, de révolte contre une injustice, de gratitude pour un bienfait, qu'il avait vu éprouver autrefois par sa propre mère, par ses amis, cette Odette dont les propos avaient si souvent trait aux choses qu'il connaissait le mieux lui-même, à ses collections, à sa chambre, à son vieux domestique au banquier chez qui il avait ses titres, il se trouva que cette dernière image du banquier lui rappela qu'il aurait à y prendre de l'argent. En effet, si ce mois-ci il venait moins largement à l'aide d'Odette dans ses difficultés matérielles qu'il n'avait fait le mois dernier où il lui avait donné cinq mille francs, et s'il ne lui offrait pas une rivière de diamants qu'elle désirait, il ne renouvellerait pas en elle cette admiration qu'elle avait pour sa générosité, cette reconnaissance, qui le rendaient si heureux, et même il risquerait de lui faire croire que son amour pour elle, comme elle en verrait les manifestations devenir moins grandes, avait diminué. Alors, tout d'un coup, il se demanda si cela, ce n'était pas précisément l' « entretenir » (comme si, en effet, cette notion d'entretenir pouvait être extraite d'éléments non pas mystérieux ni pervers, mais appartenant au fond quotidien et privé de sa vie, tels que ce billet de mille francs, domestique et familier, déchiré et recollé, que son valet de chambre, après lui avoir payé les comptes du mois et le terme, avait serré dans le tiroir du vieux bureau où Swann l'avait repris pour l'envoyer avec quatre autres à Odette) et si on ne pouvait pas appliquer à Odette, depuis qu'il la connaissait (car il ne soupçonna pas un instant qu'elle eût jamais pu recevoir d'argent de personne avant lui), ce mot qu'il avait cru si inconciliable avec elle, de « femme entretenue ». Il ne put approfondir cette idée, car un accès d'une paresse d'esprit, qui était chez lui congénitale, intermittente et providentielle, vint à ce moment éteindre toute lumière dans son intelligence, aussi brusquement que, plus tard, quand on eut installé partout l'éclairage électrique, on put couper l'électricité dans une maison. Sa pensée tâtonna un instant dans l'obscurité, il retira ses lunettes, en essuya les verres, se passa la main sur les yeux, et ne revit la lumière que quand il se retrouva en présence d'une idée toute différente, à savoir qu'il faudrait tâcher d'envoyer le mois prochain six ou sept mille francs à Odette au lieu de cinq, à cause de la surprise et de la joie que cela lui causerait.

Le soir, quand il ne restait pas chez lui à attendre l'heure de retrouver Odette chez les Verdurin ou plutôt dans un des restaurants d'été qu'ils affectionnaient au Bois et surtout à Saint-Cloud, il allait dîner dans quelqu'une de ces maisons élégantes dont il était jadis le convive habituel. Il ne voulait pas perdre contact avec des gens qui — savait-on ? pourraient peut-être un jour être utiles à Odette, et grâce auxquels en attendant il réussissait souvent à lui être agréable. Puis l'habitude qu'il avait eue longtemps du monde, du luxe, lui en avait donné en même temps que le dédain, le besoin, de sorte qu'à partir du moment où les réduits les plus modestes lui étaient apparus exactement sur le même pied que les plus princières demeures, ses sens étaient tellement accoutumés aux secondes qu'il eût éprouvé quelque malaise à se trouver dans les premiers. Il avait la même considération — à un degré d'identité qu'ils n'auraient pu croire — pour des petits bourgeois qui faisaient danser au cinquième étage d'un escalier D, palier à gauche, que pour la princesse de Parme qui donnait les plus belles fêtes de Paris ; mais il n'avait pas la sensation d'être au bal en se tenant avec les pères dans la chambre à coucher de la maîtresse de la maison et la vue des lavabos recouverts de serviettes, des lits transformés en vestiaires, sur le couvre-pied desquels s'entassaient les pardessus et les chapeaux lui donnait la même sensation d'étouffement que peut causer aujourd'hui à des gens habitués à vingt ans d'électricité l'odeur d'une lampe qui charbonne ou d'une veilleuse qui file. Le jour où il dînait en ville, il faisait atteler pour sept heures et demie ; il s'habillait tout en songeant à Odette et ainsi il ne se trouvait pas seul, car la pensée constante d'Odette donnait aux moments où il était loin d'elle, le même charme particulier qu'à ceux où elle était là. Il montait en voiture, mais il sentait que cette pensée y avait sauté en même temps et s'installait sur ses genoux comme une bête aimée qu'on emmène partout et qu'il garderait avec lui à table, à l'insu des convives. Il la caressait, se réchauffait à elle, et éprouvant une sorte de langueur, se laissait aller à un léger frémissement qui crispait son cou et son nez, et était nouveau chez lui, tout en fixant à sa boutonnière le bouquet d'ancolies. Se sentant souffrant et triste depuis quelque temps, surtout depuis qu'Odette avait présenté Forcheville aux Verdurin, Swann aurait aimé aller se reposer un peu à la campagne. Mais il n'aurait pas eu le courage de quitter Paris un seul jour pendant qu'Odette y était. L'air était chaud ; c'étaient les plus beaux jours du printemps. Et il avait beau traverser une ville de pierre pour se rendre en quelque hôtel clos, ce qui était sans cesse devant ses yeux, c'était un parc qu'il possédait près de Combray, où, dès quatre heures, avant d'arriver au plant d'asperges, grâce au vent qui vient des champs de Méséglise, on pouvait goûter sous une charmille autant de fraîcheur qu'au bord de l'étang cerné de myosotis et de glaïeuls, et où, quand il dînait, enlacées par son jardinier, couraient autour de la table les groseilles et les roses.

Après dîner, si le rendez-vous au bois ou à Saint-Cloud était de bonne heure, il partait si vite en sortant de table, — surtout si la pluie menaçait de tomber et de faire rentrer plus tôt les « fidèles », — qu'une fois la princesse des Laumes (chez qui on avait dîné tard et que Swann avait quittée avant qu'on servît le café pour rejoindre les Verdurin dans l'île du Bois), dit :

— « Vraiment, si Swann avait trente ans de plus et une maladie de la vessie, on l'excuserait de filer ainsi. Mais tout de même il se moque du monde. »

Il se disait que le charme du printemps qu'il ne pouvait pas aller goûter à Combray, il le trouverait du moins dans l'île des Cygnes ou à Saint-Cloud. Mais comme il ne pouvait penser qu'à Odette, il ne savait même pas, s'il avait senti l'odeur des feuilles, s'il y avait eu du clair de lune. Il était accueilli par la petite phrase de la Sonate jouée dans le jardin sur le piano du restaurant. S'il n'y en avait pas là, les Verdurin prenaient une grande peine pour en faire descendre un d'une chambre ou d'une salle à manger : ce n'est pas que Swann fût rentré en faveur auprès d'eux, au contraire. Mais l'idée d'organiser un plaisir ingénieux pour quelqu'un, même pour quelqu'un qu'ils n'aimaient pas, développait chez eux, pendant les moments nécessaires à ces préparatifs, des sentiments éphémères et occasionnels de sympathie et de cordialité. Parfois il se disait que c'était un nouveau soir de printemps de plus qui passait, il se contraignait à faire attention aux arbres, au ciel. Mais l'agitation où le mettait la présence d'Odette, et aussi un léger malaise fébrile qui ne le quittait guère depuis quelque temps, le privait du calme et du bien-être qui sont le fond indispensable aux impressions que peut donner la nature.

Un soir où Swann avait accepté de dîner avec les Verdurin, comme pendant le dîner il venait de dire que le lendemain il avait un banquet d'anciens camarades, Odette lui avait répondu en pleine table, devant Forcheville, qui était maintenant un des fidèles, devant le peintre, devant Cottard :

— « Oui, je sais que vous avez votre banquet, je ne vous verrai donc que chez moi, mais ne venez pas trop tard. »

Bien que Swann n'eût encore jamais pris bien sérieusement ombrage de l'amitié d'Odette pour tel ou tel fidèle, il éprouvait une douceur profonde à l'entendre avouer ainsi devant tous, avec cette tranquille impudeur, leurs rendez-vous quotidiens du soir, la situation privilégiée qu'il avait chez elle et la préférence pour lui qui y était impliquée. Certes Swann avait souvent pensé qu'Odette n'était à aucun degré une femme remarquable ; et la suprématie qu'il exerçait sur un être qui lui était si inférieur n'avait rien qui dût lui paraître si flatteur à voir proclamer à la face des « fidèles », mais depuis qu'il s'était aperçu qu'à beaucoup d'hommes Odette semblait une femme ravissante et désirable, le charme qu'avait pour eux son corps avait éveillé en lui un besoin douloureux de la maîtriser entièrement dans les moindres parties de son cœur. Et il avait commencé d'attacher un prix inestimable à ces moments passés chez elle le soir, où il l'asseyait sur ses genoux, lui faisait dire ce qu'elle pensait d'une chose, d'une autre, où il recensait les seuls biens à la possession desquels il tînt maintenant sur terre. Aussi, après ce dîner, la prenant à part, il ne manqua pas de la remercier avec effusion, cherchant à lui enseigner selon les degrés de la reconnaissance qu'il lui témoignait, l'échelle des plaisirs qu'elle pouvait lui causer, et dont le suprême était de le garantir, pendant le temps que son amour durerait et l'y rendrait vulnérable, des atteintes de la jalousie.

Quand il sortit le lendemain du banquet, il pleuvait à verse, il n'avait à sa disposition que sa victoria ; un ami lui proposa de le reconduire chez lui en coupé, et comme Odette, par le fait qu'elle lui avait demandé de venir, lui avait donné la certitude qu'elle n'attendait personne, c'est l'esprit tranquille et le cœur content que, plutôt que de partir ainsi dans la pluie, il serait rentré chez lui se coucher. Mais peut-être, si elle voyait qu'il n'avait pas l'air de tenir à passer toujours avec elle, sans aucune exception, la fin de la soirée, négligerait-elle de la lui réserver, justement une fois où il l'aurait particulièrement désiré.

Il arriva chez elle après onze heures, et, comme il s'excusait de n'avoir pu venir plus tôt, elle se plaignit que ce fût en effet bien tard, l'orage l'avait rendue souffrante, elle se sentait mal à la tête et le prévint qu'elle ne le garderait pas plus d'une demi-heure, qu'à minuit, elle le renverrait; et, peu après, elle se sentit fatiguée et désira s'endormir.

— Alors, pas de catleyas ce soir ? lui dit-il, moi qui espérais un bon petit catleya.

Et d'un air un peu boudeur et nerveux elle lui répondit :

— « Mais non, mon petit, pas de catleyas ce soir, tu vois bien que je suis souffrante ! »

— « Cela t'aurait peut être fait du bien, mais enfin je n'insiste pas. »

Elle le pria d'éteindre la lumière avant de s'en aller, il referma lui-même les rideaux du lit et partit. Mais, quand il fut rentré chez lui, l'idée lui vint brusquement que peut-être Odette attendait quelqu'un ce soir, qu'elle avait seulement simulé la fatigue et qu'elle ne lui avait demandé d'éteindre que pour qu'il crût qu'elle allait s'endormir, qu'aussitôt qu'il avait été parti, elle l'avait rallumée, et fait rentrer celui qui devait passer la nuit auprès d'elle. Il regarda l'heure. Il y avait à peu près une heure et demie qu'il l'avait quittée, il ressortit, prit un fiacre et se fit arrêter tout près de chez elle, dans une petite rue perpendiculaire à celle sur laquelle donnait derrière son hôtel et où il allait quelquefois frapper à la fenêtre de sa chambre à coucher pour qu'elle vînt lui ouvrir ; il descendit de voiture, tout était désert et noir dans ce quartier, il n'eut que quelques pas à faire à pied et déboucha presque devant chez elle. Parmi l'obscurité de toutes les fenêtres éteintes depuis longtemps dans la rue, il en vit une seule d'où débordait, — entre les volets qui en pressaient la pulpe mystérieuse et dorée, — la lumière qui remplissait la chambre et qui, tant d'autres soirs, du plus loin qu'il l'apercevait, en arrivant dans la rue le réjouissait et lui annonçait : « elle est là qui t'attend » et qui maintenant, le torturait en lui disant : « elle est là avec celui qu'elle attendait ». Il voulait savoir qui ; il se glissa le long du mur jusqu'à la fenêtre, mais entre les lames obliques des volets il ne pouvait rien voir ; il entendait seulement dans le silence de la nuit le murmure d'une conversation. Certes, il souffrait de voir cette lumière dans l'atmosphère d'or de laquelle se mouvait derrière le châssis le couple invisible et détesté, d'entendre ce murmure qui révélait la présence de celui qui était venu après son départ, la fausseté d'Odette, le bonheur qu'elle était en train de goûter avec lui.

Et pourtant il était content d'être venu : le tourment qui l'avait forcé de sortir de chez lui avait perdu de son acuité en perdant de son vague, maintenant que l'autre vie d'Odette, dont il avait eu, à ce moment-là, le brusque et impuissant soupçon, il la tenait là, éclairée en plein par la lampe, prisonnière sans le savoir dans cette chambre où, quand il le voudrait, il entrerait la surprendre et la capturer ; ou plutôt il allait frapper aux volets comme il faisait souvent quand il venait très tard ; ainsi du moins, Odette apprendrait qu'il avait su, qu'il avait vu la lumière et entendu la causerie et lui, qui, tout à l'heure, se la représentait comme se riant avec l'autre de ses illusions, maintenant, c'était eux qu'il voyait, confiants dans leur erreur, trompés en somme par lui qu'ils croyaient bien loin d'ici et qui, lui, savait déjà qu'il allait frapper aux volets. Et peut-être, ce qu'il ressentait en ce moment de presque agréable, c'était autre chose aussi que l'apaisement d'un doute et d'une douleur : un plaisir de l'intelligence. Si, depuis qu'il était amoureux, les choses avaient repris pour lui un peu de l'intérêt délicieux qu'il leur trouvait autrefois, mais seulement là où elles étaient éclairées par le souvenir d'Odette, maintenant, c'était une autre faculté de sa studieuse jeunesse que sa jalousie ranimait, la passion de la vérité, mais d'une vérité, elle aussi, interposée entre lui et sa maîtresse, ne recevant sa lumière que d'elle, vérité toute individuelle qui avait pour objet unique, d'un prix infini et presque d'une beauté désintéressée, les actions d'Odette, ses relations, ses projets, son passé. A toute autre époque de sa vie, les petits faits et gestes quotidiens d'une personne avaient toujours paru sans valeur à Swann ; si on lui en faisait le commérage, il le trouvait insignifiant, et, tandis qu'il l'écoutait, ce n'était que sa plus vulgaire attention qui y était intéressée ; c'était pour lui un des moments où il se sentait le plus médiocre. Mais dans cette étrange période de l'amour, l'individuel prend quelque chose de si profond, que cette curiosité qu'il sentait s'éveiller en lui à l'égard des moindres occupations d'une femme, c'était celle qu'il avait eue autrefois pour l'Histoire. Et tout ce dont il aurait eu honte jusqu'ici, espionner devant une fenêtre, qui sait, demain, peut-être faire parler habilement les indifférents, soudoyer les domestiques, écouter aux portes, ne lui semblait plus, aussi bien que le déchiffrement des textes, la comparaison des témoignages et l'interprétation des monuments que des méthodes d'investigation scientifique d'une véritable valeur intellectuelle et appropriées à la recherche de la vérité.

Sur le point de frapper les volets, il eut un moment de honte en pensant qu'Odette allait savoir qu'il avait eu des soupçons, qu'il était revenu, qu'il s'était posté dans la rue. Elle lui avait dit souvent l'horreur qu'elle avait des jaloux, des amants qui espionnent. Ce qu'il allait faire était bien maladroit, et elle allait le détester désormais, tandis qu'en ce moment encore, tant qu'il n'avait pas frappé, peut-être, même en le trompant, l'aimait-elle. Que de bonheurs possibles dont on sacrifie ainsi la réalisation à l'impatience d'un plaisir immédiat. Mais le désir de connaître la vérité était plus fort et lui sembla plus noble. Il savait que la réalité de circonstances qu'il eût donné sa vie pour restituer exactement, était lisible derrière cette fenêtre striée de lumière comme sous la couverture enluminée d'or d'un de ces manuscrits précieux à la richesse artistique elle-même desquels le savant qui les consulte ne peut rester indifférent. Il éprouvait une volupté à connaître la vérité qui le passionnait dans cet exemplaire unique, éphémère et précieux, d'une matière translucide, si chaude et si belle. Et puis l'avantage qu'il se sentait, — qu'il avait tant besoin de se sentir. — sur eux, était peut-être moins de savoir, que de pouvoir leur montrer qu'il savait. Il se haussa sur la pointe des pieds. Il frappa. On n'avait pas entendu, il refrappa plus fort, la conversation s'arrêta. Une voix d'homme dont il chercha à distinguer auquel de ceux des amis d'Odette qu'il connaissait elle pouvait appartenir, demanda :.

— « Qui est là » ?

Il n'était pas sûr de la reconnaître. Il frappa encore une fois. On ouvrit la fenêtre, puis les volets. Maintenant, il n'y avait plus moyen de reculer, et, puisqu'elle allait tout savoir, pour ne pas avoir l'air trop malheureux, trop jaloux et curieux, il se contenta de crier d'un air négligent et gai :

— « Ne vous dérangez pas, je passais par là, j'ai vu de la lumière, j'ai voulu savoir si vous n'étiez plus souffrante. »

Il regarda. Devant lui, deux vieux messieurs étaient à la fenêtre, l'un tenant une lampe, et alors, il vit la chambre, une chambre inconnue. Ayant l'habitude, quand il venait chez Odette très tard, de reconnaître sa fenêtre à ce que c'était la seule éclairée entre les fenêtres toutes pareilles, il s'était trompé et avait frappé à la fenêtre suivante qui appartenait à la maison voisine. Il s'éloigna en s'excusant et rentra chez lui, heureux que la satisfaction de sa curiosité eût laissé leur amour intact et qu'après avoir simulé depuis si longtemps vis-à-vis d'Odette une sorte d'indifférence, il ne lui eût pas donné, par sa jalousie, cette preuve qu'il l'aimait trop, qui, entre deux amants, dispense, à tout jamais, d'aimer assez, celui qui la reçoit. Il ne lui parla pas de cette mésaventure, lui-même n'y songeait plus. Mais, par moments, un mouvement de sa pensée venait en rencontrer le souvenir qu'elle n'avait pas aperçu, le heurtait, l'enfonçait plus avant et Swann avait ressenti une douleur brusque et profonde. Comme si ç'avait été une douleur physique, les pensées de Swann ne pouvaient pas l'amoindrir ; mais du moins la douleur physique, parce qu'elle est indépendante de la pensée, la pensée peut s'arrêter sur elle, constater qu'elle a diminué, qu'elle a momentanément cessé ! Mais cette douleur-là, la pensée, rien qu'en se la rappelant, la recréait. Vouloir n'y pas penser, c'était y penser encore, en souffrir encore. Et quand, causant avec des amis, il oubliait son mal, tout d'un coup un mot qu'on lui disait le faisait changer de visage, comme un blessé dont un maladroit vient de toucher sans précaution le membre douloureux. Quand il quittait Odette, il était heureux, il se sentait calme, il se rappelait les sourires qu'elle avait eus, railleurs, en parlant de tel ou tel autre, et tendres pour lui, la lourdeur de sa tête qu'elle avait détachée de son axe pour l'incliner, la laisser tomber, presque malgré elle, sur ses lèvres, comme elle avait fait la première fois en voiture, les regards mourants qu'elle lui avait jetés pendant qu'elle était dans ses bras, tout en contractant frileusement contre l'épaule sa tête inclinée.

Mais aussitôt sa jalousie, comme si elle était l'ombre de son amour, se complétait du double de ce nouveau sourire qu'elle lui avait adressé le soir même — et qui, inverse maintenant, raillait Swann et se chargeait d'amour pour un autre —, de cette inclinaison de sa tête mais renversée vers d'autres lèvres, et, données à un autre, toutes les marques de tendresse qu'elle avait eues pour lui. Et tous les souvenirs voluptueux qu'il emportait de chez elle, étaient comme autant d'esquisses, de « projets » pareils à ceux que vous soumet un décorateur, et qui permettaient à Swann de se faire une idée des attitudes ardentes ou pâmées qu'elle pouvait avoir avec d'autres. De sorte qu'il en arrivait à regretter chaque plaisir qu'il goûtait près d'elle, chaque caresse inventée et dont il avait eu l'imprudence de lui signaler la douceur, chaque grâce qu'il lui découvrait, car il savait qu'un instant après, elles allaient enrichir d'instruments nouveaux son supplice.

Celui-ci était rendu plus cruel encore quand revenait à Swann le souvenir d'un bref regard qu'il avait surpris, il y avait quelques jours, et pour la première fois, dans les yeux d'Odette. C'était après dîner, chez les Verdurin. Soit que Forcheville sentant que Saniette, son beau-frère, n'était pas en faveur chez eux, eût voulu le prendre comme tête de Turc et briller devant eux à ses dépens, soit qu'il eût été irrité par un mot maladroit que celui-ci venait de lui dire, et qui, d'ailleurs, passa inaperçu pour les assistants qui ne savaient pas quelle allusion désobligeante il pouvait renfermer, bien contre le gré de celui qui le prononçait sans malice aucune, soit enfin qu'il cherchât depuis quelque temps une occasion de faire sortir de la maison quelqu'un qui le connaissait trop bien et qu'il savait trop délicat pour qu'il ne se sentît pas gêné à certains moments rien que de sa présence, Forcheville répondit à ce propos maladroit de Saniette avec une telle grossièreté, se mettant à l'insulter, s'enhardissant, au fur et à mesure qu'il vociférait, de l'effroi, de la douleur, des supplications de l'autre, que le malheureux, après avoir demandé à Mme Verdurin s'il devait rester, et n'ayant pas reçu de réponse, s'était retiré en balbutiant, les larmes aux yeux. Odette avait assisté impassible à cette scène, mais quand la porte se fut refermée sur Saniette, faisant descendre en quelque sorte de plusieurs crans l'expression habituelle de son visage, pour pouvoir se trouver, dans la bassesse, de plain-pied avec Forcheville, elle avait brillanté ses prunelles d'un sourire sournois de félicitations pour l'audace qu'il avait eue, d'ironie pour celui qui en avait été victime ; elle lui avait jeté un regard de complicité dans le mal, qui voulait si bien dire : « voilà une exécution, ou je ne m'y connais pas. Avez-vous vu son air penaud, il en pleurait », que Forcheville, quand ses yeux rencontrèrent ce regard, dégrisé soudain de la colère ou de la simulation de colère dont il était encore chaud, sourit, et répondit :

— Il n'avait qu'à être aimable, il serait encore ici, une bonne correction peut être utile à tout âge.

Un jour que Swann était sorti au milieu de l'après-midi pour faire une visite, n'ayant pas trouvé la personne qu'il voulait rencontrer, il eut l'idée d'entrer chez Odette à cette heure où il n'allait jamais chez elle, mais où il savait qu'elle était toujours à la maison à faire sa sieste ou à écrire des lettres avant l'heure du thé, et où il aurait plaisir à la voir un peu sans la déranger. Le concierge lui dit qu'il croyait qu'elle était là ; il sonna, crut entendre du bruit, entendre marcher, mais on n'ouvrit pas. Anxieux, irrité, il alla dans la petite rue où donnait l'autre face de l'hôtel, se mit devant la fenêtre de la chambre d'Odette ; les rideaux l'empêchaient de rien voir, il frappa avec force aux carreaux, appela ; personne n'ouvrit. Il vit que des voisins le regardaient. Il partit, pensant qu'après tout, il s'était peut-être trompé en croyant entendre des pas ; mais il en resta si préoccupé qu'il ne pouvait penser à autre chose. Une heure après, il revint. Il la trouva ; elle lui dit qu'elle était chez elle tantôt quand il avait sonné, mais dormait ; la sonnette l'avait éveillée, elle avait deviné que c'était Swann, elle avait couru après lui, mais il était déjà parti. Elle avait bien entendu frapper aux carreaux. Swann reconnut tout de suite dans ce dire un de ces fragments d'un fait exact que les menteurs pris de court se consolent de faire entrer dans la composition du fait faux qu'ils inventent, croyant y faire sa part et y dérober sa ressemblance à la Vérité. Certes quand Odette venait de faire quelque chose qu'elle ne voulait pas révéler, elle le cachait bien au fond d'elle-même. Mais dès qu'elle se trouvait en présence de celui à qui elle voulait mentir, un trouble la prenait, toutes ses idées s'effon-draient, ses facultés d'invention et de raisonnement étaient paralysées, elle ne trouvait plus dans sa tête que le vide, il fallait pourtant dire quelque chose et elle rencontrait à sa portée précisément la chose qu'elle avait voulu dissimuler et qui étant vraie, était seule restée là. Elle en détachait un petit morceau, sans importance par lui-même, se disant qu'après tout c'était mieux ainsi puisque c'était un détail véritable qui n'offrait pas les mêmes dangers qu'un détail faux. « Ça du moins, c'est vrai, se disait-elle, c'est toujours autant de gagné, il peut s'informer, il reconnaîtra que c'est vrai, ce n'est toujours pas ça qui me trahira. » Elle se trompait, c'était cela qui la trahissait, elle ne se rendait pas compte que ce détail vrai avait des angles qui ne pouvaient s'emboîter que dans les détails contigus du fait vrai dont elle l'avait arbitraire-ment détaché et qui, quels que fussent les détails inventés entre les-quels elle le placerait, révéleraient toujours par la matière excédente et les vides non remplis, que ce n'était pas d'entre ceux-là qu'il venait. « Elle avoue qu'elle m'avait entendu sonner, puis frapper, et qu'elle avait cru que c'était moi, qu'elle avait envie de me voir, se disait Swann. Mais cela ne s'arrange pas avec le fait qu'elle n'ait pas fait ouvrir. » Mais il ne lui fit pas remarquer cette contradiction, car il pensait que, livrée à elle-même, Odette produirait peut-être quelque mensonge qui serait un faible indice de la vérité ; elle parlait ; il ne l'interrompait pas, il recueillait avec une piété avide et douloureuse ces mots qu'elle lui disait et qu'il sentait (justement, parce qu'elle la cachait derrière eux tout en lui parlant) garder vaguement, comme le voile sacré, l'empreinte, dessiner l'incertain modelé, de cette réalité infiniment précieuse et hélas introuvable : — ce qu'elle faisait tantôt à trois heures, quand il était venu, — de laquelle il ne posséderait jamais que ces mensonges, illisibles et divins vestiges, et qui n'existait plus que dans le souvenir receleur de cet être qui la contemplait sans savoir l'apprécier, mais ne la lui livrerait pas. Certes il se doutait bien par moments qu'en elles-mêmes les actions quotidiennes d'Odette n'étaient pas passionnément intéressantes, et que les relations qu'elle pouvait avoir avec d'autres hommes n'exhalaient pas naturellement d'une façon universelle et pour tout être pensant, une tristesse morbide, capable de donner la fièvre du suicide. Il se rendait compte alors que cet intérêt, cette tristesse n'existaient qu'en lui comme une maladie, et que quand celle-ci serait guérie, les actes d'Odette, les baisers qu'elle aurait pu donner redeviendraient inoffensifs comme ceux de tant d'autres femmes. Mais que la curiosité douloureuse que Swann y portait maintenant n'eût sa cause qu'en lui, n'était pas pour lui faire trouver déraisonnable de considérer cette curiosité comme importante et de mettre tout en œuvre pour lui donner satisfaction. C'est que Swann arrivait à un âge dont la philosophie — favorisée par celle de l'époque, par celle aussi du milieu où Swann avait beaucoup vécu, de cette coterie de la princesse des Laumes où il était convenu qu'on est intelligent dans la mesure où on doute de tout et où on ne trouvait de réel et d'incontestable que les goûts de chacun — n'est déjà plus celle de la jeunesse, mais une philosophie positive, presque médicale, d'hommes qui au lieu d'extérioriser les objets de leurs aspirations, essayent de dégager de leurs années déjà écoulées un résidu fixe d'habitudes, de passions qu'ils puissent considérer en eux comme caractéristiques et permanentes et auxquelles, délibérément, ils veilleront d'abord que le genre d'existence qu'ils adoptent puisse donner satisfaction. Swann trouvait sage de faire dans sa vie la part de la souffrance qu'il éprouvait à ignorer ce qu'avait fait Odette, aussi bien que la part de la recrudescence qu'un climat humide causait à son eczéma ; de prévoir dans son budget une disponibilité importante pour obtenir sur l'emploi des journées d'Odette des renseignements sans lesquels il se sentirait malheureux, aussi bien qu'il en réservait pour d'autres goûts dont il savait qu'il pouvait attendre du plaisir, au moins avant qu'il fût amoureux, comme celui des collections et de la bonne cuisine.

Quand il voulut dire adieu à Odette pour rentrer, elle lui demanda de rester encore et le retint même vivement, en lui prenant le bras, au moment où il allait ouvrir la porte pour sortir. Mais il n'y prit pas garde, car, dans la multitude des gestes, des propos, des petits incidents qui remplissent une conversation, il est inévitable que nous passions sans y rien remarquer qui éveille notre attention près de ceux qui cachent une vérité que nos soupçons cherchent au hasard, et que nous nous arrêtions au contraire à ceux sous lesquels il n'y a rien. Elle lui redisait tout le temps : « Quel malheur que toi, qui ne viens jamais l'après-midi, pour une fois que cela t'arrive, je ne t'aie pas vu. » Il savait bien qu'elle n'était pas assez amoureuse de lui pour avoir un regret si vif d'avoir manqué sa visite, mais comme elle était bonne, désireuse de lui faire plaisir, et souvent triste quand elle l'avait contrarié, il trouva tout naturel qu'elle le fût cette fois de l'avoir privé de ce plaisir de passer une heure ensemble qui était très grand, non pour elle, mais pour lui. C'était pourtant une chose assez peu importante pour que l'air douloureux qu'elle continuait d'avoir finît par l'étonner. Elle rappelait ainsi plus encore qu'il ne le trouvait d'habitude, les figures de femmes du peintre de la Primavera. Elle avait en ce moment leur visage abattu et navré qui semble succomber sous le poids d'une douleur trop lourde pour elles, simplement quand elles laissent l'enfant Jésus jouer avec une grenade ou regardent Moïse verser de l'eau dans une auge. Il lui avait déjà vu une fois une telle tristesse, mais ne savait plus quand. Et tout d'un coup, il se rappela : c'était quand Odette avait menti en parlant à Mme Verdurin le lendemain de ce dîner où elle n'était pas venue sous prétexte qu'elle était malade et en réalité pour rester avec Swann. Certes, eût-elle été la plus scrupuleuse des femmes qu'elle n'aurait pu avoir de remords d'un mensonge aussi innocent. Mais ceux que faisait couramment Odette l'étaient moins et servaient à empêcher des découvertes qui auraient pu lui créer avec les uns ou avec les autres, de terribles difficultés. Aussi quand elle mentait, prise de peur, se sentant peu armée pour se défendre, incertaine du succès, elle avait envie de pleurer, par fatigue, comme certains enfants qui n'ont pas dormi. Puis elle savait que son mensonge lésait d'ordinaire gravement l'homme à qui elle le faisait, et à la merci duquel elle allait peut-être tomber si elle mentait mal. Alors elle se sentait à la fois humble et coupable devant lui. Et quand elle avait à faire un mensonge insignifiant et mondain, par association de sensations et de souvenirs, elle éprouvait le malaise d'un surmenage et le regret d'une méchanceté.

Quel mensonge déprimant était-elle en train de faire à Swann pour qu'elle eût ce regard douloureux, cette voix plaintive qui semblaient fléchir sous l'effort qu'elle s'imposait, et demander grâce ? Il eut l'idée que ce n'était pas seulement la vérité sur l'incident de l'après-midi qu'elle s'efforçait de lui cacher, mais quelque chose de plus actuel, peut-être de non encore survenu et de tout prochain, et qui pourrait l'éclairer sur cette vérité. A ce moment, il entendit un coup de sonnette. Odette ne cessa plus de parler, mais ses paroles n'étaient qu'un gémissement : son regret de ne pas avoir vu Swann dans l'après-midi, de ne pas lui avoir ouvert, était devenu un véritable désespoir.

On entendit la porte d'entrée se refermer et le bruit d'une voiture, comme si repartait une personne — celle probablement que Swann ne devait pas rencontrer — à qui on avait dit qu'Odette était sortie. Alors en songeant que rien qu'en venant à une heure où il n'en avait pas l'habitude, il s'était trouvé déranger tant de choses qu'elle ne voulait pas qu'il sût, il éprouva un sentiment de découragement, presque de détresse. Mais comme il aimait Odette, comme il avait l'habitude de tourner vers elle toutes ses pensées, la pitié qu'il eût pu s'inspirer à lui-même ce fut pour elle qu'il la ressentit, et il murmura : « Pauvre chérie ! » Quand il la quitta, elle prit plusieurs lettres qu'elle avait sur sa table et lui demanda s'il ne pourrait pas les mettre à la poste. Il les emporta et, une fois rentré, s'aperçut qu'il avait gardé les lettres sur lui. Il retourna jusqu'à la poste, les tira de sa poche et avant de les jeter dans la boîte regarda les adresses. Elles étaient toutes pour des fournisseurs, sauf une pour Forcheville. Il la tenait dans sa main. Il se disait : « Si je voyais ce qu'il y a dedans, je saurais comment elle l'appelle, comment elle lui parle, s'il y a quelque chose entre eux. Peut-être même qu'en ne la regardant pas, je commets une indélicatesse à l'égard d'Odette, car c'est la seule manière de me délivrer d'un soupçon peut-être calomnieux pour elle, destiné en tous cas à la faire souffrir et que rien ne pourrait plus détruire, une fois la lettre partie. »

Il rentra chez lui en quittant la poste, mais il avait gardé sur lui cette dernière lettre. Il alluma une bougie et en approcha l'enveloppe qu'il n'avait pas osé ouvrir. D'abord il ne put rien lire, mais l'enveloppe était mince, et en la faisant adhérer à la carte dure qui y était incluse, il put à travers sa transparence, lire les derniers mots. C'était une formule finale très froide. Si, au lieu que ce fût lui qui regardât une lettre adressée à Forcheville, c'eût été Forcheville qui eût lu une lettre adressée à Swann, il aurait pu voir des mots autrement tendres ! Il maintint immobile la carte qui dansait dans l'enveloppe plus grande qu'elle, puis, la faisant glisser avec le pouce, en amena successivement les différentes lignes sous la partie de l'enveloppe qui n'était pas doublée, la seule à travers laquelle on pouvait lire.

Malgré cela il ne distinguait pas bien. D'ailleurs cela ne faisait rien car il en avait assez vu pour se rendre compte qu'il s'agissait d'un petit événement sans importance et qui ne touchait nullement à des relations amoureuses, c'était quelque chose qui se rapportait à un oncle d'Odette. Swann avait bien lu au commencement de la ligne : « J'ai eu raison », mais ne comprenait pas ce qu'Odette avait eu raison de faire, quand soudain, un mot qu'il n'avait pas pu déchiffrer d'abord, apparut et éclaira le sens de la phrase tout entière : « J'ai eu raison d'ouvrir, c'était mon oncle. » D'ouvrir ! alors Forcheville était là tantôt quand Swann avait sonné et elle l'avait fait partir, d'où le bruit qu'il avait entendu.

Alors il lut toute la lettre, à la fin elle s'excusait d'avoir agi aussi sans façon avec lui et lui disait qu'il avait oublié ses cigarettes chez elle, la même phrase qu'elle avait écrite à Swann une des premières fois qu'il était venu. Mais pour Swann elle avait ajouté : puissiez-vous y avoir laissé votre cœur, je ne vous aurais pas laissé le reprendre. Pour Forcheville rien de tel ; aucune allusion qui pût faire supposer une intrigue entre eux. A vrai dire d'ailleurs, Forcheville était en tout ceci plus trompé que lui puisque Odette lui écrivait pour lui faire croire que le visiteur était son oncle. En somme, c'était lui, Swann, l'homme à qui elle attachait de l'importance et pour qui elle avait congédié l'autre. Et pourtant, s'il n'y avait rien entre Odette et Forcheville, pourquoi n'avoir pas ouvert tout de suite, pourquoi avoir dit : « J'ai bien fait d'ouvrir, c'était mon oncle » ; si elle ne faisait rien de mal à ce moment-là, comment Forcheville pourrait-il même s'expliquer qu'elle eût pu ne pas ouvrir ? Swann restait là, désolé, confus et pourtant heureux, devant cette enveloppe qu'Odette lui avait remise sans crainte, tant était absolue la confiance qu'elle avait en sa délicatesse, mais à travers le vitrage transparent de laquelle se dévoilait à lui, avec le secret d'un incident qu'il n'aurait jamais cru possible de connaître, un peu de la vie d'Odette, comme dans une étroite section lumineuse pratiquée à même l'inconnu. Puis sa jalousie s'en réjouissait, comme si cette jalousie eût eu une vitalité indépendante, égoïste, vorace de tout ce qui la nourrirait, fût-ce aux dépens de lui-même. Maintenant elle avait un aliment et Swann allait pouvoir commencer à s'inquiéter chaque jour des visites qu'Odette avait reçues vers cinq heures, à chercher à apprendre où se trouvait Forcheville à cette heure-là. Car la tendresse de Swann continuait à garder le même caractère que lui avait imprimé dès le début à la fois l'ignorance où il était de l'emploi des journées d'Odette et la paresse cérébrale qui l'empêchait de suppléer à l'ignorance par l'imagination. Il ne fut pas jaloux d'abord de toute la vie d'Odette, mais des seuls moments où une circonstance, peut-être mal interprétée, l'avait amené à supposer qu'Odette avait pu le tromper. Sa jalousie, comme une pieuvre qui jette une première, puis une seconde, puis une troisième amarre, s'attacha solidement à ce moment de cinq heures du soir, puis à un autre, puis à un autre encore. Mais Swann ne savait pas inventer ses souffrances. Elles n'étaient que le souvenir, la perpétuation d'une souffrance qui lui était venue du dehors.

Mais là tout lui en apportait. Il voulut éloigner Odette de Forcheville, l'emmener quelques jours dans le midi. Mais il croyait qu'elle était désirée par tous les hommes qui se trouvaient dans l'hôtel et qu'elle-même les désirait. Aussi lui qui jadis en voyage recherchait les gens nouveaux, les assemblées nombreuses, on le voyait sauvage, fuyant la société des hommes comme si elle l'eût cruellement blessé. Et comment n'aurait-il pas été misanthrope quand dans tout homme il voyait un amant possible pour Odette ? Et ainsi sa jalousie plus encore que n'avait fait le goût voluptueux et riant qu'il avait d'abord pour Odette, altérait le caractère de Swann et changeait du tout au tout, aux yeux des autres, l'aspect même des signes extérieurs par lesquels ce caractère se manifestait.

Un mois après le jour où il avait lu la lettre adressée par Odette à Forcheville, Swann alla à un dîner que les Verdurin donnaient au Bois. Au moment où on se préparait à partir il remarqua des conciliabules entre Mme Verdurin et plusieurs des invités et crut comprendre qu'on rappelait au pianiste de venir le lendemain à une partie à Chatou ; or, lui, Swann, n'y était pas invité.

Les Verdurin n'avaient parlé qu'à demi-voix et en termes vagues, mais le peintre, distrait sans doute, s'écria :

— « Il ne faudra aucune lumière et qu'il joue la sonate Clair de lune dans l'obscurité pour mieux voir s'éclairer les choses. »

Mme Verdurin, voyant que Swann était à deux pas, prit cette expression où le désir de faire taire celui qui parle et de garder un air innocent aux yeux de celui qui entend, se neutralise en une nullité intense du regard, où l'immobile signe d'intelligence du complice se dissimule sous les sourires de l'ingénu et qui enfin, commune à tous ceux qui s'aperçoivent d'une gaffe, la révèle instantanément sinon à ceux qui la font, du moins à celui qui en est l'objet. Odette eut soudain l'air d'une désespérée qui renonce à lutter contre les difficultés écrasantes de la vie, et Swann comptait anxieusement les minutes qui le séparaient du moment où, après avoir quitté ce restaurant, pendant le retour avec elle, il allait pouvoir lui demander des explications, obtenir qu'elle n'allât pas le lendemain à Chatou ou qu'elle l'y fît inviter et apaiser dans ses bras l'angoisse qu'il ressentait. Enfin on demanda leurs voitures. Mme Verdurin dit à Swann :

— Alors, adieu, à bientôt, n'est-ce pas ? tâchant par l'amabilité du regard et la contrainte du sourire de l'empêcher de penser qu'elle ne lui disait pas, comme elle eût toujours fait jusqu'ici :

« A demain à Chatou, à après-demain chez moi.

M. et Mme Verdurin firent monter avec eux Forcheville, la voiture de Swann s'était rangée derrière la leur dont il attendait le départ pour faire monter Odette dans la sienne.

— « Odette, nous vous ramenons, dit Mme Verdurin, nous avons une petite place pour vous à côté de M. de Forcheville. »

— « Oui, madame », répondit Odette.

— « Comment, mais je croyais que je vous reconduisais », s'écria Swann, disant sans dissimulation, les mots nécessaires, car la portière était ouverte, les secondes étaient comptées, et il ne pouvait rentrer sans elle dans l'état où il était.

— « Mais Mme Verdurin m'a demandé...

— « Voyons, vous pouvez bien revenir seul, nous vous l'avons laissée assez de fois, dit Mme Verdurin.

— Mais c'est que j'avais une chose importante à dire à Madame.

— Eh bien ! vous la lui écrirez...

— Adieu, lui dit Odette en lui tendant la main.

Il essaya de sourire mais il avait l'air atterré.

— As-tu vu les façons que Swann se permet maintenant avec nous ? dit Mme Verdurin à son mari quand ils furent rentrés. J'ai cru qu'il allait me manger, parce que nous ramenions Odette. C'est d'une inconvenance, vraiment ! Alors, qu'il dise tout de suite que nous tenons une maison de rendez-vous ! Je ne comprends pas qu'Odette supporte des manières pareilles. Il a absolument l'air de dire : vous m'appartenez. Je dirai ma manière de penser à Odette, j'espère qu'elle comprendra.

Et elle ajouta encore, un instant après, avec colère :

— Non, mais voyez-vous, cette sale bête ! employant sans s'en rendre compte, et peut-être en obéissant au même besoin obscur de se justifier — comme Françoise à Combray quand le poulet ne voulait pas mourir — les mots qu'arrachent les derniers sursauts d'un animal inoffensif qui agonise, au paysan qui est en train de l'écraser.

Et quand la voiture de Mme Verdurin fut partie et que celle de Swann s'avança, son cocher le regardant lui demanda s'il n'était pas malade ou s'il n'était pas arrivé de malheur.

Swann le renvoya, il voulait marcher et ce fut à pied, par le Bois, qu'il rentra. Il parlait seul, à haute voix, et sur le même ton un peu factice qu'il avait pris jusqu'ici quand il détaillait les charmes du petit noyau et exaltait la magnanimité des Verdurin. Mais de même que les propos, les sourires, les baisers d'Odette lui devenaient aussi odieux qu'il les avait trouvés doux, s'ils étaient adressés à d'autres que lui, de même, le salon des Verdurin, qui tout à l'heure encore lui semblait amusant, respirant un goût vrai pour l'art et même une sorte de noblesse morale, maintenant que c'était un autre que lui qu'Odette allait y rencontrer, y aimer librement, lui exhibait ses ridicules, sa sottise, son ignominie.

Il se représentait avec dégoût la soirée du lendemain à Chatou. « D'abord cette idée d'aller à Chatou ! Comme des merciers qui viennent de fermer leur boutique ! vraiment ces gens sont sublimes de bourgeoisisme, ils ne doivent pas exister réellement, ils doivent sortir du théâtre de Labiche ! »

Il y aurait là les Cottard, peut-être Brichot. « Est-ce assez grotesque cette vie de petites gens qui vivent les uns sur les autres, qui se croiraient perdus, ma parole, s'ils ne se retrouvaient pas tous demain à Chatou ! » Hélas ! il y aurait aussi le peintre, le peintre qui aimait à « faire des mariages », qui inviterait Forcheville à venir avec Odette à son atelier. Il voyait Odette avec une toilette trop habillée pour cette partie de campagne, « car elle est si vulgaire et surtout, la pauvre petite elle est tellement bête ! ! ! ».

Il entendit les plaisanteries que ferait Mme Verdurin après dîner, les plaisanteries qui, quel que fût l'ennuyeux qu'elles eussent pour cible, l'avaient toujours amusé parce qu'il voyait Odette en rire, en rire avec lui, presque en lui. Maintenant il sentait que c'était peut-être de lui qu'on allait faire rire Odette. « Quelle gaieté fétide ! disait-il en donnant à sa bouche une expression de dégoût si forte qu'il avait lui-même la sensation musculaire de sa grimace jusque dans son cou révulsé contre le col de sa chemise. Et comment une créature dont le visage est fait à l'image de Dieu peut-elle trouver matière à rire dans ces plaisanteries nauséabondes ? Toute narine un peu délicate se détournerait avec horreur pour ne pas se laisser offusquer par de tels relents. C'est vraiment incroyable de penser qu'un être humain peut ne pas comprendre qu'en se permettant un sourire à l'égard d'un semblable qui lui a tendu loyalement la main, il se dégrade jusqu'à une fange d'où il ne sera plus possible à la meilleure volonté du monde de jamais le relever. J'habite à trop de milliers de mètres d'altitude au-dessus des bas-fonds où clapotent et clabaudent de tels sales papotages, pour que je puisse être éclaboussé par les plaisanteries d'une Verdurin, s'écria-t-il, en relevant la tête, en redressant fièrement son corps en arrière. Dieu m'est témoin que j'ai sincèrement voulu tirer Odette de là, et l'élever dans une atmosphère plus noble et plus pure. Mais la patience humaine a des bornes, et la mienne est à bout, se dit-il, comme si cette mission d'arracher Odette à une atmosphère de sarcasmes datait de plus longtemps que de quelques minutes, et comme s'il ne se l'était pas donnée seulement depuis qu'il pensait que ces sarcasmes l'avaient peut-être lui-même pour objet et tentaient de détacher Odette de lui.

Il voyait le pianiste prêt à jouer la sonate Clair de lune et les mines de Mme Verdurin s'effrayant du mal que la musique de Beethoven allait faire à ses nerfs : « Idiote, menteuse ! s'écria-t-il, et ça croit aimer l'Art ! ». Elle dirait à Odette, après lui avoir insinué adroitement quelques mots louangeurs pour Forcheville, comme elle avait fait si souvent pour lui : « Vous allez faire une petite place à côté de vous à M. de Forcheville. » « Dans l'obscurité ! maquerelle, entremetteuse ! ». « Entremetteuse », c'était le nom qu'il donnait aussi à la musique qui les convierait à se taire, à rêver ensemble, à se regarder, à se prendre la main. Il trouvait du bon à la sévérité contre les arts, de Platon, de Bossuet, et de la vieille éducation française.

En somme la vie qu'on menait chez les Verdurin et qu'il avait appelée si souvent « la vraie vie », lui semblait la pire de toutes, et leur petit noyau le dernier des milieux. « C'est vraiment, disait-il, ce qu'il y a de plus bas dans l'échelle sociale, le dernier cercle de Dante. Nul doute que le texte auguste ne se réfère aux Verdurin ! Au fond, comme les gens du monde dont on peut médire, mais qui tout de même sont autre chose que ces bandes de voyous, montrent leur profonde sagesse en refusant de les connaître, d'y salir même le bout de leurs doigts. Quelle divination dans ce « Noli me tangere » du faubourg Saint-Germain. » Il avait quitté depuis bien longtemps les allées du Bois, il était presque

arrivé chez lui, que, pas encore dégrisé de sa douleur et de la verve
d'insincérité dont les intonations menteuses, la sonorité artificielle de
sa propre voix lui versaient d'instant en instant plus abondamment
l'ivresse, il continuait encore à pérorer tout haut dans le silence de la
nuit : « Les gens du monde ont leurs défauts que personne ne reconnaît
mieux que moi, mais enfin ce sont tout de même des gens avec qui certaines choses sont impossibles. Telle femme élégante que j'ai connue
était loin d'être parfaite, mais enfin il y avait tout de même chez elle un
fond de délicatesse, une loyauté dans les procédés qui l'auraient rendue,
quoi qu'il arrivât, incapable d'une félonie et qui suffisent à mettre des
abîmes entre elle et une mégère comme la Verdurin. Verdurin ! quel
nom ! Ah ! on peut dire qu'ils sont complets, qu'ils sont beaux dans
leur genre ! Dieu merci, il n'était que temps de ne plus condescendre
à la promiscuité avec cette infamie, avec ces ordures. »

Mais, comme les vertus qu'il attribuait tantôt encore aux Verdurin,
n'auraient pas suffi, même s'ils les avaient vraiment possédées, mais
s'ils n'avaient pas favorisé et protégé son amour, à provoquer chez
Swann cette ivresse où il s'attendrissait sur leur magnanimité et qui,
même propagée à travers d'autres personnes, ne pouvait lui venir que
d'Odette, — de même, l'immoralité, eût-elle été réelle, qu'il trouvait
aujourd'hui aux Verdurin aurait été impuissante, s'ils n'avaient pas
invité Odette avec Forcheville et sans lui, à déchaîner son indignation
et à lui faire flétrir « leur infamie ». Et sans doute la voix de Swann
était plus clairvoyante que lui-même, quand elle se refusait à prononcer
ces mots pleins de dégoût pour le milieu Verdurin et de la joie d'en
avoir fini avec lui, autrement que sur un ton factice et comme s'ils
étaient choisis plutôt pour assouvir sa colère que pour exprimer sa
pensée. Celle-ci, en effet, pendant qu'il se livrait à ces invectives, était
probablement, sans qu'il s'en aperçût, occupée d'un objet tout à fait
différent, car une fois arrivé chez lui, à peine eut-il refermé la porte
cochère, que brusquement il se frappa le front, et, la faisant rouvrir,
ressortit en s'écriant d'une voix naturelle cette fois : « Je crois que j'ai
trouvé le moyen de me faire inviter demain au dîner de Chatou ! »
Mais le moyen devait être mauvais, car Swann ne fut pas invité : le
docteur Cottard qui, appelé en province pour un cas grave, n'avait pas
vu les Verdurin depuis plusieurs jours et n'avait pu aller à Chatou, dit,
le lendemain de ce dîner, en se mettant à table chez eux :

— « Mais, est-ce que nous ne verrons pas M. Swann, ce soir ? Il
est bien ce qu'on appelle un ami personnel du... »

DU COTÉ DE CHEZ SWANN

— « Mais j'espère bien que non ! s'écria Mme Verdurin, Dieu nous en préserve, il est assommant, bête et mal élevé. »

Cottard à ces mots manifesta en même temps son étonnement et sa soumission, comme devant une vérité contraire à tout ce qu'il avait cru jusque-là, mais d'une évidence irrésistible ; et, baissant d'un air ému et peureux son nez dans son assiette, il se contenta de répondre : « Ah !-ah !-ah !-ah !-ah ! » en traversant à reculons, dans sa retraite repliée en bon ordre jusqu'au fond de lui-même, le long d'une gamme descendante, tout le registre de sa voix. Et il ne fut plus question de Swann chez les Verdurin.

Alors ce salon qui avait réuni Swann et Odette devint un obstacle à leurs rendez-vous. Elle ne lui disait plus comme au premier temps de leur amour : « Nous nous verrons en tous cas demain soir, il y a un souper chez les Verdurin. » Mais : « Nous ne pourrons pas nous voir demain soir, il y a un souper chez les Verdurin. » Ou bien les Verdurin devaient l'emmener à l'Opéra-Comique voir « Une nuit de Cléopâtre » et Swann lisait dans les yeux d'Odette cet effroi qu'il lui demandât de n'y pas aller, que naguère il n'aurait pu se retenir de baiser au passage sur le visage de sa maîtresse, et qui maintenant l'exaspérait. « Ce n'est pas de la colère, pourtant, se disait-il à lui-même, que j'éprouve en voyant l'envie qu'elle a d'aller picorer dans cette musique stercoraire. C'est du chagrin, non pas certes pour moi, mais pour elle ; du chagrin de voir qu'après avoir vécu plus de six mois en contact quotidien avec moi, elle n'a pas su devenir assez une autre pour éliminer spontanément Victor Massé ! Surtout pour ne pas être arrivée à comprendre qu'il y a des soirs où un être d'une essence un peu délicate doit savoir renoncer à un plaisir, quand on le lui demande. Elle devrait savoir dire « je n'irai pas », ne fût-ce que par intelligence, puisque c'est sur sa réponse qu'on classera une fois pour toutes sa qualité d'âme. » Et s'étant persuadé à lui-même que c'était seulement en effet pour pouvoir porter un jugement plus favorable sur la valeur spirituelle d'Odette qu'il désirait que ce soir-là elle restât avec lui au lieu d'aller à l'Opéra-Comique, il lui tenait le même raisonnement, au même degré d'insincérité qu'à soi-même, et même, à un degré de plus, car alors il obéissait aussi au désir de la prendre par l'amour-propre.

— Je te jure, lui disait-il, quelques instants avant qu'elle partît pour le théâtre, qu'en te demandant de ne pas sortir, tous mes souhaits, si j'étais égoïste, seraient pour que tu me refuses, car j'ai mille choses à faire ce soir et je me trouverai moi-même pris au piège et bien ennuyé si contre toute attente tu me réponds que tu n'iras pas. Mais mes occupations, mes plaisirs, ne sont pas tout, je dois penser à toi. Il peut venir un jour où me voyant à jamais détaché de toi tu auras le droit de me reprocher de ne pas t'avoir avertie dans les minutes décisives où je sentais que j'allais porter sur toi un de ces jugements sévères auxquels l'amour ne résiste pas longtemps. Vois-tu, « Une Nuit de Cléopâtre » (quel titre !) n'est rien dans la circonstance. Ce qu'il faut savoir c'est si vraiment tu es cet être qui est au dernier rang de l'esprit, et même du charme, l'être méprisable qui n'est pas capable de renoncer à un plaisir. Alors, si tu es cela, comment pourrait-on t'aimer, car tu n'es même pas une personne, une créature définie, imparfaite, mais du moins perfectible. Tu es une eau informe qui coule selon la pente qu'on lui offre, un poisson sans mémoire et sans réflexion qui tant qu'il vivra dans son aquarium se heurtera cent fois par jour contre le vitrage qu'il continuera à prendre pour de l'eau. Comprends-tu que ta réponse, je ne dis pas aura pour effet que je cesserai de t'aimer immédiatement, bien entendu, mais te rendra moins séduisante à mes yeux quand je comprendrai que tu n'es pas une personne, que tu es au-dessous de toutes les choses et ne sais te placer au-dessus d'aucune ? Evidemment j'aurais mieux aimé te demander comme une chose sans importacne, de renoncer à « Une Nuit de Cléopâtre » (puisque tu m'obliges à me souiller les lèvres de ce nom abject) dans l'espoir que tu irais cependant. Mais, décidé à tenir un tel compte, à tirer de telles conséquences de ta réponse, j'ai trouvé plus loyal de t'en prévenir. »

Odette depuis un moment donnait des signes d'émotion et d'incertitude. A défaut du sens de ce discours, elle comprenait qu'il pouvait rentrer dans le genre commun des « laïus », et scènes de reproches ou de supplications et dont l'habitude qu'elle avait des hommes lui permettait sans s'attacher aux détails des mots, de conclure qu'ils ne les prononceraient pas s'ils n'étaient pas amoureux, que du moment qu'ils étaient amoureux, il était inutile de leur obéir, qu'ils ne le seraient que plus après. Aussi aurait-elle écouté Swann avec le plus grand calme si elle n'avait vu que l'heure passait et que pour peu qu'il parlât encore quelque temps, elle allait, comme elle le lui dit avec un sourire tendre, obstiné et confus, « finir par manquer l'Ouverture ! ».

D'autres fois il lui disait que ce qui plus que tout ferait qu'il cesserait de l'aimer, c'est qu'elle ne voulût pas renoncer à mentir. « Même au simple point de vue de la coquetterie, lui disait-il, ne comprends-tu donc pas combien tu perds de ta séduction en t'abaissant à mentir ? Pas un aveu ! combien de fautes tu pourrais racheter ! Vraiment tu es bien moins intelligente que je ne croyais !» Mais c'est en vain que Swann lui exposait ainsi toutes les raisons qu'elle avait de ne pas mentir ; elles auraient pu ruiner chez Odette un système général du mensonge ; mais Odette n'en possédait pas ; elle se contentait seulement, dans chaque cas où elle voulait que Swann ignorât quelque chose qu'elle avait fait, de ne pas le lui dire. Ainsi le mensonge était pour elle un expédient d'ordre particulier ; et ce qui seul pouvait décider si elle devait s'en servir ou avouer la vérité, c'était une raison d'ordre particulier aussi, la chance plus ou moins grande qu'il y avait pour que Swann pût découvrir qu'elle n'avait pas dit la vérité.

Physiquement, elle traversait une mauvaise phase ; elle épaississait ; et le charme expressif et dolent, les regards étonnés et rêveurs qu'elle avait autrefois semblaient avoir disparu avec sa première jeunesse. De sorte qu'elle était devenue si chère à Swann au moment pour ainsi dire où il la trouvait précisément bien moins jolie. Il la regardait longuement pour tâcher de ressaisir le charme qu'il lui avait connu, et ne le retrouvait pas. Mais savoir que sous cette chrysalide nouvelle, c'était toujours Odette qui vivait, toujours la même volonté fugace, insaisissable et sournoise, suffisait à Swann pour qu'il continuât de mettre la même passion à chercher à la capter. Puis il regardait des photographies d'il y avait deux ans, il se rappelait comme elle avait été délicieuse. Et cela le consolait un peu de se donner tant de mal pour elle.

Quand les Verdurin l'emmenaient à Saint-Germain, à Chatou, à Meulan, souvent, si c'était dans la belle saison, ils proposaient, sur place, de rester à coucher et de ne revenir que le lendemain. Mme Verdurin cherchait à apaiser les scrupules du pianiste dont la tante était restée à Paris.

— Elle sera enchantée d'être débarrassée de vous pour un jour. Et comment s'inquiéterait-elle, elle vous sait avec nous ? d'ailleurs je prends tout sous mon bonnet.

Mais si elle n'y réussissait pas, M. Verdurin partait en campagne, trouvait un bureau de télégraphe ou un messager et s'informait de ceux des fidèles qui avaient quelqu'un à faire prévenir. Mais Odette le remerciait et disait qu'elle n'avait de dépêche à faire pour personne, car elle avait dit à Swann une fois pour toutes qu'en lui en envoyant une aux yeux de tous, elle se compromettrait. Parfois c'était pour plusieurs jours qu'elle s'absentait, les Verdurin l'emmenaient voir les tombeaux de Dreux, ou à Compiègne admirer, sur le conseil du peintre, des couchers de soleil en forêt et on poussait jusqu'au château de Pierrefonds.

— « Penser qu'elle pourrait visiter de vrais monuments avec moi qui ai étudié l'architecture pendant dix ans et qui suis tout le temps supplié de mener à Beauvais ou à Saint-Loup-de-Naud des gens de la plus haute valeur et ne le ferais que pour elle, et qu'à la place elle va avec les dernières des brutes s'extasier successivement devant les déjections de Louis-Philippe et devant celles de Viollet-le-Duc ! Il me semble qu'il n'y a pas besoin d'être artiste pour cela et que, même sans flair particulièrement fin, on ne choisit pas d'aller villégiaturer dans des latrines pour être plus à portée de respirer des excréments. »

Mais quand elle était partie pour Dreux ou pour Pierrefonds, — hélas, sans lui permettre d'y aller, comme par hasard, de son côté, car « cela ferait un effet déplorable », disait-elle, — il se plongeait dans le plus enivrant des romans d'amour, l'indicateur des chemins de fer, qui lui apprenait les moyens de la rejoindre, l'après-midi, le soir, ce matin même ! Le moyen ? presque davantage : l'autorisation. Car enfin l'indicateur et les trains eux-mêmes n'étaient pas faits pour des chiens. Si on faisait savoir au public, par voie d'imprimés, qu'à huit heures du matin partait un train qui arrivait à Pierrefonds à dix heures, c'est donc qu'aller à Pierrefonds était un acte licite, pour lequel la permission d'Odette était superflue ; et c'était aussi un acte qui pouvait avoir un tout autre motif que le désir de rencontrer Odette, puisque des gens qui ne la connaissaient pas l'accomplissaient chaque jour, en assez grand nombre pour que cela valût la peine de faire chauffer des locomotives.

En somme elle ne pouvait tout de même pas l'empêcher d'aller à Pierrefonds s'il en avait envie ! Or, justement, il sentait qu'il en avait envie, et que s'il n'avait pas connu Odette, certainement il y serait allé. Il y avait longtemps qu'il voulait se faire une idée plus précise des travaux de restauration de Viollet-le-Duc. Et par le temps qu'il faisait, il éprouvait l'impérieux désir d'une promenade dans la forêt de Compiègne.

Ce n'était vraiment pas de chance qu'elle lui défendît le seul endroit qui le tentait aujourd'hui. Aujourd'hui ! S'il y allait, malgré son interdiction, il pourrait la voir aujourd'hui même ! Mais, alors que, si elle eût retrouvé à Pierrefonds quelque indifférent, elle lui eût dit joyeusement : « Tiens, vous ici ! », et lui aurait demandé d'aller la voir à l'hôtel où elle était descendue avec les Verdurin, au contraire si elle l'y rencontrait, lui, Swann, elle serait froissée, elle se dirait qu'elle était suivie, elle l'aimerait moins, peut-être se détournerait-elle avec colère en l'apercevant. « Alors, je n'ai plus le droit de voyager ! », lui dirait-elle au retour, tandis qu'en somme c'était lui qui n'avait plus le droit de voyager !

Il avait eu un moment l'idée, pour pouvoir aller à Compiègne et à Pierrefonds sans avoir l'air que ce fût pour rencontrer Odette, de s'y faire emmener par un de ses amis, le marquis de Forestelle, qui avait un château dans le voisinage. Celui-ci, à qui il avait fait part de son projet sans lui en dire le motif, ne se sentait pas de joie et s'émerveillait que Swann, pour la première fois depuis quinze ans, consentît enfin à venir voir sa propriété, et puisqu'il ne voulait pas s'y arrêter, lui avait-il dit, lui promît du moins de faire ensemble des promenades et des excursions pendant plusieurs jours. Swann s'imaginait déjà là-bas avec M. de Forestelle. Même avant d'y voir Odette, même s'il ne réussissait pas à l'y voir, quel bonheur il aurait à mettre le pied sur cette terre où ne sachant pas l'endroit exact, à tel moment, de sa présence, il sentirait palpiter partout la possibilité de sa brusque apparition : dans la cour du château, devenu beau pour lui parce que c'était à cause d'elle qu'il était allé le voir ; dans toutes les rues de la ville, qui lui semblait romanesque ; sur chaque route de la forêt, rosée par un couchant profond et tendre ; — asiles innombrables et alternatifs, où venait simultanément se réfugier, dans l'incertaine ubiquité de ses espérances, son cœur heureux, vagabond et multiplié. « Surtout, dirait-il à M. de Forestelle, prenons garde de ne pas tomber sur Odette et les Verdurin ; je viens d'apprendre qu'ils sont justement aujourd'hui à Pierrefonds. On a assez le temps de se voir à Paris, ce ne serait pas la peine de le quitter pour ne pas pouvoir faire un pas les uns sans les autres. » Et son ami ne comprendrait pas pourquoi une fois là-bas il changerait vingt fois de projets, inspecterait les salles à manger de tous les hôtels de Compiègne sans se décider à s'asseoir dans aucune de celles où pourtant on n'avait pas vu trace de Verdurin, ayant l'air de rechercher ce qu'il disait vouloir fuir et du reste le fuyant dès qu'il l'aurait trouvé, car s'il avait rencontré le petit groupe, il s'en serait écarté avec affectation, content d'avoir vu Odette et qu'elle l'eût vu, surtout qu'elle l'eût vu ne se souciant pas d'elle. Mais non, elle devinerait bien que c'était pour elle qu'il était là. Et quand M. de Forestelle venait le chercher pour partir, il lui disait : « Hélas ! non, je ne peux pas aller aujourd'hui à Pierrefonds, Odette y est justement. » Et Swann était heureux malgré tout de sentir que, si seul de tous les mortels il n'avait pas le droit en ce jour d'aller à Pierrefonds, c'était parce qu'il était en effet pour Odette quelqu'un de différent des autres, son amant, et que cette restriction apportée pour lui au droit universel de libre circulation, n'était qu'une des formes de cet esclavage, de cet amour qui lui était si cher. Décidément il valait mieux ne pas risquer de se brouiller avec elle, patienter, attendre son retour. Il passait ses journées penché sur une carte de la forêt de Compiègne comme si ç'avait été la carte du Tendre, s'entourait de photographies du château de Pierrefonds. Dès que venait le jour où il était possible qu'elle revînt, il rouvrait l'indicateur, calculait quel train elle avait dû prendre, et si elle s'était attardée, ceux qui lui restaient encore. Il ne sortait pas de peur de manquer une dépêche, ne se couchait pas, pour le cas où, revenue par le dernier train, elle aurait voulu lui faire la surprise de venir le voir au milieu de la nuit. Justement il entendait sonner à la porte cochère, il lui semblait qu'on tardait à ouvrir, il voulait éveiller le concierge, se mettait à la fenêtre pour appeler Odette si c'était elle, car malgré les recommandations qu'il était descendu faire plus de dix fois lui-même, on était capable de lui dire qu'il n'était pas là. C'était un domestique qui rentrait. Il remarquait le vol incessant des voitures qui passaient, auquel il n'avait jamais fait attention autrefois. Il écoutait chacune venir au loin, s'approcher, dépasser sa porte sans s'être arrêtée et porter plus loin un message qui n'était pas pour lui. Il attendait toute la nuit, bien inutilement, car les Verdurin ayant avancé leur retour, Odette était à Paris depuis midi ; elle n'avait pas eu l'idée de l'en prévenir ; ne sachant que faire elle avait été passer sa soirée seule au théâtre et il y avait longtemps qu'elle était rentrée se coucher et dormait.

C'est qu'elle n'avait même pas pensé à lui. Et de tels moments où elle oubliait jusqu'à l'existence de Swann étaient plus utiles à Odette, servaient mieux à lui attacher Swann, que toute sa coquetterie. Car ainsi Swann vivait dans cette agitation douloureuse qui avait déjà été assez puissante pour faire éclore son amour le soir où il n'avait pas trouvé Odette chez les Verdurin et l'avait cherchée toute la soirée. Et il n'avait pas, comme j'eus à Combray dans mon enfance, des journées heureuses pendant lesquelles s'oublient les souffrances qui renaîtront le soir. Les journées, Swann les passait sans Odette ; et par moments il se disait que laisser une aussi jolie femme sortir ainsi seule dans Paris était aussi imprudent que de poser un écrin plein de bijoux au milieu de la rue. Alors il s'indignait contre tous les passants comme contre autant de voleurs. Mais leur visage collectif et informe échappant à son imagination ne nourrissait pas sa jalousie. Il fatiguait la pensée de Swann, lequel, se passant la main sur les yeux, s'écriait : « A la grâce de Dieu », comme ceux qui après s'être acharnés à étreindre le problème de la réalité du monde extérieur ou de l'immortalité de l'âme accordent la détente d'un acte de foi à leur cerveau lassé. Mais toujours la pensée de l'absente était indissolublement mêlée aux actes les plus simples de la vie de Swann, — déjeuner, recevoir son courrier, sortir, se coucher, — par la tristesse même qu'il avait à les accomplir sans elle, comme ces initiales de Philibert le Beau que dans l'église de Brou, à cause du regret qu'elle avait de lui, Marguerite d'Autriche entrelaça partout aux siennes. Certains jours au lieu de rester chez lui, il allait prendre son déjeuner dans un restaurant assez voisin dont il avait apprécié autrefois la bonne cuisine et où maintenant il n'allait plus que pour une de ces raisons, à la fois mystiques et saugrenues, qu'on appelle romanesques ; c'est que ce restaurant (lequel existe encore) portait le même nom que la rue habitée par Odette : *Lapérouse*. Quelquefois, quand elle avait fait un court déplacement ce n'est qu'après plusieurs jours qu'elle songeait à lui faire savoir qu'elle était revenue à Paris. Et elle lui disait tout simplement, sans plus prendre comme autrefois la précaution de se couvrir à tout hasard d'un petit morceau emprunté à la vérité, qu'elle venait d'y rentrer à l'instant même par le train du matin. Ces paroles étaient mensongères ; du moins pour Odette elles étaient mensongères, inconsistantes, n'ayant pas comme si elles avaient été vraies, un point d'appui dans le souvenir de son arrivée à la gare ; même elle était empêchée de se les représenter au moment où elle les prononçait, par l'image contradictoire de ce qu'elle avait fait de tout différent au moment où elle prétendait être descendue du train. Mais dans l'esprit de Swann au contraire ces paroles qui ne rencontraient aucun obstacle venaient s'incruster et prendre l'inamovibilité d'une vérité si indubitable que si un ami lui disait être venu par ce train et ne pas avoir vu Odette il était persuadé que c'était l'ami qui se trompait de jour où d'heure puisque son dire ne se conciliait pas avec les paroles d'Odette. Celles-ci ne lui eussent paru mensongères que s'il s'était d'abord défié qu'elles le fussent. Pour qu'il crût qu'elle mentait, un soupçon préalable était une condition nécessaire. C'était d'ailleurs aussi une condition suffisante. Alors tout ce que disait Odette lui paraissait suspect. L'entendait-il citer un nom ; c'était certainement celui d'un de ses amants ; une fois cette supposition forgée, il passait des semaines à se désoler ; il s'aboucha même une fois avec une agence de renseignements pour savoir l'adresse, l'emploi du temps de l'inconnu qui ne le laisserait respirer que quand il serait parti en voyage, et dont il finit par apprendre que c'était un oncle d'Odette mort depuis vingt ans.

Bien qu'elle ne lui permît pas en général de là rejoindre dans des lieux publics disant que cela ferait jaser, il arrivait que dans une soirée où il était invité comme elle, — chez Forcheville, chez le peintre, ou à un bal de charité dans un ministère, — il se trouvât en même temps qu'elle. Il la voyait mais n'osait pas rester de peur de l'irriter en ayant l'air d'épier les plaisirs qu'elle prenait avec d'autres et qui — tandis qu'il rentrait solitaire, qu'il allait se coucher anxieux comme je devais l'être moi-même quelques années plus tard les soirs où il viendrait dîner à la maison, à Combray — lui semblaient illimités parce qu'il n'en avait pas vu la fin. Et une fois ou deux il connut par de tels soirs de ces joies qu'on serait tenté, si elles ne subissaient avec tant de violence le choc en retour de l'inquiétude brusquement arrêtée, d'appeler des joies calmes, parce qu'elles consistent en un apaisement : il était allé passer un instant à un raout chez le peintre et s'apprêtait à le quitter; il y laissait Odette muée en une brillante étrangère, au milieu d'hommes à qui ses regards et sa gaieté qui n'étaient pas pour lui, semblaient parler de quelque volupté, qui serait goûtée là ou ailleurs (peut-être au « Bal des Incohérents » où il tremblait qu'elle n'allât ensuite) et qui causait à Swann plus de jalousie que l'union chernelle même parce qu'il l'imaginait plus difficilement ; il était déjà prêt à passer la porte de l'atelier quand il s'entendait rappeler par ces mots (qui en retranchant de la fête cette fin qui l'épouvantait, la lui rendaient rétrospectivement innocente, faisaient du retour d'Odette une chose non plus inconcevable et terrible, mais douce et connue et qui tiendrait à côté de lui, pareille à un peu de sa vie de tous les jours, dans sa voiture, et dépouillait Odette elle-même de son apparence trop brillante et gaie, montraient que ce n'était qu'un déguisement qu'elle avait revêtu un moment, pour lui-même, non en vue de mystérieux plaisirs, et duquel elle était déjà lasse), par ces mots qu'Odette lui jetait, comme il était déjà sur le seuil : « Vous ne voudriez pas m'attendre cinq minutes, je vais partir, nous reviendrions ensemble, vous me ramèneriez chez moi. »

Il est vrai qu'un jour Forcheville avait demandé à être ramené en même temps, mais comme, arrivé devant la porte d'Odette, il avait sollicité la permission d'entrer aussi, Odette lui avait répondu en montrant Swann : « Ah ! cela dépend de ce monsieur-là, demandez-lui. Enfin, entrez un moment si vous voulez, mais pas longtemps parce que je vous préviens qu'il aime causer tranquillement avec moi, et qu'il n'aime pas beaucoup qu'il y ait des visites quand il vient. Ah ! si vous connaissiez cet être-là autant que je le connais ; n'est-ce pas, *my love*, il n'y a que moi qui vous connaisse bien ? »

Et Swann était peut-être encore plus touché de la voir ainsi lui adresser en présence de Forcheville, non seulement ces paroles de tendresse, de prédilection, mais encore certaines critiques comme : « Je suis sûre que vous n'avez pas encore répondu à vos amis pour votre dîner de dimanche. N'y allez pas si vous ne voulez pas, mais soyez au moins poli », ou : « Avez-vous laissé seulement ici votre essai sur Ver Meer pour pouvoir l'avancer un peu demain. Quel paresseux ! Je vous ferai travailler, moi ! » qui prouvaient qu'Odette se tenait au courant de ses invitations dans le monde et de ses études d'art, qu'ils avaient bien une vie à eux deux. Et en disant cela elle lui adressait un sourire au fond duquel il la sentait toute à lui.

Alors à ces moments-là, pendant qu'elle leur faisait de l'orangeade, tout d'un coup, comme quand un réflecteur mal réglé d'abord promène autour d'un objet, sur la muraille, de grandes ombres fantastiques qui viennent ensuite se replier et s'anéantir en lui, toutes les idées terribles et mouvantes qu'il se faisait d'Odette s'évanouissaient, rejoignaient le corps charmant que Swann avait devant lui. Il avait le brusque soupçon que cette heure passée chez Odette, sous la lampe, n'était peut-être pas une heure factice, à son usage à lui (destinée à masquer cette chose effrayante et délicieuse à laquelle il pensait sans cesse sans pouvoir bien se la représenter, une heure de la vraie vie d'Odette, de la vie d'Odette quand lui n'était pas là) avec des accessoires de théâtre et des fruits de carton, mais était peut-être une heure pour de bon de la vie d'Odette, que s'il n'avait pas été là elle eût avancé à Forcheville le même fauteuil et lui eût versé non un breuvage inconnu, mais précisément cette orangeade ; que le monde habité par Odette n'était pas cet autre monde effroyable et surnaturel où il passait son temps à la situer et qui n'existait peut-être que dans son imagination, mais l'univers réel, ne dégageant aucune tristesse spéciale, comprenant cette table où il allait pouvoir écrire et cette boisson à laquelle il lui serait permis de goûter ; tous ces objets qu'il contemplait avec autant de curiosité et d'admiration que de gratitude, car si en absorbant ses rêves ils l'en avaient délivré, eux, en revanche, s'en étaient enrichis, ils lui en montraient la réalisation palpable, et ils intéressaient son esprit, ils prenaient du relief devant ses regards, en même temps qu'ils tranquillisaient son cœur. Ah! si le destin avait permis qu'il pût n'avoir qu'une seule-demeure avec Odette et que chez elle il fût chez lui, si en demandant au domestique ce qu'il y avait à déjeuner c'eût été le menu d'Odette qu'il avait appris en réponse, si quand Odette voulait aller le matin se promener avenue du Bois-de-Boulogne, son devoir de bon mari l'avait obligé, n'eût-il pas envie de sortir, à l'accompagner, portant son manteau quand elle avait trop chaud, et le soir après le dîner si elle avait envie de rester chez elle en déshabillé, s'il avait été forcé de rester là près d'elle, à faire ce qu'elle voudrait ; alors combien tous les riens de la vie de Swann qui lui semblaient si tristes, au contraire parce qu'ils auraient en même temps fait partie de la vie d'Odette auraient pris, même les plus familiers, — et comme cette lampe, cette orangeade, ce fauteuil qui contenaient tant de rêve, qui matérialisaient tant de désir — une sorte de douceur surabondante et de densité mystérieuse.

Pourtant il se doutait bien que ce qu'il regrettait ainsi c'était un calme, une paix qui n'auraient pas été pour son amour une atmosphère favorable. Quand Odette cesserait d'être pour lui une créature toujours absente, regrettée, imaginaire, quand le sentiment qu'il aurait pour elle ne serait plus ce même trouble mystérieux que lui causait la phrase de la sonate, mais de l'affection, de la reconnaissance, quand s'établiraient entre eux des rapports normaux qui mettraient fin à sa folie et à sa tristesse, alors sans doute les actes de la vie d'Odette lui paraîtraient peu intéressants en eux-mêmes — comme il avait déjà eu plusieurs fois le soupçon qu'ils étaient, par exemple le jour où il avait lu à travers l'enveloppe la lettre adressée à Forcheville. Considérant son mal avec autant de sagacité que s'il se l'était inoculé pour en faire l'étude, il se disait que, quand il serait guéri, ce que pourrait faire Odette lui serait indifférent. Mais du sein de son état morbide, à vrai dire, il redoutait à l'égal de la mort une telle guérison, qui eût été en effet la mort de tout ce qu'il était actuellement.

Après ces tranquilles soirées les soupçons de Swann étaient calmés ; il bénissait Odette et le lendemain, dès le matin, il faisait envoyer chez elle les plus beaux bijoux, parce que ces bontés de la veille avaient excité ou sa gratitude, ou le désir de les voir se renouveler, ou un paroxysme d'amour qui avait besoin de se dépenser.

Mais, à d'autres moments, sa douleur le reprenait, il s'imaginait qu'Odette était la maîtresse de Forcheville et que quand tous deux l'avaient vu, du fond du landau des Verdurin, au Bois, la veille de la fête de Chatou où il n'avait pas été invité, la prier vainement, avec cet air de désespoir qu'avait remarqué jusqu'à son cocher, de revenir avec lui, puis s'en retourner de son côté, seul et vaincu, elle avait dû avoir pour le désigner à Porcheville et lui dire : « Hein ! ce qu'il rage ! » les mêmes regards, brillants, malicieux, abaissés et sournois, que le jour où celui-ci avait chassé Saniette de chez les Verdurin.

Alors Swann la détestait. « Mais aussi, je suis trop bête, se disait-il, je paie avec mon argent le plaisir des autres. Elle fera tout de même bien de faire attention et de ne pas trop tirer sur la corde, car je pourrais bien ne plus rien donner du tout. En tous cas, renonçons provisoirement aux gentillesses supplémentaires ! Penser que pas plus tard qu'hier, comme elle disait avoir envie d'assister à la saison de Bayreuth, j'ai eu la bêtise de lui proposer de louer un des jolis châteaux du roi de Bavière pour nous deux dans les environs. Et d'ailleurs elle n'a pas paru plus ravie que cela, elle n'a encore dit ni oui ni non ; espérons qu'elle refusera, grand Dieu ! Entendre du Wagner pendant quinze jours avec elle qui s'en soucie comme un poisson d'une pomme, ce serait gai ! » Et sa haine, tout comme son amour, ayant besoin de se manifester et d'agir, il se plaisait à pousser de plus en plus loin ses imaginations mauvaises, parce que, grâce aux perfidies qu'il prêtait à Odette, il la détestait davantage et pourrait si — ce qu'il cherchait à se figurer — elles se trouvaient être vraies, avoir une occasion de la punir et d'assouvir sur elle sa rage grandissante. Il alla ainsi jusqu'à supposer qu'il allait recevoir une lettre d'elle où elle lui demanderait de l'argent pour louer ce château près de Bayreuth, mais en le prévenant qu'il n'y pourrait pas venir, parce qu'elle avait promis à Forcheville et aux Verdurin de les inviter. Ah ! comme il eût aimé qu'elle pût avoir cette audace. Quelle joie il aurait à refuser, à rédiger la réponse vengeresse dont il se complaisait à choisir, à énoncer tout haut les termes, comme s'il avait reçu la lettre en réalité.

Or, c'est ce qui arriva le lendemain même. Elle lui écrivit que les Verdurin et leurs amis avaient manifesté le désir d'assister à ces représentations de Wagner, et que, s'il voulait bien lui envoyer cet argent, elle aurait enfin, après avoir été si souvent reçue chez eux, le plaisir de les inviter à son tour. De lui, elle ne disait pas un mot, il était sous-entendu que leur présence excluait la sienne.

Alors cette terrible réponse dont il avait arrêté chaque mot la veille sans oser espérer qu'elle pourrait servir jamais il avait la joie de la lui faire porter. Hélas ! il sentait bien qu'avec l'argent qu'elle avait, ou qu'elle trouverait facilement, elle pourrait tout de même louer à Bayreuth puisqu'elle en avait envie, elle qui n'était pas capable de faire de différence entre Bach et Clapisson. Mais elle y vivrait malgré tout plus chichement. Pas moyen comme s'il lui eût envoyé cette fois quelques billets de mille francs, d'organiser chaque soir, dans un château, de ces soupers fins après lesquels elle se serait peut-être passé la fantaisie, — qu'il était possible qu'elle n'eût jamais eue encore —, de tomber dans les bras de Forcheville. Et puis du moins, ce voyage détesté, ce n'était pas lui, Swann, qui le paierait ! — Ah ! s'il avait pu l'empêcher, si elle avait pu se fouler le pied avant de partir, si le cocher de la voiture qui l'emmènerait à la gare avait consenti, à n'importe quel prix, à la conduire dans un lieu où elle fût restée quelque temps séquestrée, cette femme perfide, aux yeux émaillés par un sourire de complicité adressé à Forcheville, qu'Odette était pour Swann depuis quarante-huit heures.

Mais elle ne l'était jamais pour très longtemps ; au bout de quelques jours le regard luisant et fourbe perdait de son éclat et de sa duplicité, cette image d'une Odette exécrée disant à Forcheville : « Ce qu'il rage ! » commençait à pâlir, à s'effacer. Alors, progressivement reparaissait et s'élevait en brillant doucement, le visage de l'autre Odette, de celle qui adressait aussi un sourire à Forcheville, mais un sourire où il n'y avait pour Swann que de la tendresse, quand elle disait : « Ne restez pas longtemps, car ce monsieur-là n'aime pas beaucoup que j'aie des visites quand il a envie d'être auprès de moi. Ah ! si vous connaissiez cet être-là autant que je le connais ! », ce même sourire qu'elle avait pour remercier Swann de quelque trait de sa délicatesse qu'elle prisait si fort, de quelque conseil qu'elle lui avait demandé dans une de ces circonstances graves où elle n'avait confiance qu'en lui.

Alors, à cette Odette-là, il se demandait comment il avait pu écrire cette lettre outrageante dont sans doute jusqu'ici elle ne l'eût pas cru capable, et qui avait dû le faire descendre du rang élevé, unique, que par sa bonté, sa loyauté, il avait conquis dans son estime. Il allait lui devenir moins cher, car c'était pour ces qualités-là, qu'elle ne trouvait ni à Forcheville ni à aucun autre, qu'elle l'aimait. C'était à cause d'elles qu'Odette lui témoignait si souvent une gentillesse qu'il comptait pour rien au moment où il était jaloux, parce qu'elle n'était pas une marque de désir, et prouvait même plutôt de l'affection que de l'amour, mais dont il recommençait à sentir l'importance au fur et à mesure que la détente spontanée de ses soupçons, souvent accentuée par la distraction que lui apportait une lecture d'art ou la conversation d'un ami, rendait sa passion moins exigeante de réciprocités.

Maintenant qu'après cette oscillation, Odette était naturellement revenue à la place d'où la jalousie de Swann l'avait un moment écartée, dans l'angle où il la trouvait charmante, il se la figurait pleine de tendresse, avec un regard de consentement, si jolie ainsi, qu'il ne pouvait s'empêcher d'avancer les lèvres vers elle comme si elle avait été là et qu'il eût pu l'embrasser ; et il lui gardait de ce regard enchanteur et bon autant de reconnaissance que si elle venait de l'avoir réellement et si cela n'eût pas été seulement son imagination qui venait de le peindre pour donner satisfaction à son désir.

Comme il avait dû lui faire de la peine ! Certes il trouvait des raisons valables à son ressentiment contre elle, mais elles n'auraient pas suffi à le lui faire éprouver s'il ne l'avait pas autant aimée. N'avait-il pas eu des griefs aussi graves contre d'autres femmes, auxquelles il eût néanmoins volontiers rendu service aujourd'hui, étant contre elles sans colère parce qu'il ne les aimait plus. S'il devait jamais un jour se trouver dans le même état d'indifférence vis-à-vis d'Odette, il comprendrait que c'était sa jalousie seule qui lui avait fait trouver quelque chose d'atroce, d'impardonnable, à ce désir, au fond si naturel, provenant d'un peu d'enfantillage et aussi d'une certaine délicatesse d'âme, de pouvoir à son tour, puisqu'une occasion s'en présentait, rendre des politesses aux Verdurin, jouer à la maîtresse de maison.

Il revenait à ce point de vue — opposé à celui de son amour et de sa jalousie et auquel il se plaçait quelquefois par une sorte d'équité intellectuelle et pour faire la part des diverses probabilités — d'où il essayait de juger Odette comme s'il ne l'avait pas aimée, comme si elle était pour lui une femme comme les autres, comme si la vie d'Odette n'avait pas été, dès qu'il n'était plus là, différente, tramée en cachette de lui, ourdie contre lui.

Pourquoi croire qu'elle goûterait là-bas avec Porcheville ou avec d'autres des plaisirs enivrants qu'elle n'avait pas connus auprès de lui et que seule sa jalousie forgeait de toutes pièces ? A Bayreuth comme à Paris, s'il arrivait que Forcheville pensât à lui, ce n'eût pu être que comme à quelqu'un qui comptait beaucoup dans la vie d'Odette à qui il était obligé de céder la place, quand ils se rencontraient chez elle. Si Forcheville et elle triomphaient d'être là-bas malgré lui, c'est lui qui l'aurait voulu en cherchant inutilement à l'empêcher d'y aller, tandis que s'il avait approuvé son projet, d'ailleurs défendable, elle aurait eu l'air d'être là-bas d'après son avis, elle s'y serait sentie envoyée logée par lui, et le plaisir qu'elle aurait éprouvé à recevoir ces gens qui l'avaient tant reçue, c'est à Swann qu'elle en aurait su gré.

Et, — au lieu qu'elle allait partir brouillée avec lui, sans l'avoir revu —, s'il lui envoyait cet argent, s'il l'encourageait à ce voyage et s'occupait de le lui rendre agréable, elle allait accourir, heureuse, reconnaissante, et il aurait cette joie de la voir qu'il n'avait pas goûtée depuis près d'une semaine et que rien ne pouvait lui remplacer. Car sitôt que Swann pouvait se la représenter sans horreur, qu'il revoyait de la bonté dans son sourire, et que le désir de l'enlever à tout autre, n'était plus ajouté par la jalousie à son amour, cet amour redevenait surtout un goût pour les sensations que lui donnait la personne d'Odette, pour le plaisir qu'il avait à admirer comme un spectacle ou à interroger comme un phénomène, le lever d'un de ses regards, la formation d'un de ses sourires, l'émission d'une intonation de sa voix. Et ce plaisir différent de tous les autres, avait fini par créer en lui un besoin d'elle et qu'elle seule pouvait assouvir par sa présence ou ses lettres, presque aussi désintéressé, presque aussi artistique, aussi pervers, qu'un autre besoin qui caractérisait cette période nouvelle de la vie de Swann où à la sécheresse, à la dépression des années antérieures avait succédé une sorte de trop-plein spirituel, sans qu'il sût davantage à quoi il devait cet enrichissement inespéré de sa vie antérieure qu'une personne de santé délicate qui à partir d'un certain moment se fortifie, engraisse, et semble pendant quelque temps s'acheminer vers une complète guérison — cet autre besoin qui se développait aussi en dehors du monde réel, c'était celui d'entendre, de connaître de la musique.

Ainsi, par le chimisme même de son mal, après qu'il avait fait de la jalousie avec son amour, il recommençait à fabriquer de la tendresse, de la pitié pour Odette. Elle était redevenue l'Odette charmante et bonne. Il avait des remords d'avoir été dur pour elle. Il voulait qu'elle vînt près de lui et, auparavant, il voulait lui avoir procuré quelque plaisir, pour voir la reconnaissance pétrir son visage et modeler son sourire.

Aussi Odette, sûre de le voir venir après quelques jours, aussi tendre et soumis qu'avant, lui demander une réconciliation, prenait-elle l'habitude de ne plus craindre de lui déplaire et même de l'irriter et lui refusait-elle, quand cela lui était commode, les faveurs auxquelles il tenait le plus.

Peut-être ne savait-elle pas combien il avait été sincère vis-à-vis d'elle pendant la brouille, quand il lui avait dit qu'il ne lui enverrait pas d'argent et chercherait à lui faire du mal. Peut-être ne savait-elle pas davantage combien il l'était, vis-à-vis sinon d'elle, du moins de lui-même, en d'autres cas où dans l'intérêt de l'avenir de leur liaison, pour montrer à Odette qu'il était capable de se passer d'elle, qu'une rupture restait toujours possible, il décidait de rester quelque temps sans aller chez elle.

Parfois c'était après quelques jours où elle ne lui avait pas causé de souci nouveau ; et comme, des visites prochaines qu'il lui ferait, il savait qu'il ne pouvait tirer nulle bien grande joie mais plus probablement quelque chagrin qui mettrait fin au calme où il se trouvait, il lui écrivait qu'étant très occupé il ne pourrait la voir aucun des jours qu'il lui avait dit. Or une lettre d'elle, se croisant avec la sienne, le priait précisément de déplacer un rendez-vous. Il se demandait pourquoi ; ses soupçons, sa douleur le reprenaient. Il ne pouvait plus tenir, dans l'état nouveau d'agitation où il se trouvait, l'engagement qu'il avait pris dans l'état antérieur de calme relatif, il courait chez elle et exigeait de la voir tous les jours suivants. Et même si elle ne lui avait pas écrit la première, si elle répondait seulement, cela suffisait pour qu'il ne pût plus rester sans la voir. Car, contrairement au calcul de Swann, le consentement d'Odette avait tout changé en lui. Comme tous ceux qui possèdent une chose, pour savoir ce qui arriverait s'il cessait un moment de la posséder il avait ôté cette chose de son esprit, en y laissant tout le reste dans le même état que quand elle était là. Or l'absence d'une chose, ce n'est pas que cela, ce n'est pas un simple manque partiel, c'est un bouleversement de tout le reste, c'est un état nouveau qu'on ne peut prévoir dans l'ancien.

Mais d'autres fois au contraire, — Odette était sur le point de partir en voyage, — c'était après quelque petite querelle dont il choisissait le prétexte, qu'il se résolvait à ne pas lui écrire et à ne pas la revoir avant son retour, donnant ainsi les apparences, et demandant le bénéfice, d'une grande brouille qu'elle croirait peut-être définitive à une séparation dont la plus longue part était inévitable du fait du voyage et qu'il faisait commencer seulement un peu plus tôt. Déjà il se figurait Odette inquiète, affligée, de n'avoir reçu ni visite ni lettre et cette image en calmant sa jalousie, lui rendait facile de se déshabituer de la voir. Sans doute par moments, tout au bout de son esprit où sa résolution la refoulait grâce à toute la longueur interposée des trois semaines de séparation acceptée, c'était avec plaisir qu'il considérait l'idée qu'il reverrait Odette à son retour ; mais ... ... aussi avec si peu d'impatience qu'il commençait à se demander s'il ne doublerait pas volontairement la durée d'une abstinence si facile. Elle ne datait encore que de trois jours, temps beaucoup moins long que celui qu'il avait souvent passé en ne voyant pas Odette, et sans l'avoir comme maintenant prémédité. Et pourtant voici qu'une légère contrariété ou un malaise physique, — en l'incitant à considérer le moment présent comme un moment exceptionnel, en dehors de la règle, où la sagesse même admettrait d'accueillir l'apaisement qu'apporte un plaisir et de donner congé, jusqu'à la reprise utile de l'effort, à la volonté, — suspendait l'action de celle-ci qui cessait d'exercer sa compression ; ou, moins que cela, le souvenir d'un renseignement qu'il avait oublié de demander à Odette, si elle avait décidé la couleur dont elle voulait faire repeindre sa voiture, ou, pour une certaine valeur de bourse, si c'était des actions ordinaires ou privilégiées qu'elle désirait acquérir, (c'était très joli de lui montrer qu'il pouvait rester sans la voir, mais si après ça la peinture était à refaire ou si les actions ne donnaient pas de dividende, il serait bien avancé), voici que comme un caoutchouc tendu qu'on lâche ou comme l'air dans une machine pneumatique qu'on entr'ouvre, l'idée de la revoir, des lointains où elle était maintenue, revenait d'un bond dans le champ du présent et des possibilités immédiates.

Elle y revenait sans plus trouver de résistance, et d'ailleurs si irrésistible que Swann avait eu bien moins de peine à sentir s'approcher un à un les quinze jours qu'il devait rester séparé d'Odette, qu'il n'en avait à attendre les dix minutes que son cocher mettait pour atteler la voiture qui allait l'emmener chez elle et qu'il passait dans des transports d'impatience et de joie où il ressaisissait mille fois pour lui prodiguer sa tendresse cette idée de la retrouver qui, par un retour si brusque, au moment où il la croyait si loin, était de nouveau près de lui dans sa plus proche conscience. C'est qu'elle ne trouvait plus pour lui faire obstacle le désir de chercher sans plus tarder à lui résister qui n'existait plus chez Swann depuis que s'étant prouvé à lui-même, — il le croyait du moins, — qu'il en était si aisément capable, il ne voyait plus aucun inconvénient à ajourner un essai de séparation qu'il était certain maintenant de mettre à exécution dès qu'il le voudrait. C'est aussi que cette idée de la revoir revenait parée pour lui d'une nouveauté, d'une séduction, douée d'une virulence que l'habitude avait émoussées, mais qui s'étaient retrempées dans cette privation non de trois jours mais de quinze (car la durée d'un renoncement doit se calculer, par anticipation, sur le terme assigné), et de ce qui jusque-là eût été un plaisir

attendu qu'on sacrifie aisément, avait fait un bonheur inespéré contr'
lequel on est sans force. C'est enfin qu'elle y revenait embellie par l'igno
rance où était Swann de ce qu'Odette avait pu penser, faire peut-êtr'
en voyant qu'il ne lui avait pas donné signe de vie, si bien que ce qu'
allait trouver c'était la révélation passionnante d'une Odette presqu
inconnue.

Mais elle, de même qu'elle avait cru que son refus d'argent n'étal
qu'une feinte, ne voyait qu'un prétexte dans le renseignement qu
Swann venait lui demander, sur la voiture à repeindre, ou la valeur'
acheter. Car elle ne reconstituait pas les diverses phases de ces cris
qu'il traversait et dans l'idée qu'elle s'en faisait, elle omettait d'én
comprendre le mécanime, ne croyant qu'à ce qu'elle connaissait
d'avance, à la nécessaire, à l'infaillible et toujours identique terminai-
son. Idée incomplète, — d'autant plus profonde peut-être — si on la
jugeait du point de vue de Swann qui eût sans doute trouvé qu'il était
incompris d'Odette, comme un morphinomane ou un tuberculeux,
persuadés qu'ils ont été arrêtés, l'un par un événement extérieur au
moment où il allait se délivrer de son habitude invétérée, l'autre par
une indisposition accidentelle au moment où il allait être enfin rétabli,
se sentent incompris du médecin qui n'attache pas la même importance qu'eux à ces prétendues contingences, simples déguisements,
selon lui, revêtus, pour redevenir sensibles à ses malades, par le vice
et l'état morbide qui, en réalité, n'ont pas cessé de peser incurablement
sur eux tandis qu'ils berçaient des rêves de sagesse ou de guérison. Et
de fait, l'amour de Swann en était arrivé à ce degré où le médecin et,
dans certaines affections, le chirurgien le plus audacieux, se demandent
si priver un malade de son vice ou lui ôter son mal, est encore raisonnable ou même possible.

Certes l'étendue de cet amour, Swann n'en avait pas une conscience
directe. Quand il cherchait à le mesurer, il lui arrivait parfois qu'il semblât diminué, presque réduit à rien ; par exemple, le peu de goût,
presque le dégoût que lui avaient inspiré, avant qu'il aimât Odette, ses
traits expressifs, son teint sans fraîcheur, lui revenait à certains jours.
« Vraiment il y a progrès sensible, se disait-il le lendemain ; à voir exactement les choses, je n'avais presque aucun plaisir hier à être dans son
lit, c'est curieux je la trouvais même laide. » Et certes, il était sincère,
mais son amour s'étendait bien au delà des régions du désir physique.
La personne même d'Odette n'y tenait plus une grande place. Quand
du regard il rencontrait sur sa table la photographie d'Odette, ou quand

elle venait le voir, il avait peine à identifier la figure de chair ou de bristol avec le trouble douloureux et constant qui habitait en lui. Il se disait presque avec étonnement : « C'est elle » comme si tout d'un coup on nous montrait extériorisée devant nous une de nos maladies et que nous ne la trouvions pas ressemblante à ce que nous souffrons. « Elle », il essayait de se demander ce que c'était ; car c'est une ressemblance de l'amour et de la mort, plutôt que celles si vagues, que l'on redit toujours, de nous faire interroger plus avant, dans la peur que sa réalité se dérobe, le mystère de la personnalité. Et cette maladie qu'était l'amour de Swann avait tellement multiplié, il était si étroitement mêlé à toutes les habitudes de Swann, à tous ses actes, à sa pensée, à sa santé, à son sommeil, à sa vie, même à ce qu'il désirait pour après sa mort, il ne faisait tellement plus qu'un avec lui, qu'on n'aurait pas pu l'arracher de lui, sans le détruire lui-même à peu près tout entier : comme on dit en chirurgie, son amour n'était plus opérable.

Par cet amour Swann avait été tellement détaché de tous les intérêts, que quand par hasard il retournait dans le monde en se disant que ses relations comme une monture élégante qu'elle n'aurait pas d'ailleurs su estimer très exactement, pouvaient lui rendre à lui-même un peu de prix aux yeux d'Odette (et ç'aurait peut-être été vrai en effet si elles n'avaient été avilies par cet amour même, qui pour Odette dépréciait toutes les choses qu'il touchait par le fait qu'il semblait les proclamer moins précieuses), il y éprouvait, à côté de la détresse d'être dans des lieux, au milieu de gens qu'elle ne connaissait pas, le plaisir désintéressé qu'il aurait pris à un roman ou à un tableau où sont peints les divertissements d'une classe oisive ; comme, chez lui, il se complaisait à considérer le fonctionnement de sa vie domestique, l'élégance de sa garde-robe et de sa livrée, le bon placement de ses valeurs, de la même façon qu'à lire dans Saint-Simon, qui était un de ses auteurs favoris, la mécanique des journées, le menu des repas de Mme de Maintenon, ou l'avarice avisée et le grand train de Lulli. Et dans la faible mesure où ce détachement n'était pas absolu, la raison de ce plaisir nouveau que goûtait Swann, c'était de pouvoir émigrer un moment dans les rares parties de lui-même restées presque étrangères à son amour, à son chagrin. A cet égard cette personnalité, que lui attribuait ma grand'tante, de « fils Swann », distincte de sa personnalité plus individuelle de Charles Swann, était celle où il se plaisait maintenant le mieux. Un jour que, pour l'anniversaire de la princesse de Parme (et parce qu'elle pouvait souvent être indirectement agréable à Odette en lui faisant avoir des s jubilés), il avait voulu lui envoyer des fruits, ne sachant pas trop comment les commander, il en avait chargé une cousine de sa mère qui, ravie de faire une commission pour lui, lui avait écrit, en lui rendant compte qu'elle n'avait pas pris tous les fruits au même endroit, mais les raisins chez Crapote dont c'est la spécialité, les fraises chez Jauret, les poires chez Chevet où elles étaient plus belles, etc., « chaque fruit visité et examiné un par un par moi. » Et en effet, par les remerciements de la princesse, il avait pu juger du parfum des fraises et du moelleux des poires. Mais surtout le « chaque fruit visité et examiné un par un par moi » avait été un apaisement à sa souffrance, en emmenant sa conscience dans une région où il se rendait rarement, bien qu'elle lui appartînt comme héritier d'une famille de riche et bonne bourgeoisie où s'étaient conservés héréditairement, tout prêts à être mis à son service dès qu'il le souhaitait, la connaissance des « bonnes adresses » et l'art de savoir bien faire une commande.

Certes, il avait trop longtemps oublié qu'il était le « fils Swann » pour ne pas ressentir quand il le redevenait un moment, un plaisir plus vif que ceux qu'il eût pu éprouver le reste du temps et sur lesquels il était blasé ; et si l'amabilité des bourgeois, pour lesquels il restait surtout cela, était moins vive que celle de l'aristocratie (mais plus flatteuse d'ailleurs, car chez eux du moins elle ne se sépare jamais de la considération), une lettre d'altesse, quelques divertissements princiers qu'elle lui proposât, ne pouvait lui être aussi agréable que celle qui lui demandait d'être témoin, ou seulement d'assister à un mariage dans la famille de vieux amis de ses parents dont les uns avaient continué à le voir — comme mon grand-père qui, l'année précédente, l'avait invité au mariage de ma mère — et dont certains autres le connaissaient, personnellement à peine mais se croyaient des devoirs de politesse envers le fils, envers le digne successeur de feu M. Swann.

Mais, par les intimités déjà anciennes qu'il avait parmi eux, les gens du monde, dans une certaine mesure, faisaient aussi partie de sa maison, de son domestique et de sa famille. Il se sentait, à considérer ses brillantes amitiés, le même appui hors de lui-même, le même confort, qu'à regarder les belles terres, la belle argenterie, le beau linge de table, qui lui venaient des siens. Et la pensée que s'il tombait chez lui frappé d'une attaque ce serait tout naturellement le duc de Chartres, le prince de Reuss, le duc de Luxembourg et le baron de Charlus, que son valet de chambre courrait chercher, lui apportait la même consolation qu'à notre vieille Françoise de savoir qu'elle serait ensevelie dans des draps fins à elle, marqués, non reprisés (ou si finement que cela ne donnait qu'une plus haute idée du soin de l'ouvrière), linceul de l'image fréquente duquel elle tirait une certaine satisfaction sinon de bien-être, au moins d'amour-propre. Mais surtout, comme dans toutes celles de ses actions, et de ses pensées qui se rapportaient à Odette, Swann était constamment dominé et dirigé par le sentiment inavoué qu'il lui était peut-être pas moins cher, mais moins agréable à voir que quiconque, que le plus ennuyeux fidèle des Verdurin, quand il se reportait, à un monde pour qui il était l'homme exquis par excellence, qu'on faisait tout pour attirer, qu'on se désolait de ne pas voir, il recommençait à croire à l'existence d'une vie plus heureuse, presque à en éprouver l'appétit, comme il arrive à un malade alité depuis des mois, à la diète, et qui aperçoit dans un journal le menu d'un déjeuner officiel ou l'annonce d'une croisière en Sicile.

S'il était obligé de donner des excuses aux gens du monde pour ne pas leur faire de visites, c'était de lui en faire qu'il cherchait à s'excuser auprès d'Odette. Encore les payait-il (se demandant à la fin du mois, pour peu qu'il eût un peu abusé de sa patience et fût allé souvent la voir, si c'était assez de lui envoyer quatre mille francs), et pour chacune trouvait un prétexte, un présent à lui apporter, un renseignement dont elle avait besoin, M. de Charlus qu'il avait rencontré allant chez elle, et qui avait exigé qu'il l'accompagnât. Et à défaut d'aucun, il priait M. de Charlus de courir chez elle, de lui dire comme spontanément, au cours de la conversation, qu'il se rappelait avoir à parler à Swann, qu'elle voulût bien lui faire demander de passer tout de suite chez elle ; mais le plus souvent Swann attendait en vain et M. de Charlus lui disait le soir que son moyen n'avait pas réussi. De sorte que si elle faisait maintenant de fréquentes absences, même à Paris, quand elle y restait, elle le voyait peu, et elle qui, quand elle l'aimait, lui disait : « Je suis toujours libre » et « Qu'est-ce que l'opinion des autres peut me faire ? », maintenant, chaque fois qu'il voulait la voir, elle invoquait les convenances ou prétextait des occupations. Quand il parlait d'aller à une fête de charité, à un vernissage, à une première, où elle serait, elle lui disait qu'il voulait afficher leur liaison, qu'il la traitait comme une fille. C'est au point que pour tâcher de n'être pas partout privé de la rencontrer, Swann qui savait qu'elle connaissait et affectionnait beaucoup mon grand-oncle Adolphe dont il avait été lui-même l'ami, alla le voir un jour dans son petit appartement de la rue de Bellechasse afin de lui demander d'user de son influence sur Odette. Comme elle prenait toujours, quand elle parlait à Swann, de mon oncle des airs poétiques, disant : « Ah ! lui, ce n'est pas comme toi, c'est une si belle chose, si grande, si jolie, que son amitié pour moi. Ce n'est pas lui qui me considérerait assez peu pour vouloir se montrer avec moi dans tous les lieux publics », Swann fut embarrassé et ne savait pas à quel ton il devait se hausser pour parler d'elle à mon oncle. Il posa d'abord l'excellence *a priori* d'Odette, l'axiome de sa supra-humanité séraphique, la révélation de ses vertus indémontrables et dont la notion ne pouvait dériver de l'expérience. « Je veux parler avec vous. Vous, vous savez quelle femme au-dessus de toutes les femmes, quel être adorable, quel ange est Odette. Mais vous savez ce que c'est que la vie de Paris. Tout le monde ne connaît pas Odette sous le jour où nous la connaissons vous et moi. Alors il y a des gens qui trouvent que je joue un rôle un peu ridicule ; elle ne peut même pas admettre que je la rencontre dehors, au théâtre. Vous, en qui elle a tant de confiance, ne pourriez-vous lui dire quelques mots pour moi, lui assurer qu'elle s'exagère le tort qu'un salut de moi lui cause. »

Mon oncle conseilla à Swann de rester un peu sans voir Odette qui ne l'en aimerait que plus, et à Odette de laisser Swann la retrouver partout où cela lui plairait. Quelques jours après, Odette disait à Swann qu'elle venait d'avoir une déception en voyant que mon oncle était pareil à tous les hommes : il venait d'essayer de la prendre de force. Elle calma Swann qui au premier moment voulait aller provoquer mon oncle, mais il refusa de lui serrer la main quand il le rencontra. Il regretta d'autant plus cette brouille avec mon oncle Adolphe qu'il avait espéré, s'il l'avait revu quelquefois et avait pu causer en toute confiance avec lui, tâcher de tirer au clair certains bruits relatifs à la vie qu'Odette avait menée autrefois à Nice. Or mon oncle Adolphe y passait l'hiver. Et Swann pensait que c'était même peut-être là qu'il avait connu Odette. Le peu qui avait échappé à quelqu'un devant lui, relativement à un homme qui aurait été l'amant d'Odette avait bouleversé Swann. Mais les choses qu'il aurait avant de les connaître, trouvé le plus affreux d'apprendre et le plus impossible de croire, une fois qu'il les savait, elles étaient incorporées à tout jamais à sa tristesse, il les admettait, il n'aurait plus pu comprendre qu'elles n'eussent pas été Seulement chacune opérait sur l'idée qu'il se faisait de sa maîtresse une retouche ineffaçable. Il crut même comprendre, une fois, que cette légèreté des mœurs d'Odette qu'il n'eût pas soupçonnée, était assez connue, et qu'à Bade et à Nice, quand elle y passait jadis plusieurs mois, elle avait eu une sorte de notoriété galante. Il chercha, pour les interroger, à se rapprocher de certains viveurs ; mais ceux-ci savaient qu'il connaissait Odette ; et puis 'il avait peur de les faire penser de nouveau à elle, de les mettre sur ses traces. Mais lui à qui jusque-là rien n'aurait pu paraître aussi fastidieux que tout ce qui se rapportait à la vie cosmopolite de Bade ou de Nice, apprenant qu'Odette avait peut-être fait autrefois la fête dans ces villes de plaisir, sans qu'il dût jamais arriver à savoir si c'était seulement pour satisfaire à des besoins d'argent que grâce à lui elle n'avait plus, ou à des caprices qui pouvaient renaître, maintenant il se penchait avec une angoisse impuissante, aveugle et vertigineuse vers l'abîme sans fond où étaient allés s'engloutir ces années du début du Septennat pendant lesquelles on passait l'hiver sur la promenade des Anglais, l'été sous les tilleuls de Bade, et il leur trouvait une profondeur douloureuse mais magnifique comme celle que leur eût prêtée un poète ; et il eût mis à reconstituer les petits faits de la chronique de la Côte d'Azur d'alors, si elle avait pu l'aider à comprendre quelque chose du sourire ou des regards — pourtant si honnêtes et si simples — d'Odette, plus de passion que l'esthéticien qui interroge les documents subsistant de la Florence du XVe siècle pour tâcher d'entrer plus avant dans l'âme de la Primavera, de la bella Vanna, ou de la Vénus, de Botticelli. Souvent sans lui rien dire il la regardait, il songeait ; elle lui disait : « Comme tu as l'air triste ! » Il n'y avait pas bien longtemps encore, de l'idée qu'elle était une créature bonne, analogue aux meilleures qu'il eût connues, il avait passé à l'idée qu'elle était une femme entretenue ; inversement il lui était arrivé depuis de revenir de l'Odette de Crécy, peut-être trop connue des fêtards, des hommes à femmes, à ce visage d'une expression parfois si douce, à cette nature si humaine. Il se disait : « Qu'est-ce que cela veut dire qu'à Nice tout le monde sache qui est Odette de Crécy ? Ces réputations-là, même vraies, sont faites avec les idées des autres » ; il pensait que cette légende — fût-elle authentique, — était extérieure à Odette, n'était pas en elle comme une personnalité irréductible et malfaisante ; que la créature qui avait pu être amenée à mal faire, c'était une femme aux bons yeux, au cœur plein de pitié pour la souffrance, au corps docile qu'il avait tenu, qu'il avait serré dans ses bras et manié, une femme qu'il pourrait arriver un jour à posséder toute, s'il réussissait à se rendre indispensable à elle. Elle était là, souvent fatiguée, le visage vidé pour un instant de la préoccupation fébrile et joyeuse des choses inconnues qui faisaient souffrir Swann ; elle écartait ses cheveux avec ses mains ; son front, sa figure paraissaient plus larges ; alors, tout d'un coup, quelque pensée simplement humaine, quelque bon sentiment comme il en existe dans toutes les créatures, quand dans un moment de repos ou de repliement elles sont livrées à elles-mêmes, jaillissait des ses yeux comme un rayon jaune. Et aussitôt tout son visage s'éclairait comme une campagne grise, couverte de nuages qui soudain s'écartent, pour sa transfiguration, au moment du soleil couchant. La vie qui était en Odette à ce moment-là, l'avenir même qu'elle semblait rêveusement regarder, Swann aurait pu les partager avec elle ; aucune agitation mauvaise ne semblait y avoir laissé de résidu. Si rares qu'ils devinssent, ces moments-là ne furent pas inutiles. Par le souvenir Swann reliait ces parcelles, abolissait les inter- valles, coulait comme en or une Odette de bonté et de calme pour laquelle il fit plus tard (comme on le verra dans la deuxième partie de cet ouvrage), des sacrifices que l'autre Odette n'eût pas obtenus. Mais que ces moments étaient rares, et que maintenant il la voyait peu ! Même pour leur rendez-vous du soir, elle ne lui disait qu'à la dernière minute si elle pourrait le lui accorder car, comptant qu'elle le trouve- rait toujours libre, elle voulait d'abord être certaine que personne d'autre ne lui proposerait de venir. Elle alléguait qu'elle était obligée d'attendre une réponse de la plus haute importance pour elle, et même si après qu'elle avait fait venir Swann des amis demandaient à Odette, quand la soirée était déjà commencée, de les rejoindre au théâtre ou à souper, elle faisait un bond joyeux et s'habillait à la hâte. Au fur et à mesure qu'elle avançait dans sa toilette, chaque mouvement qu'elle faisait rapprochait Swann du moment où il faudrait la quitter, où elle s'enfuirait d'un élan irrésistible ; et quand, enfin prête, plongeant une dernière fois dans son miroir ses regards tendus et éclairés par l'attention, elle remettait un peu de rouge à ses lèvres, fixait une mèche sur son front et demandait son manteau de soirée bleu ciel avec des glands d'or, Swann avait l'air si triste qu'elle ne pouvait réprimer un geste d'impatience et disait : « Voilà comme tu me remercies de t'avoir gardé jusqu'à la dernière minute. Moi qui croyais avoir fait quelque chose de gentil. C'est bon à savoir pour une autre fois ! » Parfois, au risque de la fâcher, il se promettait de chercher à savoir où elle était allée, il rêvait d'une alliance avec Forcheville qui peut-être aurait pu le renseigner. D'ailleurs quand il savait avec qui elle passait la soirée, il était bien rare qu'il ne pût pas découvrir dans toutes ses relations à lui quelqu'un qui connaissait fût-ce indirectement l'homme avec qui elle était sortie et pouvait facilement en obtenir tel ou tel renseigne- ment. Et tandis qu'il écrivait à un de ses amis pour lui demander de chercher à éclaircir tel ou tel point, il éprouvait le repos de cesser de se poser ses questions sans réponses et de transférer à un autre la fatigue d'interroger. Il est vrai que Swann n'était guère plus avancé quand il avait certains renseignements. Savoir ne permet pas toujours d'empêcher, mais du moins les choses que nous savons, nous les tenons, sinon entre nos mains, du moins dans notre pensée où nous les disposons à notre gré, ce qui nous donne l'illusion d'une sorte de pouvoir sur elles. Il était heureux toutes les fois où M. de Charlus était avec Odette. Entre M. de Charlus et elle, Swann savait qu'il ne pouvait rien se passer, que quand M. de Charlus sortait avec elle c'était par amitié pour lui et qu'il ne ferait pas difficulté à lui raconter ce qu'elle avait fait. Quelquefois elle avait déclaré si catégoriquement à Swann qu'il lui était impossible de le voir un certain soir, elle avait l'air de tenir tant à une sortie, que Swann attachait une véritable importance à ce que M. de Charlus fût libre de l'accompagner. Le lendemain, sans oser poser beaucoup de questions à M. de Charlus, il le contraignait, en ayant l'air de ne pas bien comprendre ses premières réponses, à lui en donner de nouvelles, après chacune desquelles il se sentait plus soulagé, car il apprenait bien vite qu'Odette avait occupé sa soirée aux plaisirs les plus innocents. « Mais comment, mon petit Mémé, je ne comprends pas bien..., ce n'est pas en sortant de chez elle que vous êtes allés au musée Grévin. Vous étiez allés ailleurs d'abord. Non ? Oh ! que c'est drôle ! Vous ne savez pas comme vous m'amusez, mon petit Mémé. Mais quelle drôle d'idée elle a eue d'aller ensuite au Chat Noir, c'est bien une idée d'elle... Non ? c'est vous. C'est curieux. Après tout ce n'est pas une mauvaise idée, elle devait y connaître beaucoup de monde ? Non ? elle n'a parlé à personne ? C'est extraordinaire. Alors vous êtes restés là comme cela tous les deux tous seuls ? Je vois d'ici cette scène. Vous êtes gentil, mon petit Mémé, je vous aime bien. » Swann se sentait soulagé. Pour lui à qui il était arrivé en causant avec des indifférents qu'il écoutait à peine, d'entendre quelquefois certaines phrases, (celle-ci par exemple :« J'ai vu hier Mme de Crécy, elle était avec un monsieur que je ne connais pas »), phrases qui aussitôt dans le cœur de Swann passaient à l'état solide, s'y durcissaient comme une incrustation, le déchiraient, n'en bougeaient plus, qu'ils étaient doux au contraire ces mots : « Elle ne connaissait personne, elle n'a parlé à personne », comme ils circulaient aisément en lui, qu'ils étaient fluides, faciles, respirables ! Et pourtant au bout d'un instant il se disait qu'Odette devait le trouver bien ennuyeux pour que ce fussent là les plaisirs qu'elle préférait à sa compagnie. Et leur insignifiance, si elle le rassurait, lui faisait pourtant de la peine comme une trahison.

Même quand il ne pouvait savoir où elle était allée, il lui aurait suffi pour calmer l'angoisse qu'il éprouvait alors, et contre laquelle la présence d'Odette, la douceur d'être auprès d'elle était le seul spécifique (un spécifique qui à la longue aggravait le mal avec bien des remèdes, mais du moins calmait momentanément la souffrance), il lui aurait suffi, si Odette l'avait seulement permis, de rester chez elle tant qu'elle ne serait pas là, de l'attendre jusqu'à cette heure du retour dans l'apaisement de laquelle seraient venues se confondre les heures qu'un prestige, un maléfice lui avaient fait croire différentes des autres. Mais elle ne le voulait pas ; il revenait chez lui ; il se forçait en chemin à former divers projets, il cessait de songer à Odette ; même il arrivait, tout en se déshabillant, à rouler en lui des pensées assez joyeuses ; c'est le cœur plein de l'espoir d'aller le lendemain voir quelque chef-d'œuvre qu'il se mettait au lit et éteignait sa lumière ; mais, dès que, pour se préparer à dormir, il cessait d'exercer sur lui-même une contrainte dont il n'avait même pas conscience tant elle était devenue habituelle, au même instant un frisson glacé refluait en lui et il se mettait à sangloter. Il ne voulait même pas savoir pourquoi, s'essuyait les yeux, se disait en riant : « C'est charmant, je deviens névropathe. » Puis il ne pouvait penser sans une grande lassitude que le lendemain il faudrait recommencer de chercher à savoir ce qu'Odette avait fait, à mettre en jeu des influences pour tâcher de la voir. Cette nécessité d'une activité sans trêve, sans variété, sans résultats, lui était si cruelle qu'un jour apercevant une grosseur sur son ventre, il ressentit une véritable joie à la pensée qu'il avait peut-être une tumeur mortelle, qu'il n'allait plus avoir à s'occuper de rien, que c'était la maladie qui allait le gouverner, faire de lui son jouet, jusqu'à la fin prochaine. Et en effet si, à cette époque, il lui arriva souvent sans se l'avouer de désirer la mort, c'était pour échapper moins à l'acuité de ses souffrances qu'à la monotonie de son effort.

Et pourtant il aurait voulu vivre jusqu'à l'époque où il ne l'aimerait plus, où elle n'aurait aucune raison de lui mentir et où il pourrait enfin apprendre d'elle si le jour où il était allé la voir dans l'après-midi, elle était ou non couchée avec Forcheville. Souvent pendant quelques jours, le soupçon qu'elle aimait quelqu'un d'autre le détournait de se poser cette question relative à Forcheville, la lui rendait presque indifférente, comme ces formes nouvelles d'un même état maladif qui semblent momentanément nous avoir délivrés des précédentes.

Même il y avait des jours où il n'était tourmenté par aucun soupçon.
Il se croyait guéri. Mais le lendemain matin, au réveil, il sentait à
la même place la même douleur dont, la veille pendant la journée, il
avait comme dilué la sensation dans le torrent des impressions différentes. Mais elle n'avait pas bougé de place. Et même, c'était l'acuité
de cette douleur qui avait réveillé Swann.

Comme Odette ne lui donnait aucun renseignement sur ces choses
si importantes qui l'occupaient tant chaque jour (bien qu'il eût assez
vécu pour savoir qu'il n'y en a jamais d'autres que les plaisirs), il ne
pouvait pas chercher longtemps de suite à les imaginer, son cerveau
fonctionnait à vide ; alors il passait son doigt sur ses paupières fatiguées comme il aurait essuyé le verre de son lorgnon, et cessait entièrement de penser. Il surnageait pourtant à cet inconnu certaines occupations qui réapparaissaient de temps en temps, vaguement rattachées par
elle à quelque obligation envers des parents éloignés ou des amis d'autrefois, qui parce qu'ils étaient les seuls qu'elle lui citait souvent comme
l'empêchant de le voir, paraissaient à Swann former le cadre fixe, nécessaire, de la vie d'Odette. A cause du ton dont elle lui disait de temps à
autre « le jour où je vais avec mon amie à l'Hippodrome », si, s'étant
senti malade et ayant pensé : « peut-être Odette voudrait bien passer
chez moi », il se rappelait brusquement que c'était justement ce jour-
là, il se disait : « Ah ! non, ce n'est pas la peine de lui demander de venir,
j'aurais dû y penser plus tôt, c'est le jour où elle va avec son amie à
l'Hippodrome. Réservons-nous pour ce qui est possible ; c'est inutile
de s'user à proposer des choses inacceptables et refusées d'avance. »
Et ce devoir qui incombait à Odette d'aller à l'Hippodrome et devant
lequel Swann s'inclinait ainsi ne lui paraissait pas seulement inéluc-
table ; mais ce caractère de nécessité dont il était empreint semblait
rendre plausible et légitime tout ce qui de près ou de loin se rapportait
à lui. Si Odette dans la rue ayant reçu d'un passant un salut qui avait
éveillé la jalousie de Swann, elle répondait aux questions de celui-ci en
rattachant l'existence de l'inconnu à un des deux ou trois grands devoirs
dont elle lui parlait, si, par exemple, elle disait : « C'est un monsieur
qui était dans la loge de mon amie avec qui je vais à l'Hippodrome »,
cette explication calmait les soupçons de Swann, qui en effet trouvait
inévitable que l'amie eût d'autres invités qu'Odette dans sa loge à
l'Hippodrome, mais n'avait jamais cherché ou réussi à se les figurer.
Ah ! comme il eût aimé la connaître, l'amie qui allait à l'Hippodrome,
et qu'elle l'y emmenât avec Odette. Comme il aurait donné toutes ses

relations pour n'importe quelle personne qu'avait l'habitude de voir Odette, fût-ce une manucure ou une demoiselle de magasin. Il eût fait pour elles plus de frais que pour des reines. Ne lui auraient-elles pas fourni, dans ce qu'elles contenaient de la vie d'Odette, le seul calmant efficace pour ses souffrances ? Comme il aurait couru avec joie passer les journées chez telle de ces petites gens avec lesquelles Odette gardait des relations, soit par intérêt, soit par simplicité véritable. Comme il eût volontiers élu domicile à jamais au cinquième étage de telle maison sordide et enviée où Odette ne l'emmenait pas, et où, s'il y avait habité avec la petite couturière retirée dont il eût volontiers fait semblant d'être l'amant, il aurait presque chaque jour reçu sa visite. Dans ces quartiers presque populaires, quelle existence modeste, abjecte, mais douce, mais nourrie de calme et de bonheur, il eût accepté de vivre indéfiniment.

Il arrivait encore parfois, quand, ayant rencontré Swann, elle voyait s'approcher d'elle quelqu'un qu'il ne connaissait pas, qu'il pût remarquer sur le visage d'Odette cette tristesse qu'elle avait eue le jour où il était venu pour la voir pendant que Forcheville était là. Mais c'était rare ; car les jours où malgré tout ce qu'elle avait à faire et la crainte de ce que penserait le monde, elle arrivait à voir Swann, ce qui dominait maintenant dans son attitude était l'assurance : grand contraste, peut-être revanche inconsciente ou réaction naturelle de l'émotion craintive qu'aux premiers temps où elle l'avait connu, elle éprouvait auprès de lui, et même loin de lui, quand elle commençait une lettre par ces mots : « Mon ami, ma main tremble si fort que je peux à peine écrire » (elle le prétendait du moins et un peu de cet émoi devait être sincère pour qu'elle désirât d'en feindre davantage). Swann lui plaisait alors. On ne tremble jamais que pour soi, que pour ceux qu'on aime. Quand notre bonheur n'est plus dans leurs mains, de quel calme, de quelle aisance, de quelle hardiesse on jouit auprès d'eux ! En lui parlant, en lui écrivant, elle n'avait plus de ces mots par lesquels elle cherchait à se donner l'illusion qu'il lui appartenait, faisant naître les occasions de dire « mon », « mien », quand il s'agissait de lui : « Vous êtes mon bien, c'est le parfum de notre amitié, je le garde », de lui parler de l'avenir, de la mort même, comme d'une seule chose pour eux deux. Dans ce temps-là, à tout ce qu'il disait, elle répondait avec admiration : « Vous, vous ne serez jamais comme tout le monde » ; elle regardait sa longue tête un peu chauve, dont les gens qui connaissaient les succès de Swann pensaient : « Il n'est pas régulièrement beau si vous voulez, mais il est chic : ce toupet, ce monocle, ce sourire ! », et, plus curieuse peut-être de connaître ce qu'il était que désireuse d'être sa maîtresse, elle disait :

— « Si je pouvais savoir ce qu'il y a dans cette tête-là ! »

Maintenant, à toutes les paroles de Swann elle répondait d'un ton parfois irrité, parfois indulgent :

— « Ah ! tu ne seras donc jamais comme tout le monde ! »

Elle regardait cette tête qui n'était qu'un peu plus vieillie par le souci (mais dont maintenant tous pensaient, en vertu de cette même aptitude qui permet de découvrir les intentions d'un morceau symphonique dont on a lu le programme, et les ressemblances d'un enfant quand on connaît sa parenté : « Il n'est pas positivement laid si vous voulez, mais il est ridicule ; ce monocle, ce toupet, ce sourire ! », réalisant dans leur imagination suggestionnée la démarcation immatérielle qui sépare à quelques mois de distance une tête d'amant de cœur et une tête de cocu), elle disait :

— « Ah ! si je pouvais changer, rendre raisonnable ce qu'il y a dans cette tête-là. »

Toujours prêt à croire ce qu'il souhaitait si seulement les manières d'être d'Odette avec lui laissaient place au doute, il se jetait avidement sur cette parole :

— « Tu le peux si tu le veux, lui disait-il. »

Et il tâchait de lui montrer que l'apaiser, le diriger, le faire travailler, serait une noble tâche à laquelle ne demandaient qu'à se vouer d'autres femmes qu'elle, entre les mains desquelles il est vrai d'ajouter que la noble tâche ne lui eût paru plus qu'une indiscrète et insupportable usurpation de sa liberté. « Si elle ne m'aimait pas un peu, se disait-il, elle ne souhaiterait pas de me transformer. Pour me transformer, il faudra qu'elle me voie davantage. » Ainsi trouvait-il dans ce reproche qu'elle lui faisait, comme une preuve d'intérêt, d'amour peut-être ; et en effet, elle lui en donnait maintenant si peu qu'il était obligé de considérer comme telles les défenses qu'elle lui faisait d'une chose ou d'une autre. Un jour, elle lui déclara qu'elle n'aimait pas son cocher, qu'il lui montait peut-être la tête contre elle, qu'en tous cas il n'était pas avec lui de l'exactitude et de la déférence qu'elle voulait. Elle sentait qu'il désirait lui entendre dire : « Ne le prends plus pour venir chez moi », comme il aurait désiré un baiser. Comme elle était de bonne humeur, elle le lui dit ; il fut attendri. Le soir, causant avec M. de Charlus avec qui il avait la douceur de pouvoir parler d'elle ouvertement (car les

moindres propos qu'il tenait, même aux personnes qui ne la connaissaient pas, se rapportaient en quelque manière à elle), il lui dit :

— Je crois pourtant qu'elle m'aime ; elle est si gentille pour moi,
ce que je fais ne lui est certainement pas indifférent.

Et si, au moment d'aller chez elle, montant dans sa voiture avec un
ami qu'il devait laisser en route, l'autre lui disait :

— « Tiens, ce n'est pas Lorédan qui est sur le siège ? » avec quelle
joie mélancolique Swann lui répondait :

— Oh ! sapristi non ! je te dirai, je ne peux pas prendre Lorédan
quand je vais rue La Pérousse. Odette n'aime pas que je prenne Lorédan, elle ne le trouve pas bien pour moi ; enfin que veux-tu, les femmes,
tu sais ! je sais que ça lui déplairait beaucoup. Ah bien oui ! je n'aurais
eu qu'à prendre Rémi ! j'en aurais eu une histoire ! »

Ces nouvelles façons indifférentes, distraites, irritables, qui étaient
maintenant celles d'Odette avec lui, certes Swann en souffrait ; mais il
ne connaissait pas sa souffrance ; comme c'était progressivement, jour
par jour, qu'Odette s'était refroidie à son égard, ce n'est qu'en mettant
en regard de ce qu'elle était aujourd'hui ce qu'elle avait été au début,
qu'il aurait pu sonder la profondeur du changement qui s'était accompli.
Or ce changement c'était sa profonde, sa secrète blessure, qui lui faisait mal jour et nuit, et dès qu'il sentait que ses pensées allaient un peu
trop près d'elle, vivement il les dirigeait d'un autre côté de peur de trop
souffrir. Il se disait bien d'une façon abstraite : « Il fut un temps où
Odette m'aimait davantage », mais jamais il ne revoyait ce temps. De
même qu'il y avait dans son cabinet une commode qu'il s'arrangeait à
ne pas regarder, qu'il faisait un crochet pour éviter en entrant et en
sortant, parce que dans un tiroir étaient serrés le chrysanthème qu'elle
lui avait donné le premier soir où il l'avait reconduite, les lettres où elle
disait : « Que n'y avez-vous oublié aussi votre cœur je ne vous aurais
pas laissé le reprendre » et : « A quelque heure du jour et de la nuit
que vous ayez besoin de moi, faites-moi signe et disposez de ma vie »,
de même il y avait en lui une place dont il ne laissait jamais approcher
son esprit, lui faisant faire s'il le fallait le détour d'un long raisonnement pour qu'il n'eût pas à passer devant elle : c'était celle où vivait
le souvenir des jours heureux.

Mais sa si précautionneuse prudence fut déjouée un soir qu'il était
allé dans le monde.

C'était chez la marquise de Saint-Euverte, à la dernière, pour cette
année-là, des soirées où elle faisait entendre des artistes qui lui ser-

vaient ensuite pour ses concerts de charité. Swann qui avait voulu successivement aller à toutes les précédentes et n'avait pu s'y résoudre avait reçu, tandis qu'il s'habillait pour se rendre à celle-ci, la visite du baron de Charlus qui venait lui offrir de retourner avec lui chez la marquise, si sa compagnie devait l'aider à s'y ennuyer un peu moins, à s'y trouver moins triste. Mais Swann lui avait répondu :

— « Vous ne doutez pas du plaisir que j'aurais à être avec vous. Mais le plus grand plaisir que vous puissiez me faire c'est d'aller plutôt voir Odette. Vous savez l'excellente influence que vous avez sur elle. Je crois qu'elle ne sort pas ce soir avant d'aller chez son ancienne couturière où du reste elle sera sûrement contente que vous l'accompagniez. En tous cas vous la trouveriez chez elle avant. Tâchez de la distraire et aussi de lui parler raison. Si vous pouviez arranger quelque chose pour demain qui lui plaise et que nous pourrions faire tous les trois ensemble. Tâchez aussi de poser des jalons pour cet été, si elle avait envie de quelque chose, d'une croisière que nous ferions tous les trois, que sais-je ? Quant à ce soir, je ne compte pas la voir ; maintenant si elle le désirait ou si vous trouviez un joint, vous n'avez qu'à m'envoyer un mot chez Mme de Saint-Euverte jusqu'à minuit, et après chez moi. Merci de tout ce que vous faites pour moi, vous savez comme je vous aime. »

Le baron lui promit d'aller faire la visite qu'il désirait après qu'il l'aurait conduit jusqu'à la porte de l'hôtel Saint-Euverte, où Swann arriva tranquillisé par la pensée que M. de Charlus passerait la soirée rue La Pérouse, mais dans un état de mélancolique indifférence à toutes les choses qui ne touchaient pas Odette, et en particulier aux choses mondaines, qui leur donnait le charme de ce qui, n'étant plus un but pour notre volonté, nous apparaît en soi-même. Dès sa descente de voiture, au premier plan de ce résumé fictif de leur vie domestique que les maîtresses de maison prétendent offrir à leurs invités les jours de cérémonie et où elles cherchent à respecter la vérité du costume et celle du décor, Swann prit plaisir à voir les héritiers des « tigres » de Balzac, les grooms, suivants ordinaires de la promenade, qui, chapeautés et bottés, restaient dehors devant l'hôtel sur le sol de l'avenue, ou devant les écuries, comme des jardiniers auraient été rangés à l'entrée de leurs parterres. La disposition particulière qu'il avait toujours eue à chercher des analogies entre les êtres vivants et les portraits des musées s'exer-çait encore mais d'une façon plus constante et plus générale ; c'est la vie mondaine tout entière, maintenant qu'il en était détaché, qui se présentait à lui comme une suite de tableaux. Dans le vestibule où, autrefois, quand il était un mondain, il entrait enveloppé dans son pardessus pour en sortir en frac, mais sans savoir ce qui s'y était passé, étant par la pensée, pendant les quelques instants qu'il y séjournait, ou bien encore dans la fête qu'il venait de quitter, ou bien déjà dans la fête où on allait l'introduire, pour la première fois il remarqua, réveillée par l'arrivée inopinée d'un invité aussi tardif, la meute éparse, magnifique et désœuvrée de grands valets de pied qui dormaient çà et là sur des banquettes et des coffres et qui, soulevant leurs nobles profils aigus de lévriers, se dressèrent et, rassemblés, formèrent le cercle autour de lui.

L'un d'eux, d'aspect particulièrement féroce et assez semblable à l'exécuteur dans certains tableaux de la Renaissance qui figurent des supplices, s'avança vers lui d'un air implacable pour lui prendre ses affaires. Mais la dureté de son regard d'acier était compensée par la douceur de ses gants de fil, si bien qu'en approchant de Swann il semblait témoigner du mépris pour sa personne et des égards pour son chapeau. Il le prit avec un soin auquel l'exactitude de sa pointure donnait quelque chose de méticuleux et une délicatesse que rendait presque touchante l'appareil de sa force. Puis il le passa à un de ses aides, nouveau, et timide, qui exprimait l'effroi qu'il ressentait en roulant en tous sens des regards furieux et montrait l'agitation d'une bête captive dans les premières heures de sa domesticité.

A quelques pas, un grand gaillard en livrée rêvait, immobile, sculptural, inutile, comme ce guerrier purement décoratif qu'on voit dans les tableaux les plus tumultueux de Mantegna, songer, appuyé sur son bouclier, tandis qu'on se précipite et qu'on s'égorge à côté de lui ; détaché du groupe de ses camarades qui s'empressaient autour de Swann, il semblait aussi résolu à se désintéresser de cette scène, qu'il suivait vaguement de ses yeux glauques et cruels, que si ç'eût été le massacre des Innocents ou le martyre de saint Jacques. Il semblait précisément appartenir à cette race disparue — ou qui peut-être n'exista jamais que dans le retable de San Zeno et les fresques des Eremitani où Swann l'avait approchée et où elle rêve encore — issue de la fécondation d'une statue antique par quelque modèle padouan du Maître ou quelque saxon d'Albert Dürer. Et les mèches de ses cheveux roux crespelés par la nature, mais collés par la brillantine, étaient largement traitées comme elles sont dans la sculpture grecque qu'étudiait sans cesse le peintre de Mantoue, et qui, si dans la création elle ne figure que l'homme, sait du moins tirer de ses simples formes des richesses si variées et comme empruntées à toute la nature vivante, qu'une chevelure, par l'enroulement lisse et les becs aigus de ses boucles, ou dans la superposition du triple et fleurissant diadème de ses tresses, a l'air à la fois d'un paquet d'algues, d'une nichée de colombes, d'un bandeau de jacinthes et d'une torsade de serpent.

D'autres encore, colossaux aussi, se tenaient sur les degrés d'un escalier monumental que leur présence décorative et leur immobilité marmoréenne auraient pu faire nommer comme celui du Palais Ducal : « l'Escalier des Géants » et dans' lequel Swann s'engagea avec la tristesse de penser qu'Odette ne l'avait jamais gravi. Ah ! avec quelle joie au contraire il eût grimpé les étages noirs, mal odorants et casse-cou de la petite couturière retirée, dans le « cinquième » de laquelle il aurait été si heureux de payer plus cher qu'une avant-scène hebdomadaire à l'Opéra le droit de passer la soirée quand Odette y venait et même les autres jours pour pouvoir parler d'elle, vivre avec les gens qu'elle avait l'habitude de voir quand il n'était pas là et qui à cause de cela lui paraissaient recéler, de la vie de sa maîtresse, quelque chose de plus réel; de plus inaccessible et de plus mystérieux. Tandis que dans cet escalier pestilentiel et désiré de l'ancienne couturière, comme il n'y en avait pas un second pour le service, on voyait le soir devant chaque porte une boîte au lait vide et sale préparée sur le paillasson, dans l'escalier magnifique et dédaigné que Swann montait à ce moment, d'un côté et de l'autre, à des hauteurs différentes, devant chaque anfractuosité que faisait dans le mur la fenêtre de la loge, ou la porte d'un appartement, représentant le service intérieur qu'ils dirigeaient et en faisant hommage aux invités, un concierge, un majordome, un argentier (braves gens qui vivaient le reste de la semaine un peu indépendants dans leur domaine, y dînaient chez eux comme de petits boutiquiers et seraient peut-être demain au service bourgeois d'un médecin ou d'un industriel), attentifs à ne pas manquer aux recommandations qu'on leur avait faites avant de leur laisser endosser la livrée éclatante qu'ils ne revêtaient qu'à de rares intervalles et dans laquelle ils ne se sentaient pas très à leur aise, se tenaient sous l'arcature de leur portail avec un éclat pompeux tempéré de bonhomie populaire, comme des saints dans leur niche ; et un énorme suisse, habillé comme à l'église, frappait les dalles de sa canne au passage de chaque arrivant. Parvenu en haut de l'escalier le long duquel l'avait suivi un domestique à face blême, avec une petite queue de cheveux, noués d'un catogan, derrière la tête, comme un sacristain de Goya ou un tabellion du répertoire, Swann passa devant un bureau où des valets, assis comme des notaires devant de grands

registres, se levèrent et inscrivirent son nom. Il traversa alors un petit
vestibule qui, — tel que certaines pièces aménagées par leur proprié-
taire pour servir de cadre à une seule œuvre d'art, dont elles tirent leur
nom, et d'une nudité voulue, ne contiennent rien d'autre —, exhibait
à son entrée, comme quelque précieuse effigie de Benvenuto Cellini
représentant un homme de guet, un jeune valet de pied, le corps
légèrement fléchi en avant, dressant sur son hausse-col rouge une figure
plus rouge encore d'où s'échappaient des torrents de feu, de timidité et
de zèle, et qui, perçant les tapisseries d'Aubusson tendues devant le
salon où on écoutait la musique, de son regard impétueux, vigilant,
éperdu, avait l'air, avec une impassibilité militaire ou une foi surnaturelle, — allégorie de l'alarme, incarnation de l'attente, commémora-
tion du branle-bas, — d'épier, ange ou vigie, d'une tour de donjon
ou de cathédrale, l'apparition de l'ennemi ou l'heure du Jugement.
Il ne restait plus à Swann qu'à pénétrer dans la salle du concert dont
un huissier chargé de chaînes lui ouvrit les portes, en s'inclinant, comme
il lui aurait remis les clefs d'une ville. Mais il pensait à la maison où il
aurait pu se trouver en ce moment même, si Odette l'avait permis, et le
souvenir entrevu d'une boîte au lait vide sur un paillasson lui serra le
cœur.

Swann retrouva rapidement le sentiment de la laideur masculine,
quand, au delà de la tenture de tapisserie, au spectacle des domestiques
succéda celui des invités. Mais cette laideur même de visages qu'il
connaissait pourtant si bien, lui semblait neuve depuis que leurs traits,
— au lieu d'être pour lui des signes pratiquement utilisables à l'identi-
fication de telle personne qui lui avait représenté jusque-là un faisceau
de plaisirs à poursuivre, d'ennuis à éviter, ou de politesses à rendre, —
reposaient, coordonnées seulement par des rapports esthétiques, dans
l'autonomie de leurs lignes. Et en ces hommes, au milieu desquels
Swann se trouva enserré, il n'était pas jusqu'aux monocles que beaucoup portaient (et qui, autrefois, auraient tout au plus permis à Swann
de dire qu'ils portaient un monocle), qui, déliés maintenant de signifier
une habitude, la même pour tous, ne lui apparussent chacun avec une
sorte d'individualité. Peut-être parce qu'il ne regarda le général de
Froberville et le marquis de Bréauté qui causaient dans l'entrée que
comme deux personnages dans un tableau, alors qu'ils avaient été
longtemps pour lui les amis utiles qui l'avaient présenté au Jockey
et assisté dans des duels, le monocle du général, resté entre ses paupières comme un éclat d'obus dans sa figure vulgaire, balafrée et

triomphale, au milieu du front qu'il éborgnait comme l'œil unique du cyclope, apparut à Swann comme une blessure monstrueuse qu'il pouvait être glorieux d'avoir reçue, mais qu'il était indécent d'exhiber ; tandis que celui que M. de Bréauté ajoutait, en signe de festivité, aux gants gris perle, au « gibus », à la cravate blanche et substituait au binocle familier (comme faisait Swann lui-même), pour aller dans le monde, portait collé à son revers, comme une préparation d'histoire naturelle sous un microscope, un regard infinitésimal et grouillant d'amabilité, qui ne cessait de sourire à la hauteur des plafonds, à la beauté des fêtes, à l'intérêt des programmes et à la qualité des rafraîchissements.

— Tiens, vous voilà, mais il y a des éternités qu'on ne vous a vu, dit à Swann le général qui, remarquant ses traits tirés et en concluant que c'était peut-être une maladie grave qui l'éloignait du monde, ajouta : Vous avez bonne mine, vous savez ! » pendant que M. de Bréauté demandait :

— « Comment, vous, mon cher, qu'est-ce que vous pouvez bien faire ici ? » à un romancier mondain qui venait d'installer au coin de son œil un monocle, son seul organe d'investigation psychologique et d'impitoyable analyse, et répondit d'un air important et mystérieux, en roulant l'r :

— J'observe.

Le monocle du marquis de Forestelle était minuscule, n'avait aucune bordure et obligeant à une crispation incessante et douloureuse l'œil où il s'incrustait comme un cartilage superflu dont la présence est inexplicable et la matière recherchée, il donnait au visage du marquis une délicatesse mélancolique, et le faisait juger par les femmes comme capable de grands chagrins d'amour. Mais celui de M. de Saint-Candé, entouré d'un gigantesque anneau, comme Saturne, était le centre de gravité d'une figure qui s'ordonnait à tout moment par rapport à lui, dont le nez frémissant et rouge et la bouche lippue et sarcastique tâchaient par leurs grimaces d'être à la hauteur des feux roulants d'esprit dont étincelait le disque de verre, et se voyait préférer aux plus beaux regards du monde par des jeunes femmes snobs et dépravées qu'il faisait rêver de charmes artificiels et d'un raffinement de volupté ; et cependant, derrière le sien, M. de Palancy qui avec sa grosse tête de carpe aux yeux ronds, se déplaçait lentement au milieu des fêtes, en desserrant d'instant en instant ses mandibules comme pour chercher son orientation, avait l'air de transporter seulement avec lui un fragment accidentel, et peut-être purement symbolique, du vitrage de son aquarium, partie destinée à figurer le tout qui rappela à Swann, grand admirateur des Vices et des Vertus de Giotto à Padoue, cet Injuste à côté duquel un rameau feuillu évoque les forêts où se cache son repaire.

Swann s'était avancé, sur l'insistance de Mme de Saint-Euverte et pour entendre un air d'Orphée qu'exécutait un flûtiste, s'était mis dans un coin où il avait malheureusement comme seule perspective deux dames déjà mûres assises l'une à côté de l'autre, la marquise de Cambremer et la vicomtesse de Franquetot, lesquelles, parce qu'elles étaient cousines, passaient leur temps dans les soirées, portant leurs sacs et suivies de leurs filles, à se chercher comme dans une gare et n'étaient tranquilles que quand elles avaient marqué, par leur éventail ou leur mouchoir, deux places voisines : Mme de Cambremer, comme elle avait très peu de relations, étant d'autant plus heureuse d'avoir une compagne, Mme de Franquetot, qui étant au contraire très lancée, trouvait quelque chose d'élégant, d'original, à montrer à toutes ses belles connaissances qu'elle leur préférait une dame obscure avec qui elle avait en commun des souvenirs de jeunesse. Plein d'une mélancolie ironique, Swann les regardait écouter l'intermède de piano (« Saint François parlant aux oiseaux », de Liszt) qui avait succédé à l'air de flûte, et suivre le jeu vertigineux du virtuose, Mme de Franquetot anxieusement, les yeux éperdus comme si les touches sur lesquelles il courait avec agilité avaient été une suite de trapèzes d'où il pouvait tomber d'une hauteur de quatre-vingts mètres, et non sans lancer à sa voisine des regards d'étonnement, de dénégation qui signifiaient : « Ce n'est pas croyable, je n'aurais jamais pensé qu'un homme pût faire cela », Mme de Cambremer, en femme qui a reçu une forte éducation musicale, battant la mesure avec sa tête transformée en balancier de métronome dont l'amplitude et la rapidité d'oscillations d'une épaule à l'autre étaient devenues telles (avec cette espèce d'égarement et d'abandon du regard qu'ont les douleurs qui ne se connaissent plus ni ne cherchent à se maîtriser et disent : « Que voulez-vous ! ») qu'à tout moment elle accrochait avec ses solitaires les pattes de son corsage et était obligée de redresser les raisins noirs qu'elle avait dans les cheveux, sans cesser pour cela d'accélérer le mouvement. De l'autre côté de Mme de Franquetot, mais un peu en avant, était la marquise de Gallardon, occupée à sa pensée favorite, l'alliance qu'elle avait avec les Guermantes et d'où elle tirait pour le monde et pour elle-même beaucoup de gloire avec quelque honte, les plus brillants d'entre eux la tenant un peu à l'écart, peut-être parce qu'elle était ennuyeuse, ou parce qu'elle était méchante, ou parce qu'elle était d'une branche inférieure, ou peut-être sans aucune raison. Quand elle se trouvait auprès de quelqu'un qu'elle ne connaissait pas, comme en ce moment auprès de Mme de Franquetot, elle souffrait que la conscience qu'elle avait de sa parenté avec les Guermantes ne pût se manifester extérieurement en caractères visibles comme ceux qui, dans les mosaïques des églises byzantines, placés les uns au-dessous des autres, inscrivent en une colonne verticale, à côté d'un Saint Personnage les mots qu'il est censé prononcer. Elle songeait en ce moment qu'elle n'avait jamais reçu une invitation ni une visite de sa jeune cousine la princesse des Laumes, depuis six ans que celle-ci était mariée. Cette pensée la remplissait de colère, mais aussi de fierté ; car, à force de dire aux personnes qui s'étonnaient de ne pas la voir chez Mme des Laumes, que c'est parce qu'elle aurait été exposée à y rencontrer la princesse Mathilde — ce que sa famille ultra-légitimiste ne lui aurait jamais pardonné, elle avait fini par croire que c'était, en effet, la raison pour laquelle elle n'allait pas chez sa jeune cousine. Elle se rappelait pourtant qu'elle avait demandé plusieurs fois à Mme des Laumes comment elle pourrait faire pour la rencontrer, mais ne se le rappelait que confusément et d'ailleurs neutralisait et au delà ce souvenir un peu humiliant en murmurant : « Ce n'est tout de même pas à moi à faire les premiers pas, j'ai vingt ans de plus qu'elle. » Grâce à la vertu de ces paroles intérieures, elle rejetait fièrement en arrière ses épaules détachées de son buste et sur lesquelles sa tête posée presque horizontalement faisait penser à la tête « rapportée » d'un orgueilleux faisan qu'on sert sur une table avec toutes ses plumes. Ce n'est pas qu'elle ne fût par nature courtaude, hommasse et boulotte ; mais les camouflets l'avaient redressée comme ces arbres qui, nés dans une mauvaise position au bord d'un précipice, sont forcés de croître en arrière pour garder leur équilibre. Obligée, pour se consoler de ne pas être tout à fait l'égale des autres Guermantes, de se dire sans cesse que c'était par intransigeance de principes et fierté qu'elle les voyait peu, cette pensée avait fini par modeler son corps et par lui enfanter une sorte de prestance qui passait aux yeux des bourgeoises pour un signe de race et troublait quelquefois d'un désir fugitif le regard fatigué des hommes de cercle. Si on avait fait subir à la conversation de Mme de Gallardon ces analyses qui en relevant la fréquence plus ou moins grande de chaque terme permettent de découvrir la clef d'un langage chiffré, on se fût rendu compte qu'aucune expression, même la plus usuelle, n'y revenait aussi souvent que « chez mes cousins de Guermantes », « chez ma tante de Guermantes », « la santé d'Elzéar de Guermantes », « la baignoire de ma cousine de Guermantes ». Quand on lui parlait d'un personnage illustre, elle répondait que, sans le connaître personnellement, elle l'avait rencontré mille fois chez sa tante de Guermantes, mais elle répondait cela d'un ton si glacial et d'une voix si sourde qu'il était clair que si elle ne le connaissait pas personnellement c'était en vertu de tous les principes indéracinables et entêtés auxquels ses épaules touchaient en arrière, comme à ces échelles sur lesquelles les professeurs de gymnastique vous font étendre pour vous développer le thorax.

Or, la princesse des Laumes qu'on ne se serait pas attendu à voir chez Mme de Saint-Euverte, venait précisément d'arriver. Pour montrer qu'elle ne cherchait pas à faire sentir dans un salon où elle ne venait que par condescendance, la supériorité de son rang, elle était entrée en effaçant les épaules là même où il n'y avait aucune foule à fendre et personne à laisser passer, restant exprès dans le fond, de l'air d'y être à sa place, comme un roi qui fait la queue à la porte d'un théâtre tant que les autorités n'ont pas été prévenues qu'il est là ; et, bornant simplement son regard — pour ne pas avoir l'air de signaler sa présence et de réclamer des égards — à la considération d'un dessin du tapis ou de sa propre jupe, elle se tenait debout à l'endroit qui lui avait paru le plus modeste (et d'où elle savait bien qu'une exclamation ravie de Mme de Saint-Euverte allait la tirer dès que celle-ci l'aurait aperçue), à côté de Mme de Cambrener qui lui était inconnue. Elle observait la mimique de sa voisine mélomane, mais ne l'imitait pas. Ce n'est pas que, pour une fois qu'elle venait passer cinq minutes chez Mme de Saint-Euverte, la princesse des Laumes n'eût souhaité, pour que la politesse qu'elle lui faisait comptât double, de se montrer le plus aimable possible. Mais par nature, elle avait horreur de ce qu'elle appelait « les exagérations » et tenait à montrer qu'elle « n'avait pas à » se livrer à des manifestations qui n'allaient pas avec le « genre » de la coterie où elle vivait, mais qui pourtant d'autre part ne laissaient pas de l'impressionner, à la faveur de cet esprit d'imitation voisin de la timidité que développe chez les gens les plus sûrs d'eux-mêmes l'ambiance d'un milieu nouveau, fût-il inférieur. Elle commençait à se demander si cette gesticulation n'était pas rendue nécessaire par le morceau qu'on jouait et qui ne rentrait peut-être pas dans le cadre de la musique qu'elle avait entendue jusqu'à ce jour, si s'abstenir n'était pas faire preuve d'incompréhension à l'égard de l'œuvre et d'inconvenance vis-à-vis de la maîtresse de la maison : de sorte que pour exprimer par une « cote mal taillée » ses sentiments contradictoires, tantôt elle se contentait de remonter la bride de ses épaulettes ou d'assurer dans ses cheveux blonds les petites boules de corail ou d'émail rose, givrées de diamant, qui lui faisaient une coiffure simple et charmante, en examinant avec une froide curiosité sa fougueuse voisine, tantôt de son éventail elle battait pendant un instant la mesure, mais, pour ne pas abdiquer son indépendance, à contretemps. Le pianiste ayant terminé le morceau de Liszt et ayant commencé un prélude de Chopin, Mme de Cambremer lança à Mme de Franquetot un sourire attendri de satisfaction compétente et d'allusion au passé. Elle avait appris dans sa jeunesse à caresser les phrases, au long col sinueux et démesuré, de Chopin, si libres, si flexibles, si tactiles, qui commencent par chercher et essayer leur place en dehors et bien loin de la direction de leur départ, bien loin du point où on avait pu espérer qu'atteindrait leur attouchement, et qui ne se jouent dans cet écart de fantaisie que pour revenir plus délibérément, — d'un retour plus prémédité, avec plus de précision, comme sur un cristal qui résonnerait jusqu'à faire crier, — vous frapper au cœur.

Vivant dans une famille provinciale qui avait peu de relations, n'allant guère au bal, elle s'était grisée dans la solitude de son manoir, à ralentir, à précipiter la danse de tous ces couples imaginaires, à les égrener comme des fleurs, à quitter un moment le bal pour entendre le vent souffler dans les sapins, au bord du lac, et à y voir tout d'un coup s'avancer, plus différent de tout ce qu'on a jamais rêvé que ne sont les amants de la terre, un mince jeune homme à la voix un peu chantante, étrangère et fausse, en gants blancs. Mais aujourd'hui la beauté démodée de cette musique semblait défraîchie. Privée depuis quelques années de l'estime des connaisseurs, elle avait perdu son honneur et son charme et ceux mêmes dont le goût est mauvais n'y trouvaient plus qu'un plaisir inavoué et médiocre. Mme de Cambremer jeta un regard furtif derrière elle. Elle savait que sa jeune bru (pleine de respect pour sa nouvelle famille, sauf en ce qui touchait les choses de l'esprit sur lesquelles, sachant jusqu'à l'harmonie et jusqu'au grec, elle avait des lumières spéciales), méprisait Chopin et souffrait quand elle en entendait jouer, Mais loin de la surveillance de cette wagnérienne qui était plus loin avec un groupe de personnes de son âge, Mme de Cambremer se laissait aller à des impressions délicieuses. La princesse des Laumes les

106

éprouvait aussi. Sans être par nature douée pour la musique, elle avait reçu il y a quinze ans les leçons qu'un professeur de piano du faubourg Saint-Germain, femme de génie qui avait été, à la fin de sa vie, réduite à la misère, avait recommencé, à l'âge de soixante-dix ans, à donner aux filles et aux petites-filles de ses anciennes élèves. Elle était morte aujourd'hui. Mais sa méthode, son beau son, renaissaient parfois sous les doigts de ses élèves, même de celles qui étaient devenues pour le reste des personnes médiocres, avaient abandonné la musique et n'ouvraient presque plus jamais un piano. Aussi Mme des Laumes put-elle secouer la tête, en pleine connaissance de cause, avec une appréciation juste de la façon dont le pianiste jouait ce prélude qu'elle savait par cœur. La fin de la phrase commencée chanta d'elle-même sur ses lèvres. Et elle murmura « c'est toujours *ch*armant », avec un double *ch* au commencement du mot qui était une marque de délicatesse et dont elle sentait ses lèvres si romanesquement froissées comme une belle fleur, qu'elle harmonisa instinctivement son regard avec elles en lui donnant à ce moment-là une sorte de sentimentalité et de vague. Cependant Mme de Gallardon était en train de se dire qu'il était fâcheux qu'elle n'eût que bien rarement l'occasion de rencontrer la princesse des Laumes, car elle souhaitait lui donner une leçon en ne répondant pas à son salut. Elle ne savait pas que sa cousine fût là. Un mouvement de tête de Mme de Franquetot la lui découvrit. Aussitôt elle se précipita vers elle en dérangeant tout le monde ; mais désireuse de garder un air hautain et glacial qui rappelât à tous qu'elle ne désirait pas avoir de relations avec une personne chez qui on pouvait se trouver nez à nez avec la princesse Mathilde, et au-devant de qui elle n'avait pas à aller car elle n'était pas « sa contemporaine », elle voulut pourtant compenser cet air de hauteur et de réserve par quelque propos qui justifiât sa démarche et forçât la princesse à engager la conversation ; aussi une fois arrivée près de sa cousine, Mme de Gallardon, avec un visage dur, une main tendue comme une carte forcée, lui dit : « Comment va ton mari ? » de la même voix soucieuse que si le prince avait été gravement malade. La princesse éclatant d'un rire qui lui était particulier et qui était destiné à la fois à montrer aux autres qu'elle se moquait de quelqu'un et aussi à se faire paraître plus jolie en concentrant les traits de son visage autour de sa bouche animée et de son regard brillant, lui répondit :

— Mais le mieux du monde !

Et elle rit encore. Cependant tout en redressant sa taille et refroidissant sa mine, inquiète encore pourtant de l'état du prince, Mme de Gallardon dit à sa cousine :

— Oriane (ici Mme des Laumes regarda d'un air étonné et rieur un tiers invisible vis-à-vis duquel elle semblait tenir à attester qu'elle n'avait jamais autorisé Mme de Gallardon à l'appeler par son prénom), je tiendrais beaucoup à ce que tu viennes un moment demain soir chez moi entendre un quintette avec clarinette de Mozart. Je voudrais avoir ton appréciation.

Elle semblait non pas adresser une invitation, mais demander un service, et avoir besoin de l'avis de la princesse sur le quintette de Mozart comme si c'avait été un plat de la composition d'une nouvelle cuisinière sur les talents de laquelle il lui eût été précieux de recueillir l'opinion d'un gourmet.

— Mais je connais ce quintette, je peux te dire tout de suite... que je l'aime !

— Tu sais, mon mari n'est pas bien, son foie..., cela lui ferait grand plaisir de te voir, reprit Mme de Gallardon, faisant maintenant à la princesse une obligation de charité de paraître à sa soirée.

La princesse n'aimait pas à dire aux gens qu'elle ne voulait pas aller chez eux. Tous les jours elle écrivait son regret d'avoir été privée — par une visite inopinée de sa belle-mère, par une invitation de son beau-frère, par l'Opéra, par une partie de campagne — d'une soirée à laquelle elle n'aurait jamais songé à se rendre. Elle donnait ainsi à beaucoup de gens la joie de croire qu'elle était de leurs relations, qu'elle eût été volontiers chez eux, qu'elle n'avait été empêchée de le faire que par les contretemps princiers qu'ils étaient flattés de voir entrer en concurrence avec leur soirée. Puis faisant partie de cette spirituelle coterie des Guermantes — où survivait quelque chose de l'esprit alerte, dépouillé de lieux communs et de sentiments convenus, qui descend de Mérimée, et a trouvé sa dernière expression dans le théâtre de Meilhac et Halévy, — elle l'adaptait même aux rapports sociaux, le transposait jusque dans sa politesse qui s'efforçait d'être positive, précise, de se rapprocher de l'humble vérité. Elle ne développait pas longuement à une maîtresse de maison l'expression du désir qu'elle avait d'aller à sa soirée ; elle trouvait plus aimable de lui exposer quelques petits faits d'où dépendrait qu'il lui fût ou non possible de s'y rendre.

— Ecoute, je vais te dire, dit-elle à Mme de Gallardon, il faut demain soir que j'aille chez une amie qui m'a demandé mon jour depuis longtemps. Si elle nous emmène au théâtre, il n'y aura pas, avec la meilleure

ιous restons chez elle,
comme je sais que nous serons seuls, je pourrai la quitter.

— Tiens, tu as vu ton ami M. Swann ?

— Mais non, cet amour de Charles, je ne savais pas qu'il fût là, je vais tâcher qu'il me voie.

— C'est drôle qu'il aille même chez la mère Saint-Euverte, dit Mme de Gallardon. Oh ! je sais qu'il est intelligent, ajouta-t-elle en voulant dire par là intrigant, mais cela ne fait rien, un juif chez la sœur et la belle-sœur de deux archevêques !

— J'avoue à ma honte que je n'en suis pas choquée, dit la princesse des Laumes.

— Je sais qu'il est converti, et même déjà ses parents et ses grands-parents. Mais on dit que les convertis restent plus attachés à leur religion que les autres, que c'est une frime, est-ce vrai ?

— Je suis sans lumières à ce sujet.

Le pianiste qui avait à jouer deux morceaux de Chopin, après avoir terminé le prélude avait attaqué aussitôt une polonaise. Mais depuis que Mme de Gallardon avait signalé à sa cousine la présence de Swann, Chopin ressuscité aurait pu venir jouer lui-même toute ses œuvres sans que Mme des Laumes pût y faire attention. Elle faisait partie d'une de ces deux moitiés de l'humanité chez qui la curiosité qu'a l'autre moitié pour les êtres qu'elle ne connaît pas est remplacée par l'intérêt pour les êtres qu'elle connaît. Comme beaucoup de femmes du faubourg Saint-Germain la présence dans un endroit où elle se trouvait de quelqu'un de sa coterie, et auquel d'ailleurs elle n'avait rien de particulier à dire, accaparait exclusivement son attention aux dépens de tout le reste. A partir de ce moment, dans l'espoir que Swann la remarquerait, la princesse ne fit plus, comme une souris blanche apprivoisée à qui on tend puis on retire un morceau de sucre, que tourner sa figure, remplie de mille signes de connivence dénués de rapports avec le sentiment de la polonaise de Chopin, dans la direction où était Swann et si celui-ci changeait de place, elle déplaçait parallèlement son sourire aimanté.

— Oriane, ne te fâche pas, reprit Mme de Gallardon qui ne pouvait jamais s'empêcher de sacrifier ses plus grandes espérances sociales et d'éblouir un jour le monde, au plaisir obscur, immédiat et privé, de dire quelque chose de désagréable, il y a des gens qui prétendent que ce M. Swann, c'est quelqu'un qu'on ne peut pas recevoir chez soi, est-ce vrai ?

— Mais... tu dois bien savoir que c'est vrai, répondit la princesse des Laumes, puisque tu l'as invité cinquante fois et qu'il n'est jamais venu.

Et quittant sa cousine mortifiée, elle éclata de nouveau d'un rire qui scandalisa les personnes qui écoutaient la musique, mais attira l'attention de Mme de Saint-Euverte, restée par politesse près du piano et qui aperçut seulement alors la princesse. Mme de Saint-Euverte était d'autant plus ravie de voir Mme des Laumes qu'elle la croyait encore à Guermantes en train de soigner son beau-père malade.

— Mais comment, princesse, vous étiez-là ?

— Oui, je m'étais mise dans un petit coin, j'ai entendu de belles choses.

— Comment, vous êtes là depuis déjà un long moment !

— Mais oui, un très long moment qui m'a semblé très court, long seulement parce que je ne vous voyais pas.

Mme de Saint-Euverte voulut donner son fauteuil à la princesse qui répondit :

— Mais pas du tout ! Pourquoi ? Je suis bien n'importe où !

Et, avisant avec intention, pour mieux manifester sa simplicité de grande dame, un petit siège sans dossier :

— Tenez, ce pouf, c'est tout ce qu'il me faut. Cela me fera tenir droite. Oh ! mon Dieu, je fais encore du bruit, je vais me faire conspuer.

Cependant le pianiste redoublant de vitesse, l'émotion musicale était à son comble, un domestique passait des rafraîchissements sur un plateau et faisait tinter des cuillers, et, comme chaque semaine, Mme de Saint-Euverte lui faisait, sans qu'il la vît, des signes de s'en aller. Une nouvelle mariée, à qui on avait appris qu'une jeune femme ne doit pas avoir l'air blasé, souriait de plaisir, et cherchait des yeux la maîtresse de maison pour lui témoigner par son regard sa reconnaissance d'avoir « pensé à elle » pour un pareil régal. Pourtant, quoique avec plus de calme que Mme de Franquetot, ce n'est pas sans inquiétude qu'elle suivait le morceau ; mais la sienne avait pour objet, au lieu du pianiste, le piano sur lequel une bougie tressautant à chaque fortissimo, risquait, sinon de mettre le feu à l'abat-jour, du moins de faire des taches sur le palissandre. A la fin elle n'y tint plus et, escaladant les deux marches de l'estrade, sur laquelle était placé le piano, se précipita pour enlever la bobèche. Mais à peine ses mains allaient-elles la toucher que sur un dernier accord, le morceau finit et le pianiste se leva. Néanmoins l'initiative hardie de cette jeune femme, la courte promiscuité qui en résulta entre elle et l'instrumentiste, produisirent une impression généralement favorable.

— Vous avez remarqué ce qu'a fait cette personne, princesse, dit le général de Froberville à la princesse des Laumes qu'il était venu saluer et que Mme de Saint-Euverte quitta un instant. C'est curieux. Est-ce donc une artiste ?

— Non, c'est une petite Mme de Cambremer, répondit étourdiment la princesse et elle ajouta vivement : Je vous répète ce que j'ai entendu dire, je n'ai aucune espèce de notion de qui c'est, on a dit derrière moi que c'étaient des voisins de campagne de Mme de Saint-Euverte, mais je ne crois pas que personne les connaisse. Ça doit être des « gens de la campagne » ! Du reste, je ne sais pas si vous êtes très répandu dans la brillante société qui se trouve ici, mais je n'ai pas idée du nom de toutes ces étonnantes personnes. A quoi pensez-vous qu'ils passent leur vie en dehors des soirées de Mme de Saint-Euverte ? Elle a dû les faire venir avec les musiciens, les chaises et les rafraîchissements. Avouez que ces « invités de chez Belloir » sont magnifiques. Est-ce que vraiment elle a le courage de louer ces figurants toutes les semaines. Ce n'est pas possible !

— Ah ! Mais Cambremer, c'est un nom authentique et ancien, dit le général.

— Je ne vois aucun mal à ce que ce soit ancien, répondit sèchement la princesse, mais en tous cas ce n'est pas *euphonique*, ajouta-t-elle en détachant le mot euphonique comme s'il était entre guillemets, petite affection de débit qui était particulière à la coterie Guermantes.

— Vous trouvez ? Elle est jolie à croquer, dit le général qui ne perdait par Mme de Cambrener de vue. Ce n'est pas votre avis, princesse ?

— Elle se met trop en avant, je trouve que chez une si jeune femme, ce n'est pas agréable, car je ne crois pas qu'elle soit ma contemporaine, répondit Mme des Laumes (cette expression étant commune aux Gallardon et aux Guermantes).

Mais la princesse voyant que M. de Froberville continuait à regarder Mme de Cambremer, ajouta moitié par méchanceté pour celle-ci, moitié par amabilité pour le général : Pas agréable... pour son mari ! Je regrette de ne pas la connaître puisqu'elle vous tient à cœur, je vous aurais présenté, dit la princesse qui probablement n'en aurait rien fait si elle avait connu la jeune femme. Je vais être obligée de vous dire bonsoir, parce que c'est la fête d'une amie à qui je dois aller la souhaiter, dit-elle d'un ton modeste et vrai, réduisant la réunion mondaine à

111

laquelle elle se rendait à la simplicité d'une cérémonie ennuyeuse mais
où il était obligatoire et touchant d'aller. D'ailleurs je dois y retrouver
Basin qui, pendant que j'étais ici, est allé voir ses amis que vous connaissez, je crois, qui ont un nom de pont, les Iéna.

— Ç'a été d'abord un nom de victoire, princesse, dit le général.
Qu'est-ce que vous voulez, pour un vieux briscard comme moi, ajouta-t-il en ôtant son monocle pour l'essuyer, comme il aurait changé un
pansement, tandis que la princesse détournait instinctivement les yeux,
cette noblesse d'Empire, c'est autre chose bien entendu, mais enfin,
pour ce que c'est, c'est très beau dans son genre, ce sont des gens qui en
somme se sont battus en héros.

— Mais je suis pleine de respect pour les héros, dit la princesse, sur
un ton légèrement ironique ; si je ne vais pas avec Basin chez cette princesse d'Iéna, ce n'est pas du tout pour ça, c'est tout simplement parce
que je ne les connais pas. Basin les connaît, les chérit. Oh ! non, ce
n'est pas ce que vous pouvez penser, ce n'est pas un flirt, je n'ai pas
à m'y opposer ! Du reste, pour ce que cela sert quand je veux m'y
opposer ! ajouta-t-elle d'une voix mélancolique, car tout le monde
savait que dès le lendemain du jour où le prince des Laumes avait
épousé sa ravissante cousine, il n'avait pas cessé de la tromper. Mais
enfin ce n'est pas le cas, ce sont des gens qu'il a connus autrefois, il en
fait ses choux gras, je trouve cela très bien. D'abord je vous dirai que
rien que ce qu'il m'a dit de leur maison...Pensez que tous leurs meubles
sont « Empire ! »

— Mais, princesse, naturellement, c'est parce que c'est le mobilier
de leurs grands-parents.

— Mais je ne vous dis pas, mais ça n'est pas moins laid pour ça. Je
comprends très bien qu'on ne puisse pas avoir de jolies choses, mais au
moins qu'on n'ait pas de choses ridicules. Qu'est-ce que vous voulez   je
ne connais rien de plus pompier, de plus bourgeois que cet horrible
style avec ces commodes qui ont des têtes de cygnes comme des bai-
gnoires.

— Mais je crois même qu'ils ont de belles choses, ils doivent avoir la
fameuse table de mosaïque sur laquelle a été signé le traité de...

— Ah ! Mais qu'ils aient des choses intéressantes au point de vue
de l'histoire je ne vous dis pas. Mais ça ne peut pas être beau... puisque
c'est horrible ! Moi j'ai aussi des choses comme ça que Basin a héritées
des Montesquiou. Seulement elles sont dans les greniers de Guermantes
où personne ne les voit. Enfin, du reste, ce n'est pas la question, je me

précipiterais chez eux avec Basin, j'irais les voir même au milieu de leurs sphinx et de leur cuivre si je les connaissais, mais... je ne les connais pas ! Moi, on m'a toujours dit quand j'étais petite que ce n'était pas poli d'aller chez les gens qu'on ne connaissait pas, dit-elle en prenant un ton puéril. Alors, je fais ce qu'on m'a appris. Voyez-vous ces braves gens s'ils voyaient entrer une personne qu'ils ne connaissent pas ? Ils me recevraient peut-être très mal ! dit la princesse.

Et par coquetterie elle embellit le sourire que cette supposition lui arrachait, en donnant à son regard bleu fixé sur le général une expression rêveuse et douce.

— Ah ! princesse, vous savez bien qu'ils ne se tiendraient pas de joie...

— Mais non, pourquoi ? lui demanda-t-elle avec une extrême vivacité, soit pour ne pas avoir l'air de savoir que c'est parce qu'elle était une des plus grandes dames de France, soit pour avoir le plaisir de l'entendre dire au général : « Pourquoi ? Qu'en savez-vous ? Cela leur serait peut-être tout ce qu'il y a de plus désagréable. » Moi je ne sais pas, mais si j'en juge par moi, cela m'ennuie déjà tant de voir les personnes que je connais, je crois que s'il fallait voir des gens que je ne connais pas, « même héroïques », je deviendrais folle. D'ailleurs, voyons, sauf lorsqu'il s'agit de vieux amis comme vous qu'on connaît sans cela, je ne sais pas si l'héroïsme serait d'un format très portatif dans le monde. Ça m'ennuie déjà souvent de donner des dîners, mais s'il fallait offrir le bras à Spartacus pour aller à table... Non vraiment, ce ne serait jamais à Vercingétorix que je ferais signe comme quatorzième. Je sens que je le réserverais pour les grandes soirées. Et comme je n'en donne pas...

— Ah ! princesse, vous n'êtes pas Guermantes pour des prunes. Le possédez-vous assez, l'esprit des Guermantes !

— Mais on dit toujours l'esprit *des* Guermantes, je n'ai jamais pu comprendre pourquoi. Vous en connaissez donc *d'autres* qui en aient, ajouta-t-elle dans un éclat de rire écumant et joyeux, les traits de son visage concentrés, accouplés dans le réseau de son animation, les yeux et ncelants, enflammés d'un ensoleillement radieux de gaieté que seuls avaient le pouvoir de faire rayonner ainsi les propos, fussent-ils tenus par la princesse elle-même, qui étaient une louange de son esprit ou de sa beauté. Tenez, voilà Swann qui a l'air de saluer votre Cambremer ; là... il est à côté de la mère Saint-Euverte, vous ne voyez pas ! Demandez-lui de vous présenter. Mais dépêchez-vous, il cherche à s'en aller !

— Avez-vous remarqué quelle affreuse mine il a ? dit le général.

— Mon petit Charles ! Ah ! enfin il vient, je commençais à supposer qu'il ne voulait pas me voir !

Swann aimait beaucoup la princesse des Laumes, puis sa vue lui rappelait Guermantes, terre voisine de Combray, tout ce pays qu'il aimait tant et où il ne retournait plus pour ne pas s'éloigner d'Odette. Usant des formes mi-artistes, mi-galantes, par lesquelles il savait plaire à la princesse et qu'il retrouvait tout naturellement quand il se retrempait un instant dans son ancien milieu, — et voulant d'autre part pour lui-même exprimer la nostalgie qu'il avait de la campagne :

— Ah ! dit-il à la cantonade, pour être entendu à la fois de Mme de Saint-Euverte à qui il parlait et de Mme des Laumes pour qui il parlait, voici la charmante princesse ! Voyez, elle est venue tout exprès de Guermantes pour entendre le *Saint François d'Assise* de Liszt et elle n'a eu le temps, comme une jolie mésange, que d'aller piquer pour les mettre sur sa tête quelques petits fruits de prunier des oiseaux et d'aubépine ; il y a même encore de petites gouttes de rosée, un peu de la gelée blanche qui doit faire gémir la duchesse. C'est très joli, ma chère princesse.

— Comment la princesse est venue exprès de Guermantes. Mais c'est trop ! Je ne savais pas, je suis confuse, s'écrie naïvement Mme de Saint-Euverte qui était peu habituée au tour d'esprit de Swann. Et examinant la coiffure de la princesse : Mais c'est vrai, cela imite... comment dirais-je, pas les châtaignes, non, oh ! c'est une idée ravissante, mais comment la princesse pouvait-elle connaître mon programme. Les musiciens ne me l'ont même pas communiqué à moi.

Swann, habitué quand il était auprès d'une femme avec qui il avait gardé des habitudes galantes de langage, de dire des choses délicates que beaucoup de gens du monde ne comprenaient pas, ne daigna pas expliquer à Mme de Saint-Euverte qu'il n'avait parlé que par métaphore. Quant à la princesse, elle se mit à rire aux éclats, parce que l'esprit de Swann était extrêmement apprécié dans sa coterie et aussi parce qu'elle ne pouvait entendre un compliment s'adressant à elle sans lui trouver les grâces les plus fines et une irrésistible drôlerie.

— Hé bien ! je suis ravie, Charles, si mes petits fruits d'aubépine vous plaisent. Pourquoi est-ce que vous saluez cette Cambremer, est-ce que vous êtes aussi son voisin de campagne ?

Mme de Saint-Euverte voyant que la princesse avait l'air content de causer avec Swann s'était éloignée.

— Mais vous l'êtes vous-même, princesse.

— Moi, mais ils ont donc des campagnes partout ces gens ! Mais comme j'aimerais être à leur place !

— Ce ne sont pas les Cambremer, c'étaient ses parents à elle ; elle est une demoiselle Legrandin qui venait à Combray. Je ne sais pas si vous savez que vous êtes comtesse de Combray et que le chapitre vous doit une redevance.

— Je ne sais pas ce que me doit le chapitre mais je sais que je suis tapée de cent francs tous les ans par le curé, ce dont je me passerais. Enfin ces Cambremer ont un nom bien étonnant. Il finit juste à temps, mais il finit mal ! dit-elle en riant.

— Il ne commence pas mieux, répondit Swann.

— En effet cette double abréviation !...

— C'est quelqu'un de très en colère et de très convenable qui n'a pas osé aller jusqu'au bout du premier mot.

— Mais puisqu'il ne devait pas pouvoir s'empêcher de commencer le second, il aurait mieux fait d'achever le premier pour en finir une bonne fois. Nous sommes en train de faire des plaisanteries d'un goût charmant, mon petit Charles, mais comme c'est ennuyeux de ne plus vous voir, ajouta-t-elle d'un ton câlin, j'aime tant causer avec vous. Pensez que je n'aurais même pas pu faire comprendre à cet idiot de Froberville que le nom de Cambremer était étonnant. Avouez que la vie est une chose affreuse. Il n'y a que quand je vous vois que je cesse de m'ennuyer.

Et sans doute cela n'était pas vrai. Mais Swann et la princesse avaient une même manière de juger les petites choses qui avait pour effet — à moins que ce ne fût pour cause — une grande analogie dans la façon de s'exprimer et jusque dans la prononciation. Cette ressemblance ne frappait pas parce que rien n'était plus différent que leurs deux voix. Mais si on parvenait par la pensée à ôter aux propos de Swann la sonorité qui les enveloppait, les moustaches d'entre lesquelles ils sortaient, on se rendait compte que c'était les mêmes phrases, les mêmes inflexions, le tour de la coterie Guermantes. Pour les choses importantes, Swann et la princesse n'avaient les mêmes idées sur rien. Mais depuis que Swann était si triste, ressentant toujours cette espèce de frisson qui précède le moment où l'on va pleurer, il avait le même besoin de parler du chagrin qu'un assassin a de parler de son crime. En entendant la princesse lui dire que la vie était une chose affreuse, il éprouva la même douceur que si elle lui avait parlé d'Odette.

— Oh ! oui, la vie est une chose affreuse. Il faut que nous nous voyions,

A L'A RECHERCHE DU TEMPS PERDU

ma chère amie. Ce qu'il y a de gentil avec vous, c'est que vous n'êtes pas gaie. On pourrait passer une soirée ensemble.

— Mais je crois bien, pourquoi ne viendriez-vous pas à Guermantes, ma belle-mère serait folle de joie. Cela passe pour très laid, mais je vous dirai que ce pays ne me déplaît pas, j'ai horreur des pays « pittoresques ».

— Je crois bien, c'est admirable, répondit Swann, c'est presque trop beau, trop vivant pour moi, en ce moment ; c'est un pays pour être heureux. C'est peut-être parce que j'y ai vécu, mais les choses m'y parlent tellement. Dès qu'il se lève un souffle d'air, que les blés commencent à remuer, il me semble qu'il y a quelqu'un qui va arriver, que je vais recevoir une nouvelle ; et ces petites maisons au bord de l'eau... je serais bien malheureux !

— Oh ! mon petit Charles, prenez garde, voilà l'affreuse Rampillon qui m'a vue, cachez-moi, rappelez-moi donc ce qui lui est arrivé, je confonds, elle a marié sa fille ou son amant, je ne sais plus ; peut-être les deux... et ensemble !...Ah !non, je me rappelle, elle a été répudiée par son prince... ayez l'air de me parler pour que cette Bérénice ne vienne pas m'inviter à dîner. Du reste, je me sauve. Ecoutez, mon petit Charles, pour une fois que je vous vois, vous ne voulez pas vous laisser enlever et que je vous emmène chez la princesse de Parme qui serait tellement contente, et Basin aussi qui doit m'y rejoindre. Si on n'avait pas de vos nouvelles par Mémé...Pensez que je ne vous vois plus jamais !

Swann refusa ; ayant prévenu M. de Charlus qu'en quittant de chez Mme de Saint-Euverte il rentrerait directement chez lui, il ne se souciait pas en allant chez la princesse de Parme de risquer de manquer un mot qu'il avait tout le temps espéré se voir remettre par un domestique pendant la soirée, et que peut-être il allait trouver chez son concierge. « Ce pauvre Swann, dit ce soir-là Mme des Laumes à son mari, il est toujours gentil, mais il a l'air bien malheureux. Vous le verrez, car il a promis de venir dîner un de ces jours. Je trouve ridicule au fond qu'un homme de son intelligence souffre pour une personne de ce genre et qui n'est même pas intéressante, car on la dit idiote », ajoute-t-elle avec la sagesse des gens non amoureux qui trouvent qu'un homme d'esprit ne devrait être malheureux que pour une personne qui en valût la peine ; c'est à peu près comme s'étonner qu'on daigne souffrir du choléra par le fait d'un être aussi petit que le bacille virgule.

Swann voulait partir, mais au moment où il allait enfin s'échapper, le général de Froberville lui demanda à connaître Mme de Cambremer et il fut obligé de rentrer avec lui dans le salon pour la chercher.

DU COTÉ DE CHEZ SWANN

— Dites donc, Swann, j'aimerais mieux être le mari de cette femme-là que d'être massacré par les sauvages, qu'en dites-vous ?

Ces mots « massacré par les sauvages » percèrent douloureusement le cœur de Swann ; aussitôt il éprouva le besoin de continuer la conversation avec le général :

— « Ah ! lui dit-il, il y a eu de bien belles vies qui ont fini de cette façon... Ainsi vous savez... ce navigateur dont Dumont d'Urville ramena les cendres, La Pérouse... (et Swann était déjà heureux comme s'il avait parlé d'Odette). C'est un beau caractère et qui m'intéresse beaucoup que celui de La Pérouse, ajouta-t-il d'un air mélancolique. »

— Ah ! parfaitement, La Pérouse, dit le général. C'est un nom connu. Il a sa rue.

— Vous connaissez quelqu'un rue La Pérouse ? demanda Swann d'un air agité.

— Je ne connais que Mme de Chanlivault, la sœur de ce brave Chaussepierre. Elle nous a donné une jolie soirée de comédie l'autre jour. C'est un salon qui sera un jour très élégant, vous verrez !

— Ah ! elle demeure rue La Pérouse. C'est sympathique, c'est une si jolie rue, si triste.

— Mais non ; c'est que vous n'y êtes pas allé depuis quelque temps ; ce n'est plus triste, cela commence à se construire, tout ce quartier-là.

Quand enfin Swann présenta M. de Froberville à la jeune Mme de Cambremer, comme c'était la première fois qu'elle entendait le nom du général, elle esquissa le sourire de joie et de surprise qu'elle aurait eu si on n'en avait jamais prononcé devant elle d'autre que celui-là, car ne connaissant pas les amis de sa nouvelle famille, à chaque personne qu'on lui amenait, elle croyait que c'était l'un d'eux, et pensant qu'elle faisait preuve de tact en ayant l'air d'en avoir tant entendu parler depuis qu'elle était mariée, elle tendait la main d'un air hésitant destiné à prouver la réserve apprise qu'elle avait à vaincre et la sympathie spontanée qui réussissait à en triompher. Aussi ses beaux-parents, qu'elle croyait encore les gens les plus brillants de France, déclaraient-ils qu'elle était un ange ; d'autant plus qu'ils préféraient paraître, en la faisant épouser à leur fils, avoir cédé à l'attrait plutôt de ses qualités que de sa grande fortune.

— On voit que vous êtes musicienne dans l'âme, madame, lui dit le général en faisant inconsciemment allusion à l'incident de la bobèche.

Mais le concert recommença et Swann comprit qu'il ne pourrait pas s'en aller avant la fin de ce nouveau numéro du programme. Il souffrait

117

de rester enfermé au milieu de ces gens dont la bêtise et les ridicules le frappaient d'autant plus douloureusement qu'ignorant son amour, incapables, s'ils l'avaient connu, de s'y intéresser et de faire autre chose que d'en sourire comme d'un enfantillage ou de le déplorer comme une folie, ils le lui faisaient apparaître sous l'aspect d'un état subjectif qui n'existait que pour lui, dont rien d'extérieur ne lui affirmait la réalité ; il souffrait surtout, et au point que même le son des instruments lui donnait envie de crier, de prolonger son exil dans ce lieu où Odette ne viendrait jamais, où personne, où rien ne la connaissait, d'où elle était entièrement absente.

Mais tout à coup ce fut comme si elle était entrée, et cette apparition lui fut une si déchirante souffrance qu'il dut porter la main à son cœur. C'est que le violon était monté à des notes hautes où il restait comme pour une attente, une attente qui se prolongeait sans qu'il cessât de les tenir, dans l'exaltation où il était d'apercevoir déjà l'objet de son attente qui s'approchait, et avec un effort désespéré pour tâcher de durer jusqu'à son arrivée, de l'accueillir avant d'expirer, de lui maintenir encore un moment de toutes ses dernières forces le chemin ouvert pour qu'il pût passer, comme on soutient une porte qui sans cela retomberait. Et avant que Swann eût eu le temps de comprendre, et de se dire : « C'est la petite phrase de la sonate de Vinteuil, n'écoutons pas ! » tous ses souvenirs du temps où Odette était éprise de lui, et qu'il avait réussi jusqu'à ce jour à maintenir invisibles dans les profondeurs de son être, trompés par ce brusque rayon du temps d'amour qu'ils crurent revenu, s'étaient réveillés, et à tire d'aile, étaient remontés lui chanter éperdument, sans pitié pour son infortune présente, les refrains oubliés du bonheur.

Au lieu des expressions abstraites « temps où j'étais heureux », « temps où j'étais aimé », qu'il avait souvent prononcées jusque-là et sans trop souffrir, car son intelligence n'y avait enfermé du passé que de prétendus extraits qui n'en conservaient rien, il retrouva tout ce qui de ce bonheur perdu avait fixé à jamais la spécifique et volatile essence ; il revit tout, les pétales neigeux et frisés du chrysanthème qu'elle lui avait jeté dans sa voiture, qu'il avait gardé contre ses lèvres — l'adresse en relief de la « Maison Dorée » sur la lettre où il avait lu : « Ma main tremble si fort en vous écrivant » — le rapprochement de ses sourcils quand elle lui avait dit d'un air suppliant : « Ce n'est pas dans trop longtemps que vous me ferez signe ? », il sentit l'odeur du fer du coiffeur par lequel il se faisait relever sa « brosse » pendant que Lorédan allait chercher la petite ouvrière, les pluies d'orage qui tombèrent si souvent ce printemps-là, le retour glacial dans sa victoria, au clair de lune, toutes les mailles d'habitudes mentales, d'impressions saisonnières, de créations cutanées, qui avaient étendu sur une suite de semaines un réseau uniforme dans lequel son corps se trouvait repris. A ce moment-là, il satisfaisait une curiosité voluptueuse en connaissant les plaisirs des gens qui vivent par l'amour. Il avait cru qu'il pourrait s'en tenir là, qu'il ne serait pas obligé d'en apprendre les douleurs ; comme maintenant le charme d'Odette lui était peu de chose auprès de cette formidable terreur qui le prolongeait comme un trouble halo, cette immense angoisse de ne pas savoir à tous moments ce qu'elle avait fait, de ne pas la posséder partout et toujours ! Hélas, il se rappela l'accent dont elle s'était écriée : « Mais je pourrai toujours vous voir, je suis toujours libre ! » elle qui ne l'était plus jamais ! l'intérêt, la curiosité qu'elle avait eus pour sa vie à lui, le désir passionné qu'il lui fît la faveur, — redoutée au contraire par lui en ce temps-là comme une cause d'ennuyeux dérangements — de l'y laisser pénétrer ; comme elle avait été obligée de le prier pour qu'il se laissât mener chez les Verdurin ; et, quand il la faisait venir chez lui une fois par mois, comme il avait fallu, avant qu'il se laissât fléchir, qu'elle lui répétât le délice que serait cette habitude de se voir tous les jours dont elle rêvait alors qu'elle ne lui semblait à lui qu'un fastidieux tracas, puis qu'elle avait prise en dégoût et définitivement rompue, pendant qu'elle était devenue pour lui un si invincible et si douloureux besoin. Il ne savait pas dire si vrai quand, à la troisième fois qu'il l'avait vue, comme elle lui répétait : « Mais pourquoi ne me laissez-vous pas venir plus souvent », il lui avait dit en riant, avec galanterie : « par peur de souffrir ». Maintenant, hélas ! il arrivait encore parfois qu'elle lui écrivît d'un restaurant ou d'un hôtel sur du papier qui en portait le nom imprimé ; mais c'était comme des lettres de feu qui le brûlaient. « C'est écrit de l'hôtel Vouillemont ? Qu'y peut-elle être allée faire ! avec qui ? que s'y est-il passé ? » Il se rappela les becs de gaz qu'on éteignait boulevard des Italiens quand il l'avait rencontrée contre tout espoir parmi les ombres errantes dans cette nuit qui lui avait semblé presque surnaturelle et qui en effet — nuit d'un temps où il n'avait même pas à se demander s'il ne la contrarierait pas en la cherchant, en la retrouvant, tant il était sûr qu'elle n'avait pas de plus grande joie que de le voir et de rentrer avec lui, — appartenait bien à un monde mystérieux où on ne peut jamais revenir quand les portes s'en sont refermées. Et Swann aperçut, immobile en face de ce bonheur revécu, un malheureux qui lui fit pitié parce qu'il ne le reconnut pas tout de suite, si bien qu'il dut baisser les yeux pour qu'on ne vît pas qu'ils étaient pleins de larmes. C'était lui-même.

Quand il l'eut compris, sa pitié cessa, mais il fut jaloux de l'autre lui-même qu'elle avait aimé, il fut jaloux de ceux dont il s'était dit souvent sans trop souffrir, « elle les aime peut-être », maintenant qu'il avait échangé l'idée vague d'aimer, dans laquelle il n'y a pas d'amour, contre les pétales du chrysanthème et l'«en tête » de la Maison d'Or qui, eux en étaient pleins. Puis sa souffrance devenant trop vive, il passa sa main sur son front, laissa tomber son monocle, en essuya le verre. Et sans doute s'il s'était vu à ce moment-là, il eût ajouté à la collection de ceux qu'il avait distingués le monocle qu'il déplaçait comme une pensée importune et sur la face embuée duquel, avec un mouchoir, il cherchait à effacer des soucis.

Il y a dans le violon, — si ne voyant pas l'instrument, on ne peut pas rapporter ce qu'on entend à son image laquelle modifie la sonorité — des accents qui lui sont si communs avec certaines voix de contralto, qu'on a l'illusion qu'une chanteuse s'est ajoutée au concert. On lève les yeux, on ne voit que les étuis, précieux comme des boîtes chinoises, mais, par moment, on est encore trompé par l'appel décevant de la sirène ; parfois aussi on croit entendre un génie captif qui se débat au fond de la docte boîte, ensorcelée et frémissante, comme un diable dans un bénitier ; parfois enfin, c'est, dans l'air, comme un être surnaturel et pur qui passe en déroulant son message invisible.

Comme si les instrumentistes, beaucoup moins jouaient la petite phrase qu'ils n'exécutaient les rites exigés d'elle pour qu'elle apparût, et procédaient aux incantations nécessaires pour obtenir et prolonger quelques instants le prodige de son évocation, Swann, qui ne pouvait pas plus la voir que si elle avait appartenu à un monde ultra-violet, et qui goûtait comme le rafraîchissement d'une métamorphose dans la cécité momentanée dont il était frappé en approchant d'elle, Swann la sentait présente, comme une déesse protectrice et confidente de son amour, et qui pour pouvoir arriver jusqu'à lui devant la foule et l'emmener à l'écart pour lui parler, avait revêtu le déguisement de cette apparence sonore. Et tandis qu'elle passait, légère, apaisante et murmurée comme un parfum, lui disant ce qu'elle avait à lui dire et dont il scrutait tous les mots, regrettant de les voir s'envoler si vite, il faisait involontairement avec ses lèvres le mouvement de baiser au passage le corps harmonieux et fuyant. Il ne se sentait plus exilé et seul puisque, elle, qui s'adressait à lui, lui parlait à mi-voix d'Odette.

Car il n'avait plus comme autrefois l'impression qu'Odette et lui n'étaient pas connus de la petite phrase. C'est que si souvent elle avait été témoin de leurs joies ! Il est vrai que souvent aussi elle l'avait averti de leur fragilité. Et même, alors que dans ce temps-là il devinait de la souffrance dans son sourire, dans son intonation limpide et désenchantée, aujourd'hui il y trouvait plutôt la grâce d'une résignation presque gaie. De ces chagrins dont elle lui parlait autrefois et qu'il la voyait, sans qu'il fût atteint par eux, entraîner en souriant dans son cour sinueux et rapide, de ces chagrins qui maintenant étaient devenus les siens sans qu'il eût l'espérance d'en être jamais délivré, elle semblait lui dire comme jadis de son bonheur : « Qu'est-ce cela, tout cela n'est rien. » Et la pensée de Swann se porta pour la première fois dans un élan de pitié et de tendresse vers ce Vinteuil, vers ce frère inconnu et sublime qui lui aussi avait dû tant souffrir ; qu'avait pu être sa vie ? au fond de quelles douleurs avait-il puisé cette force de dieu, cette puissance illimitée de créer ? Quand c'était la petite phrase qui lui parlait de la vanité de ses souffrances, Swann trouvait de la douceur à cette même sagesse qui tout à l'heure pourtant lui avait paru intolérable quand il croyait la lire dans les visages des indifférents qui considéraient son amour comme une divagation sans importance. C'est que la petite phrase au contraire, quelque opinion qu'elle pût avoir sur la brève durée de ces états de l'âme, y voyait quelque chose, non pas comme faisaient tous ces gens, de moins sérieux que la vie positive, mais au contraire de si supérieur à elle que seul il valait la peine d'être exprimé. Ces charmes d'une tristesse intime, c'était eux qu'elle essayait d'imiter, de recréer, et jusqu'à leur essence qui est pourtant d'être incommunicables et de sembler frivoles à tout autre qu'à celui qui les éprouve, la petite phrase l'avait captée, rendue visible. Si bien qu'elle faisait confesser leur prix et goûter leur douceur divine, par tous ces mêmes assistants — si seulement ils étaient un peu musiciens — qui ensuite les méconnaîtraient dans la vie, en chaque amour particulier qu'ils verraient naître près d'eux. Sans doute la forme sous laquelle elle les avait codifiés ne pouvait pas se résoudre en raisonnements. Mais depuis plus d'une année que lui révélant à lui-même bien des richesses de son âme, l'amour de la musique était pour quelque temps au moins né en lui, Swann tenait les motifs musicaux pour de véritables idées, d'un autre monde, d'un autre ordre, idées voilées de ténèbres, inconnues, impénétrables à l'intelligence, mais qui n'en sont pas moins parfaitement distinctes les unes des autres, inégales entre elles de valeur et de signification. Quand après la soirée Verdurin, se faisant rejouer la petite phrase, il avait cherché à démêler comment à la façon d'un parfum, d'une caresse, elle le circonvenait, elle l'enveloppait, il s'était rendu compte que c'était au faible écart entre les cinq notes qui la composaient et au rappel constant de deux d'entre elles qu'était due cette impression de douceur rétractée et frileuse ; mais en réalité il savait qu'il raisonnait ainsi non sur la phrase elle-même mais sur de simples valeurs, substituées pour la commodité de son intelligence à la mystérieuse entité qu'il avait perçue, avant de connaître les Verdurin, à cette soirée où il avait entendu pour la première fois la sonate. Il savait que le souvenir même du piano faussait encore le plan dans lequel il voyait les choses de la musique, que le champ ouvert au musicien n'est pas un clavier mesquin de sept notes, mais un clavier incommensurable, encore presque tout entier inconnu, où seulement çà et là, séparées par d'épaisses ténèbres inexplorées, quelques-unes des millions de touches de tendresse, de passion, de courage, de sérénité, qui le composent, chacune aussi différente des autres qu'un univers d'un autre univers, ont été découvertes par quelques grands artistes qui nous rendent le service, en éveillant en nous le correspondant du thème qu'ils ont trouvé, de nous montrer quelle richesse, quelle variété, cache à notre insu cette grande nuit impénétrée et décourageante de notre âme que nous prenons pour du vide et pour du néant. Vinteuil avait été l'un de ces musiciens. En sa petite phrase quoiqu'elle présentât à la raison une surface obscure, on sentait un contenu si consistant, si explicite, auquel elle donnait une force si nouvelle, si originale, que ceux qui l'avaient entendue la conservaient en eux de plain-pied avec les idées de l'intelligence. Swann s'y reportait comme à une conception de l'amour et du bonheur dont immédiatement il savait aussi bien en quoi elle était particulière, qu'il le savait pour la « Princesse de Clèves », ou pour « René », quand leur nom se présentait à sa mémoire. Même quand il ne pensait pas à la petite phrase, elle existait latente dans son esprit au même titre que certaines autres notions sans équivalent, comme les notions de la lumière, du son, du relief, de la volupté physique, qui sont les riches possessions dont se diversifie et se pare notre domaine intérieur. Peut-être les perdrons-nous, peut-être s'efface-ront-elles, si nous retournons au néant. Mais tant que nous vivons nous ne pouvons pas plus faire que nous ne les ayons connues que nous ne le pouvons pour quelque objet réel, que nous ne pouvons, par exemple, douter de la lumière de la lampe qu'on allume devant les objets métamorphosés de notre chambre d'où s'est échappé jusqu'au souvenir de l'obscurité. Par là, la phrase de Vinteuil avait, comme tel thème de Tristan par exemple, qui nous représente aussi une certaine acquisition sentimentale, épousé notre condition mortelle, pris quelque chose d'humain qui était assez touchant. Son sort était lié à l'avenir, à la réalité de notre âme dont elle était un des ornements les plus particuliers, les mieux différenciés. Peut-être est-ce le néant qui est le vrai et tout notre rêve est-il inexistant, mais alors nous sentons qu'il faudra que ces phrases musicales, ces notions qui existent par rapport à lui, ne soient rien non plus. Nous périrons mais nous avons pour otages ces captives divines qui suivront notre chance. Et la mort avec elles a quelque chose de moins amer, de moins inglorieux, peut-être de moins probable.

Swann n'avait donc pas tort de croire que la phrase de la sonate existât réellement. Certes, humaine à ce point de vue, elle appartenait pourtant à un ordre de créatures surnaturelles et que nous n'avons jamais vues, mais que malgré cela nous reconnaissons avec ravissement quand quelque explorateur de l'invisible arrive à en capter une, à l'amener du monde divin où il a accès, briller quelques instants au-dessus du nôtre. C'est ce que Vinteuil avait fait pour la petite phrase. Swann sentait que le compositeur s'était contenté, avec ses instruments de musique, de la dévoiler, de la rendre visible, d'en suivre et d'en respecter le dessin d'une main si tendre, si prudente, si délicate et si sûre que le son s'altérait à tout moment, s'estompant pour indiquer une ombre, revivifié quand il lui fallait suivre à la piste un plus hardi contour. Et une preuve que Swann ne se trompait pas quand il croyait à l'existence réelle de cette phrase, c'est que tout amateur un peu fin se fût tout de suite aperçu de l'imposture, si Vinteuil ayant eu moins de puissance pour en voir et en rendre les formes, avait cherché à dissimuler, en ajoutant çà et là des traits de son cru, les lacunes de sa vision ou les défaillances de sa main.

Elle avait disparu. Swann savait qu'elle reparaîtrait à la fin du dernier mouvement, après tout un long morceau que le pianiste de Mme Verdurin sautait toujours. Il y avait là d'admirables idées que Swann n'avait pas distinguées à la première audition et qu'il percevait maintenant, comme si elles se fussent, dans le vestiaire de sa mémoire, débarrassées du déguisement uniforme de la nouveauté. Swann écoutait tous les thèmes épars qui entreraient dans la composition de la phrase, comme les prémisses dans la conclusion nécessaire, il assistait à sa genèse. « O audace aussi géniale peut-être, se disait-il, que celle d'un Lavoisier, d'un Ampère, l'audace d'un Vinteuil expérimentant, découvrant les lois secrètes d'une force inconnue, menant à travers l'inexploré, vers le seul but possible, l'attelage invisible auquel il se fie et qu'il n'apercevra jamais. » Le beau dialogue que Swann entendit entre le piano et le violon au commencement du dernier morceau ! La suppression des mots humains, loin d'y laisser régner la fantaisie, comme on aurait pu croire, l'en avait éliminée ; jamais le langage parlé ne fut si inflexiblement nécessité, ne connut à ce point la pertinence des questions, l'évidence des réponses. D'abord le piano solitaire se plaignit, comme un oiseau abandonné de sa compagne ; le violon l'entendit, lui répondit comme d'un arbre voisin. C'était comme au commencement du monde, comme s'il n'y avait encore eu qu'eux deux sur la terre, ou plutôt dans ce monde fermé à tout le reste, construit par la logique d'un créateur et où ils ne seraient jamais que tous les deux : cette sonate. Est-ce un oiseau, est-ce l'âme incomplète encore de la petite phrase, est-ce une fée, invisible et gémissant dont le piano ensuite redisait tendrement la plainte ? Ses cris étaient si soudains que le violoniste devait se précipiter sur son archet pour les recueillir. Merveilleux oiseau ! le violoniste semblait vouloir le charmer, l'apprivoiser, le capter. Déjà il avait passé dans son âme, déjà la petite phrase évoquée agitait comme celui d'un médium le corps vraiment possédé du violoniste. Swann savait qu'elle allait parler une fois encore. Et il s'était si bien dédoublé que l'attente de l'instant imminent où il allait se retrouver en face d'elle le secoua d'un de ces sanglots qu'un beau vers ou une triste nouvelle provoquent en nous, non pas quand nous sommes seuls, mais si nous les apprenons à des amis en qui nous nous apercevons comme un autre dont l'émotion probable les attendrit. Elle reparut, mais cette fois pour se suspendre dans l'air et se jouer un instant seulement, comme immobile, et pour expirer après. Aussi Swann ne perdait-il rien du temps si court où elle se prorogeait. Elle était encore là comme une bulle irisée qui se soutient. Tel un arc-en-ciel, dont l'éclat faiblit, s'abaisse, puis se relève et avant de s'éteindre, s'exalte un moment comme il n'avait pas encore fait : aux deux couleurs qu'elle avait jusque-là laissé paraître, elle ajouta d'autres cordes diaprées, toutes celles du prisme, et les fit chanter. Swann n'osait pas bouger et aurait voulu faire tenir tranquilles aussi les autres personnes, comme si le moindre mouvement avait pu compromettre le prestige surnaturel, délicieux et fragile qui était si près de s'évanouir. Personne, à dire vrai, ne songeait à parler. La parole ineffable d'un seul absent, peut-être d'un mort (Swann ne savait pas si Vinteuil vivait encore) s'exhalant au-dessus des rites de ces officiants, suffisait à tenir en échec l'attention de trois cents personnes, et faisait de cette estrade où une âme était ainsi évoquée un des plus nobles autels où pût s'accomplir une cérémonie surnaturelle. De sorte que quand la phrase se fut enfin défaite flottant en lambeaux dans les motifs suivants qui déjà avaient pris sa place, si Swann au premier instant fut irrité de voir la comtesse de Monteriender, célèbre par ses naïvetés, se pencher vers lui pour lui confier ses impressions avant même que la sonate fût finie, il ne put s'empêcher de sourire, et peut-être de trouver aussi un sens profond qu'elle n'y voyait pas, dans les mots dont elle se servit. Emerveillée par la virtuosité des exécutants, la comtesse s'écria en s'adressant à Swann : « C'est prodigieux, je n'ai jamais rien vu d'aussi fort... » Mais un scrupule d'exactitude lui faisant corriger cette première assertion, elle ajouta cette réserve : « rien d'aussi fort... depuis les tables tournantes ! »

A partir de cette soirée, Swann comprit que le sentiment qu'Odette avait eu pour lui ne renaîtrait jamais, que ses espérances de bonheur ne se réaliseraient plus. Et les jours où par hasard elle avait encore été gentille et tendre avec lui, si elle avait eu quelque attention, il notait ces signes apparents et menteurs d'un léger retour vers lui, avec cette sollicitude attendrie et sceptique, cette joie désespérée de ceux qui, soignant un ami arrivé aux derniers jours d'une maladie incurable, relatent comme des faits précieux « hier, il a fait ses comptes lui-même et c'est lui qui a relevé une erreur d'addition que nous avions faite ; il a mangé un œuf avec plaisir, s'il le digère bien on essaiera demain d'une côtelette », quoiqu'ils les sachent dénués de signification à la veille d'une mort inévitable. Sans doute Swann était certain que s'il avait vécu maintenant loin d'Odette, elle aurait fini par lui devenir indifférente, de sorte qu'il aurait été content qu'elle quittât Paris pour toujours ; il aurait eu le courage de rester ; mais il n'avait pas celui de partir.

Il en avait eu souvent la pensée. Maintenant qu'il s'était remis à son étude sur Ver Meer il aurait eu besoin de retourner au moins quelques jours à La Haye, à Dresde, à Brunswick. Il était persuadé qu'une « Toilette de Diane » qui avait été achetée par le Mauritshuis à la vente Goldschmidt comme un Nicolas Maes était en réalité de Ver Meer. Et il aurait voulu pouvoir étudier le tableau sur place pour étayer sa conviction. Mais quitter Paris pendant qu'Odette y était et même quand elle

était absente — car dans des lieux nouveaux où les sensations ne sont
pas amorties par l'habitude, on retrempe, on ranime une douleur —
c'était pour lui un projet si cruel, qu'il ne se sentait capable d'y penser
sans cesse que parce qu'il se savait résolu à ne l'exécuter jamais. Mais il
arrivait qu'en dormant, l'intention du voyage renaissait en lui, — sans
qu'il se rappelât que ce voyage était impossible — et elle s'y réalisait.
Un jour il rêva qu'il partait pour un an ; penché à la portière du wagon
vers un jeune homme qui sur le quai lui disait adieu en pleurant, Swann
cherchait à le convaincre de partir avec lui. Le train s'ébranlant,
l'anxiété le réveilla, il se rappela qu'il ne partait pas, qu'il verrait Odette
ce soir-là, le lendemain et presque chaque jour. Alors encore tout ému
de son rêve, il bénit les circonstances particulières qui le rendaient
indépendant, grâce auxquelles il pouvait rester près d'Odette, et aussi
réussir à ce qu'elle lui permît de la voir quelquefois ; et, récapitulant
tous ces avantages : sa situation, — sa fortune, dont elle avait souvent
trop besoin pour ne pas reculer devant une rupture (ayant même,
disait-on, une arrière-pensée de se faire épouser par lui), — cette
amitié de M. de Charlus, qui à vrai dire ne lui avait jamais fait obtenir
grand'chose d'Odette, mais lui donnait la douceur de sentir qu'elle
entendait parler de lui d'une manière flatteuse par cet ami commun
pour qui elle avait une si grande estime — et jusqu'à son intelligence
enfin, qu'il employait tout entière à combiner chaque jour une intrigue
nouvelle qui rendît sa présence sinon agréable, du moins nécessaire à
Odette — il songea à ce qu'il serait devenu si tout cela lui avait manqué,
il songea que s'il avait été, comme tant d'autres, pauvre, humble, dénué,
obligé d'accepter toute besogne, ou lié à des parents, à une épouse, il
aurait pu être obligé de quitter Odette, que ce rêve dont l'effroi était
encore si proche aurait pu être vrai, et il se dit : « On ne connaît pas son
bonheur. On n'est jamais aussi malheureux qu'on croit. » Mais il
compta que cette existence durait déjà depuis plusieurs années, que
tout ce qu'il pouvait espérer c'est qu'elle durât toujours, qu'il sacrifie-
rait ses travaux, ses plaisirs, ses amis, finalement toute sa vie à l'attente
quotidienne d'un rendez-vous qui ne pouvait rien lui apporter d'heureux, et il se demanda s'il ne se trompait pas, si ce qui avait favorisé sa
liaison et en avait empêché la rupture n'avait pas desservi sa destinée,
si l'événement désirable, ce n'aurait pas été celui dont il se réjouissait
tant qu'il n'eût eu lieu qu'en rêve : son départ ; il se dit qu'on ne
connaît pas son malheur, qu'on n'est jamais si heureux qu'on croit.
  Quelquefois il espérait qu'elle mourrait sans souffrances dans un

dehors, dans les rues, sur les routes, du matin au soir. Et comme elle revenait saine et sauve, il admirait que le corps humain fût si souple et si fort, qu'il pût continuellement tenir en échec, déjouer tous les périls qui l'environnent (et que Swann trouvait innombrables depuis que son secret désir les avait supputés), et permît ainsi aux êtres de se livrer chaque jour et à peu près impunément à leur œuvre de mensonge, à la poursuite du plaisir. Et Swann sentait bien près de son cœur ce Mahomet II dont il aimait le portrait par Bellini et qui, ayant senti qu'il était devenu amoureux fou d'une de ses femmes la poignarda afin, dit naïvement son biographe vénitien, de retrouver sa liberté d'esprit. Puis il s'indignait de ne penser ainsi qu'à soi, et les souffrances qu'il avait éprouvées lui semblaient ne mériter aucune pitié puisque lui-même faisait si bon marché de la vie d'Odette.

Ne pouvant se séparer d'elle sans retour, du moins, s'il l'avait vue sans séparations, sa douleur aurait fini par s'apaiser et peut-être son amour par s'éteindre. Et du moment qu'elle ne voulait pas quitter Paris à jamais, il eût souhaité qu'elle ne le quittât jamais. Du moins comme il savait que la seule grande absence qu'elle faisait était tous les ans celle d'août et septembre, il avait le loisir plusieurs mois d'avance d'en dissoudre l'idée amère dans tout le Temps à venir qu'il portait en lui par anticipation et qui, composé de jours homogènes aux jours actuels, circulait transparent et froid en son esprit où il entretenait la tristesse, mais sans lui causer de trop vives souffrances. Mais cet avenir intérieur, ce fleuve, incolore, et libre, voici qu'une seule parole d'Odette venait l'atteindre jusqu'en Swann et, comme un morceau de glace, l'immobilisait, durcissait sa fluidité, le faisait geler tout entier ; et Swann s'était senti soudain rempli d'une masse énorme et infrangible qui pesait sur les parois intérieures de son être jusqu'à le faire éclater : c'est qu'Odette lui avait dit, avec un regard souriant et sournois qui l'observait : « Forcheville va faire un beau voyage, à la Pentecôte. Il va en Egypte », et Swann avait aussitôt compris que cela signifiait : « Je vais aller en Egypte à la Pentecôte avec Forcheville. » Et en effet, si quelques jours après, Swann lui disait : « Voyons, à propos de ce voyage que tu m'as dit que tu ferais avec Forcheville », elle répondait étourdiment : « Oui, mon petit, nous partons le 19, on t'enverra une vue des Pyramides. » Alors il voulait apprendre si elle était la maîtresse de Forcheville, le lui demander à elle-même. Il savait que, superstitieuse comme elle était, il y avait certains parjures qu'elle ne ferait pas et puis la crainte, qui l'avait retenu jusqu'ici, d'irriter Odette en l'interrogeant, de se faire détester d'elle, n'existait plus maintenant qu'il avait perdu tout espoir d'en être jamais aimé.

·Un jour il reçut une lettre anonyme, qui lui disait qu'Odette avait été la maîtresse d'innombrables hommes (dont on lui citait quelques-uns parmi lesquels Forcheville, M. de Bréauté et le peintre), de femmes, et qu'elle fréquentait les maisons de passe. Il fut tourmenté de penser qu'il y avait parmi ses amis un être capable de lui avoir adressé cette lettre (car par certains détails elle révélait chez celui qui l'avait écrite une connaissance familière de la vie de Swann). Il chercha qui cela pouvait être. Mais il n'avait jamais eu aucun soupçon des actions inconnues des êtres, de celles qui sont sans liens visibles avec leurs propos. Et quand il voulut savoir si c'était plutôt sous le caractère apparent de M. de Charlus, de M. des Laumes, de M. d'Orsan, qu'il devait situer la région inconnue où cet acte ignoble avait dû naître, comme aucun de ces hommes n'avait jamais approuvé devant lui les lettres anonymes et que tout ce qu'ils lui avaient dit impliquait qu'ils les réprouvaient, il ne vit pas plus de raisons pour relire cette infamie plutôt à la nature de l'un que de l'autre. Celle de M. de Charlus était un peu d'un détraqué mais foncièrement bonne et tendre ; celle de M. des Laumes un peu sèche mais saine et droite. Quant à M. d'Orsan, Swann, n'avait jamais rencontré personne qui dans les circonstances même les plus tristes vînt à lui avec une parole plus sentie, un geste plus discret et plus juste. C'était au point qu'il ne pouvait comprendre le rôle peu délicat qu'on prêtait à M. d'Orsan dans la liaison qu'il avait avec une femme riche, et que chaque fois que Swann pensait à lui il était obligé de laisser de côté cette mauvaise réputation inconciliable avec tant de témoignages certains de délicatesse. Un instant Swann sentit que son esprit s'obscurcissait et il pensa à autre chose pour retrouver un peu de lumière. Puis il eut le courage de revenir vers ces réflexions. Mais alors après n'avoir pu soupçonner personne, il lui fallut soupçonner tout le monde. Après tout M. de Charlus l'aimait, avait bon cœur. Mais c'était un névropathe, peut-être demain pleurerait-il de le savoir malade, et aujourd'hui par jalousie, par colère, sur quelque idée subite qui s'était emparée de lui, avait-il désiré lui faire du mal. Au fond, cette race d'hommes est la pire de toutes. Certes, le prince des Laumes était bien loin d'aimer Swann autant que M. de Charlus. Mais à cause de cela même il n'avait pas avec lui les mêmes susceptibilités ; et puis c'était une nature froide sans doute, mais aussi incapable de vilenies que de grandes actions. Swann se repentait de ne s'être pas attaché, dans la vie, qu'à de tels êtres. Puis il songeait que ce qui empêche les hommes de faire du mal à leur prochain, c'est la bonté, qu'il ne pouvait au fond répondre que de natures analogues à la sienne, comme était, à l'égard du cœur, celle de M. de Charlus. La seule pensée de faire cette peine à Swann eût révolté celui-ci. Mais avec un homme insensible, d'une autre humanité, comme était le prince des Laumes, comment prévoir à quels actes pouvaient le conduire des mobiles d'une essence différente. Avoir du cœur c'est tout, et M. de Charlus en avait. M. d'Orsan n'en manquait pas non plus et ses relations cordiales mais peu intimes avec Swann, nées de l'agrément que, pensant de même sur tout, ils avaient à causer ensemble, étaient de plus de repos que l'affection exaltée de M. de Charlus, capable de se porter à des actes de passion, bons ou mauvais. S'il y avait quelqu'un par qui Swann s'était toujours senti compris et délicatement aimé, c'était par M. d'Orsan. Oui, mais cette vie peu honorable qu'il menait ? Swann regrettait de n'en avoir pas tenu compte, d'avoir souvent avoué en plaisantant qu'il n'avait jamais éprouvé si vivement des sentiments de sympathie et d'estime que dans la société d'une canaille. Ce n'est pas pour rien, se disait-il maintenant, que depuis que les hommes jugent leur prochain, c'est sur ses actes. Il n'y a que cela qui signifie quelque chose, et nullement ce que nous disons, ce que nous pensons. Charlus et des Laumes peuvent avoir tels ou tels défauts, ce sont d'honnêtes gens. Orsan n'en a peut-être pas, mais ce n'est pas un honnête homme. Il a pu mal agir une fois de plus. Puis Swann soupçonna Rémi, qui il est vrai n'aurait pu qu'inspirer la lettre, mais cette piste lui parut un instant la bonne. D'abord Lorédan avait des raisons d'en vouloir à Odette. Et puis comment ne pas supposer que nos domestiques, vivant dans une situation inférieure à la nôtre, ajoutant à notre fortune et à nos défauts des richesses et des vices imaginaires pour lesquels ils nous envient et nous méprisent, se trouveront fatalement amenés à agir autrement que des gens de notre monde. Il soupçonna aussi mon grand-père. Chaque fois que Swann lui avait demandé un service, ne le lui avait-il pas toujours refusé ? puis avec ses idées bourgeoises il avait pu croire agir pour le bien de Swann. Celui-ci soupçonna encore Bergotte, le peintre, les Verdurin, admira une fois de plus au passage la sagesse des gens du monde de ne pas vouloir frayer avec ces milieux artistes où de telles choses sont possibles, peut-être même avouées sous le nom de bonnes farces ; mais il se rappelait des traits de droiture de ces bohèmes, et les rapprocha de la vie d'expédients, presque d'escroqueries, où le manque d'argent, le besoin de luxe, la corruption des plaisirs conduisent souvent l'aristocratie. Bref cette lettre anonyme prouvait qu'il connaissait un être capable de scélératesse, mais il ne voyait pas plus de raison pour que cette scélératesse fût cachée dans le tuf — inexploré d'autrui — du caractère de l'homme tendre que de l'homme froid, de l'artiste que du bourgeois, du grand seigneur que du valet. Quel critérium adopter pour juger les hommes ? au fond il n'y avait pas une seule des personnes qu'il connaissait qui ne pût être capable d'une infamie. Fallait-il cesser de les voir toutes ? Son esprit se voila ; il passa deux ou trois fois ses mains sur son front, essuya les verres de son lorgnon avec son mouchoir, et, songeant qu'après tout, des gens qui le valaient fréquentaient M. de Charlus, le prince des Laumes, et les autres, il se dit que cela signifiait sinon qu'ils fussent incapables d'infamie, du moins, que c'est une nécessité de la vie à laquelle chacun se soumet de fréquenter des gens qui n'en sont peut-être pas incapables. Et il continua à serrer la main à tous ces amis qu'il avait soupçonnés, avec cette réserve de pur style qu'ils avaient peut-être cherché à le désespérer. Quant au fond même de la lettre, il ne s'en inquiéta pas, car pas une des accusations formulées contre Odette n'avait l'ombre de vraisemblance. Swann comme beaucoup de gens avait l'esprit paresseux et manquait d'invention. Il savait bien comme une vérité générale que la vie des êtres est pleine de contrastes, mais pour chaque être en particulier il imaginait toute la partie de sa vie qu'il ne connaissait pas comme identique à la partie qu'il connaissait. Il imaginait ce qu'on lui taisait à l'aide de ce qu'on lui disait. Dans les moments où Odette était auprès de lui, s'ils parlaient ensemble d'une action indélicate commise, ou d'un sentiment indélicat éprouvé par un autre, elle les flétrissait en vertu des mêmes principes que Swann avait toujours entendu professer par ses parents et auxquels il était resté fidèle ; et puis elle arrangeait ses fleurs, elle buvait une tasse de thé, elle s'inquiétait des travaux de Swann. Donc Swann étendait ces habitudes au reste de la vie d'Odette, il répétait ces gestes quand il voulait se représenter les moments où elle était loin de lui. Si on la lui avait dépeinte telle qu'elle était, ou plutôt qu'elle avait été si longtemps avec lui, mais auprès d'un autre homme, il eût souffert, car cette image lui eût paru vraisemblable. Mais qu'elle allât chez des maquerelles, se livrât à des orgies avec des femmes, qu'elle menât la vie crapuleuse de créatures abjectes, quelle divagation insensée à la réalisation de laquelle, Dieu merci, les chrysanthèmes imaginés, les thés successifs, les indignations vertueuses ne laissaient aucune place.

Seulement de temps à autre, il laissait entendre à Odette que par méchanceté, on lui racontait tout ce qu'elle faisait ; et, se servant à propos d'un détail insignifiant mais vrai, qu'il avait appris par hasard, comme s'il était le seul petit bout qu'il laissât passer malgré lui, entre tant d'autres, d'une reconstitution complète de la vie d'Odette qu'il tenait cachée en lui, il l'amenait à supposer qu'il était renseigné sur des choses qu'en réalité il ne savait ni même ne soupçonnait, car si bien souvent il adjurait Odette de ne pas altérer la vérité, c'était seulement, qu'il s'en rendît compte ou non, pour qu'Odette lui dît tout ce qu'elle faisait. Sans doute, comme il le disait à Odette, il aimait la sincérité, mais il l'aimait comme une proxénète pouvant le tenir au courant de la vie de sa maîtresse. Aussi son amour de la sincérité n'étant pas désintéressé, ne l'avait pas rendu meilleur. La vérité qu'il chérissait c'était celle que lui dirait Odette ; mais lui-même, pour obtenir cette vérité, ne craignait pas de recourir au mensonge, le mensonge qu'il ne cessait de peindre à Odette comme conduisant à la dégradation toute créature humaine. En somme il mentait autant qu'Odette parce que plus malheureux qu'elle, il n'était pas moins égoïste. Et elle, entendant Swann lui raconter ainsi à elle-même des choses qu'elle avait faites, le regardait d'un air méfiant, et, à toute aventure, fâché, pour ne pas avoir l'air de s'humilier et de rougir de ses actes.

Un jour, étant dans la période de calme la plus longue qu'il eût encore pu traverser sans être repris d'accès de jalousie, il avait accepté d'aller le soir au théâtre avec la princesse des Laumes. Ayant ouvert le journal, pour chercher ce qu'on jouait, la vue du titre : *Les Filles de Marbre* de Théodore Barrière le frappa si cruellement qu'il eut un mouvement de recul et détourna la tête. Éclairé comme par la lumière de la rampe, à la place nouvelle où il figurait, ce mot de « marbre » qu'il avait perdu la faculté de distinguer tant il avait l'habitude de l'avoir souvent sous les yeux, lui était soudain redevenu visible et l'avait aussitôt fait souvenir de cette histoire qu'Odette lui avait racontée autrefois, d'une visite qu'elle avait faite au Salon du Palais de l'Industrie avec Mme Verdurin et où celle-ci lui avait dit : « Prends garde, je saurai bien te dégeler, tu n'es pas de marbre. » Odette lui avait affirmé que ce n'était qu'une plaisanterie, et il n'y avait attaché aucune importance. Mais il avait alors plus de confiance en elle qu'ajourd'hui. Et justement la lettre anonyme parlait d'amour de ce genre. Sans oser lever les yeux vers le journal, il le déplia, tourna une feuille pour ne plus voir ce mot : « Les Filles de Marbre » et commença à lire machinalement les nouvelles des départements. Il y avait eu une tempête dans la Manche,. on signalait des dégâts à Dieppe, à Cabourg, à Beuzeval. Aussitôt il fit un nouveau mouvement en arrière.

Le nom de Beuzeval l'avait fait penser à celui d'une autre localité de cette région. Beuzeville, qui porte uni à celui-là par un trait d'union, un autre nom, celui de Bréauté, qu'il avait vu souvent sur les cartes, mais dont pour la première fois il remarquait que c'était le même que celui de son ami M. de Bréauté dont la lettre anonyme disait qu'il avait été l'amant d'Odette. Après tout, pour M. de Bréauté, l'accusation n'était pas invraisemblable ; mais en ce qui concernait Mme Verdurin, il y avait impossibilité. De ce qu'Odette mentait quelquefois, on ne pouvait conclure qu'elle ne disait jamais la vérité et dans ces propos qu'elle avait échangés avec Mme Verdurin et qu'elle avait racontés elle-même à Swann, il avait reconnu ces plaisanteries inutiles et dangereuses que, par inexpérience de la vie et ignorance du vice, tiennent des femmes dont ils révèlent l'innocence, et qui — comme par exemple Odette — sont plus éloignées qu'aucune d'éprouver une tendresse exaltée pour une autre femme. Tandis qu'au contraire, l'indignation avec laquelle elle avait repoussé les soupçons qu'elle avait involontairement fait naître un instant en lui par son récit, cadrait avec tout ce qu'il savait des goûts, du tempérament de sa maîtresse. Mais à ce moment, par une de ces inspirations de jaloux, analogues à celle qui apporte au poète ou au savant, qui n'a encore qu'une rime ou qu'une observation, l'idée ou la loi qui leur donnera toute leur puissance, Swann se rappela pour la première fois une phrase qu'Odette lui avait dite il y avait déjà deux ans : « Oh ! Mme Verdurin, en ce moment il n'y en a que pour moi, je suis un amour, elle m'embrasse, elle veut que je fasse des courses avec elle, elle veut que je la tutoie. » Loin de voir alors dans cette phrase un rapport quelconque avec les absurdes propos destinés à simuler le vice que lui avait racontés Odette, il l'avait accueillie comme la preuve d'une chaleureuse amitié. Maintenant voilà que le souvenir de cette tendresse de Mme Verdurin était venu brusquement rejoindre le souvenir de sa conversation de mauvais goût: Il ne pouvait plus les séparer dans son esprit, et les vit mêlées aussi dans la réalité, la tendresse donnant quelque chose de sérieux et d'important à ces plaisanteries qui en retour lui faisaient perdre de son innocence. Il alla chez Odette. Il s'assit loin d'elle. Il n'osait l'embrasser, ne sachant si en elle, si en lui, c'était l'affection ou la colère qu'un baiser réveillerait. Il se taisait, il regardait mourir leur amour. Tout à coup il prit une résolution.

— Odette, lui dit-il, mon chéri, je sais bien que je suis odieux, mais
il faut que je te demande des choses. Tu te souviens de l'idée que j'avais
eue à propos de toi et de Mme Verdurin ? Dis-moi si c'était vrai, avec
elle ou avec une autre.

Elle secoua la tête en fronçant la bouche, signe fréquemment
employé par les gens pour répondre qu'ils n'iront pas, que cela les ennuie
à quelqu'un qui leur a demandé : « Viendrez-vous voir passer la caval-
cade, assisterez-vous à la Revue ? » Mais ce hochement de tête affecté
ainsi d'habitude à un événement à venir mêle à cause de cela de quelque
incertitude la dénégation d'un événement passé. De plus il n'évoque que
des raisons de convenance personnelle plutôt que la réprobation,
qu'une impossibilité morale. En voyant Odette lui faire ainsi le signe
que c'était faux, Swann comprit que c'était peut-être vrai.

— Je te l'ai dit, tu le sais bien, ajoute-t-elle d'un air irrité et
malheureux.

— Oui, je sais, mais en es-tu sûre ? Ne me dis pas : « Tu le sais
bien », dis-moi : « Je n'ai jamais fait ce genre de choses avec aucune
femme ».

Elle répéta comme une leçon, sur un ton ironique et comme si elle
voulait se débarrasser de lui :

— Je n'ai jamais fait ce genre de choses avec aucune femme.

— Peux-tu me le jurer sur ta médaille de Notre-Dame de Laghet ?
Swann savait qu'Odette ne se parjurerait pas sur cette médaille-là.

— Oh ! que tu me rends malheureuse, s'écria-t-elle en se dérobant
par un sursaut à l'étreinte de sa question. Mais as-tu bientôt fini ?
Qu'est-ce que tu as aujourd'hui ? Tu as donc décidé qu'il fallait que je
je déteste, que je t'exècre. Voilà, je voulais reprendre avec toi le bon
temps comme autrefois et voilà ton remerciement !

Mais, ne la lâchant pas, comme un chirurgien attend la fin du spasme
qui interrompt son intervention mais ne l'y fait pas renoncer :

— Tu as bien tort de te figurer que je t'en voudrais le moins du
monde, Odette, lui dit-il avec une douceur persuasive et menteuse. Je
ne te parle jamais que de ce que je sais, et j'en sais toujours bien plus
long que je ne dis. Mais toi seule peux adoucir par ton aveu ce qui me
fais te haïr tant que cela ne m'a été dénoncé que par d'autres. Ma colère,
contre toi ne vient pas de tes actions, je te pardonne tout puisque je
t'aime, mais de ta fausseté, de ta fausseté absurde qui te fait persévérer
à nier des choses que je sais. Mais comment veux-tu que je puisse continuer à t'aimer, quand je te vois me soutenir, me jurer une chose que

je sais fausse. Odette, ne prolonge pas cet instant qui est une torture pour nous deux. Si tu le veux ce sera fini dans une seconde, tu seras pour toujours délivrée. Dis-moi sur ta médaille, si oui ou non, tu as jamais fais ces choses.

— Mais je n'en sais rien, moi, s'écria-t-elle avec colère, peut-être il y a très longtemps, sans me rendre compte de ce que je faisais, peut-être deux ou trois fois.

Swann avait envisagé toutes les possibilités. La réalité est donc quelque chose qui n'a aucun rapport avec les possibilités, pas plus qu'un coup de couteau que nous recevons avec les légers mouvements des nuages au-dessus de notre tête, puisque ces mots : « deux ou trois fois » marquèrent à vif une sorte de croix dans son cœur. Chose étrange que ces mots « deux ou trois fois », rien que des mots, des mots prononcés dans l'air, à distance, puissent ainsi déchirer le cœur comme s'ils le touchaient véritablement, puissent rendre malade, comme un poison qu'on absorberait. Involontairement Swann pensa à ce mot qu'il avait entendu chez Mme de Saint-Euverte : « C'est ce que j'ai vu de plus fort depuis les tables tournantes. » Cette souffrance qu'il ressentait ne ressemblait à rien de ce qu'il avait cru. Non pas seulement parce que dans ses heures de plus entière méfiance il avait rarement imaginé si loin dans le mal, mais parce que même quand il imaginait cette chose, elle restait vague, incertaine, dénuée de cette horreur particulière qui s'était échappée des mots « peut-être deux ou trois fois », dépourvue de cette cruauté spécifique aussi différente de tout ce qu'il avait connu qu'une maladie dont on est atteint pour la première fois. Et pourtant cette Odette d'où lui venait tout ce mal, ne lui était pas moins chère, bien au contraire plus précieuse, comme si au fur et à mesure que grandissait la souffrance, grandissait en même temps le prix du calmant, du contrepoison que seule cette femme possédait. Il voulait lui donner plus de soins comme à une maladie qu'on découvre soudain plus grave. Il voulait que la chose affreuse qu'elle lui avait dite avoir fait « deux ou trois fois » ne pût pas se renouveler. Pour cela il lui fallait veiller sur Odette. On dit souvent qu'en dénonçant à un ami les fautes de sa maîtresse, on ne réussit qu'à le rapprocher d'elle parce qu'il ne leur ajoute pas foi, mais combien davantage s'il leur ajoute foi. Mais, se disait Swann, comment réussir à la protéger ? Il pouvait peut-être la préserver d'une certaine femme mais il y en avait des centaines d'autres et il comprit quelle folie avait passé sur lui quand il avait le soir où il n'avait pas trouvé Odette chez les Verdurin, commencé de désirer la possession, toujours impossible, d'un autre être. Heureusement pour Swann, sous les souffrances nouvelles qui venaient d'entrer dans son âme comme des hordes d'envahisseurs, il existait un fond de nature plus ancien, plus doux et silencieusement laborieux, comme les cellules d'un organe blessé qui se mettent aussitôt en mesure de refaire les tissus lésés, comme les muscles d'un membre paralysé qui tendent à reprendre leurs mouvements. Ces plus anciens, plus autochtones habitants de son âme, employèrent un instant toutes les forces de Swann à ce travail obscurément réparateur qui donne l'illusion du repos à un convalescent, à un opéré. Cette fois-ci ce fut moins comme d'habitude dans le cerveau de Swann que se produisit cette détente par épuisement, ce fut plutôt dans son cœur. Mais toutes les choses de la vie qui ont existé une fois tendent à se récréer, et comme un animal expirant qu'agite de nouveau le sursaut d'une consulvion qui semblait finie, sur le cœur, un instant épargné, de Swann, d'elle-même la même souffrance vint retracer la même croix. Il se rappela ces soirs de clair de lune, où allongé dans sa victoria qui le menait rue La Pérouse, il cultivait voluptueusement en lui les émotions de l'homme amoureux, sans savoir le fruit empoisonné qu'elles produiraient nécessairement. Mais toutes ces pensées ne durèrent que l'espace d'une seconde, le temps qu'il portât la main à son cœur, reprît sa respiration et parvînt à sourire pour dissimuler sa torture. Déjà il recommençait à poser ses questions. Car sa jalousie qui avait pris une peine qu'un ennemi ne se serait pas donnée pour arriver à lui faire asséner ce coup, à lui faire faire la connaissance de la douleur la plus cruelle qu'il eût encore jamais connue, sa jalousie ne trouvait pas qu'il eut assez souffert et cherchait à lui faire recevoir une blessure plus profonde encore. Telle comme une divinité méchante, sa jalousie inspirait Swann et le poussait à sa perte. Ce ne fut pas sa faute, mais celle d'Odette seulement si d'abord son supplice ne s'aggrava pas.

— Ma chérie, lui dit-il, c'est fini, était-ce avec une personne que je connais ?

— Mais non je te jure, d'ailleurs je crois que j'ai exagéré, que je n'ai pas été jusque-là.

Il sourit et reprit :

— Que veux-tu ? cela ne fait rien, mais c'est malheureux que tu ne puisses pas me dire le nom. De pouvoir me représenter la personne, cela n'empêcherait de plus jamais y penser. Je le dis pour toi parce que je ne t'ennuierais plus. C'est si calmant de se représenter les choses.

Ce qui est affreux c'est ce qu'on ne peut pas imaginer. Mais tu as déjà été si gentille, je ne veux pas te fatiguer. Je te remercie de tout mon cœur de tout le bien que tu m'as fait. C'est fini. Seulement ce mot : « Il y a combien de temps ? »

— Oh ! Charles, mais tu ne vois pas que tu me tues, c'est tout ce qu'il y a de plus ancien. Je n'y avais jamais repensé, on dirait que tu veux absolument me redonner ces idées-là. Tu seras bien avancé, dit-elle, avec une sottise inconsciente et une méchanceté voulue.

— Oh ! je voulais seulement savoir si c'est depuis que je te connais. Mais ce serait si naturel, est-ce que ça se passait ici ; tu ne peux pas me dire un certain soir, que je me représente ce que je faisais ce soir-là ; tu comprends bien qu'il n'est pas possible que tu ne te rappelles pas avec qui, Odette, mon amour.

— Mais je ne sais pas, moi, je crois que c'était au Bois un soir où tu es venu nous retrouver dans l'île. Tu avais dîné chez la princesse des Laumes, dit-elle, heureuse de fournir un détail précis qui attes'ait sa véracité. A une table voisine il y avait une femme que je n'avais pas vue depuis très longtemps. Elle m'a dit : « Venez donc derrière le petit rocher voir l'effet du clair de lune sur l'eau. » D'abord j'ai bâillé et j'ai répondu : « Non, je suis fatiguée et je suis bien ici. » Elle a assuré qu'il n'y avait jamais eu un clair de lune pareil. Je lui ai dit « cette blague ! » je savais bien où elle voulait en venir.

Odette racontait cela presque en riant soit que cela lui parût tout naturel, ou parce qu'elle croyait en atténuer ainsi l'importance, ou pour ne pas avoir l'air humilié. En voyant le visage de Swann elle changea de ton :

— Tu es un misérable, tu te plais à me torturer, à me faire faire des mensonges que je dis afin que tu me laisses tranquille.

Ce second coup porté à Swann était plus atroce encore que le premier. Jamais il n'avait supposé que ce fût une chose aussi récente, cachée à ses yeux qui n'avaient pas su la découvrir, non dans un passé qu'il n'avait pas connu, mais dans des soirs qu'il se rappelait si bien, qu'il avait vécus avec Odette, qu'il avait cru connus si bien par lui et qui maintenant prenaient rétrospectivement quelque chose de fourbe et d'atroce ; au milieu d'eux tout d'un coup se creusait cette ouverture béante, ce moment dans l'Ile du Bois. Odette sans être intelligente avait le charme du naturel. Elle avait raconté, elle avait mimé cette scène avec tant de simplicité que Swann haletant voyait tout ; le bâillement d'Odette, le petit rocher. Il l'entendait répondre — gaiement, hélas !:« Cette blague » !I! sentait qu'elle ne dirait rien de plus ce soir, qu'il n'y avait aucune révélation nouvelle à attendre en ce moment ; il se taisait ; il lui dit :

— Mon pauvre chéri, pardonne-moi, je sens que je te fais de la peine, c'est fini, je n'y pense plus.

Mais elle vit que ses yeux restaient fixés sur les choses qu'il ne savait pas et sur ce passé de leur amour, monotone et doux dans sa mémoire parce qu'il était vague, et que déchirait maintenant comme une blessure cette minute dans l'île du Bois, au clair de lune, après le dîner chez la princesse des Laumes. Mais il avait tellement pris l'habitude de trouver la vie intéressante — d'admirer les curieuses découvertes qu'on peut y faire — que tout en souffrant au point de croire qu'il ne pourrait pas supporter longtemps une pareille douleur, il se disait : « La vie est vraiment étonnante et réserve de belles surprise ; en somme le vice est quelque chose de plus répandu qu'on ne croit. Voilà une femme en qui j'avais confiance, qui a l'air si simple, si honnête, en tous cas, si même elle était légère, qui semblait bien normale et saine dans ses goûts : sur une dénonciation invraisemblable, je l'interroge et le peu qu'elle m'avoue révèle bien plus que ce qu'on eût pu soupçonner». Mais il ne pouvait pas se borner à ces remarques désintéressées. Il cherchait à apprécier exactement la valeur de ce qu'elle lui avait raconté, afin de savoir s'il devait conclure que ces choses, elle les avait faites souvent, qu'elles se renouvelleraient. Il se répétait ces mots qu'elle avait dits : « Je voyais bien où elle voulait en venir », « Deux ou trois fois », « Cette blague ! » mais ils ne reparaissaient pas désarmés dans la mémoire de Swann, chacun d'eux tenait son couteau et lui en portait un nouveau coup. Pendant bien longtemps, comme un malade ne peut s'empêcher d'essayer à toute minute de faire le mouvement qui lui est douloureux, il se redisait ces mots : « Je suis bien ici », « Cette blague ! », mais la souffrance était si forte qu'il était obligé de s'arrêter. Il s'émerveillait que des actes que toujours il avait jugés si légèrement, si gaiement, maintenant fussent devenus pour lui graves comme une maladie dont on peut mourir. Il connaissait bien des femmes à qui il eût pu demander de surveiller Odette. Mais comment espérer qu'elles se placeraient au même point de vue que lui et ne resteraient pas à celui qui avait été si longtemps le sien, qui avait toujours guidé sa vie voluptueuse, ne lui diraient pas en riant : « Vilain jaloux qui veut priver les autres d'un plaisir ». Par quelle trappe soudainement abaissée (lui qui n'avait eu autrefois de son amour pour Odette que des plaisirs délicats) avait-il été brusquement précipité dans ce nouveau cercle de l'enfer d'où il n'apercevait pas comment il pourrait jamais sortir. Pauvre Odette ! il ne lui en voulait pas. Elle n'était qu'à demi coupable. Ne disait-on pas que c'était par sa propre mère qu'elle avait été livrée, presque enfant, à Nice, à un riche Anglais. Mais quelle vérité douloureuse prenait pour lui ces lignes du *Journal d'un Poète* d'Alfred de Vigny qu'il avait lues avec indifférence autrefois : « Quand on se sent pris d'amour pour une femme, on devrait se dire : Comment est-elle entourée ? Quelle a été sa vie ? Tout le bonheur de la vie est appuyé là-dessus. » Swann s'étonnait que de simples phrases épelées par sa pensée, comme « Cette blague ! », « Je voyais bien où elle voulait en venir » pussent lui faire si mal. Mais il comprenait que ce qu'il croyait de simples phrases n'était que les pièces de l'armature entre lesquelles tenait, pouvait lui être rendue, la souffrance qu'il avait éprouvée pendant le récit d'Odette. Car c'était bien cette souffrance-là qu'il éprouvait de nouveau. Il avait beau savoir maintenant, — même, il eut beau, le temps passant, avoir un peu oublié, avoir pardonné —, au moment où il se redisait ses mots, la f ancienne le refaisait tel qu'il était avant qu'Odette ne parlâtsouignmaeat, confiant ; sa cruelle jalousie le replaçait pour le faire frapper par l'aveu d'Odette dans la position de quelqu'un qui ne sait pas encore, et au bout de plusieurs mois cette vieille histoire le bouleversait toujours comme une révélation. Il admirait la terrible puissance récréatrice de sa mémoire. Ce n'est que de l'affaiblissement de cette génératrice dont la fécondité diminue avec l'âge qu'il pouvait espérer un apaisement à sa torture. Mais quand paraissait un peu épuisé le pouvoir qu'avait de le faire souffrir un des mots prononcés par Odette, alors un de ceux sur lesquels l'esprit de Swann s'était moins arrêté jusque-là, un mot presque nouveau venait relayer les autres et le frappait avec une vigueur intacte. La mémoire du soir où il avait dîné chez la princesse des Laumes lui était douloureuse, mais ce n'était que le centre de son mal. Celui-ci irradiait confusément à l'entour dans tous les jours avoisinants. Et à quelque point d'elle qu'il voulût toucher dans ses souvenirs, c'est la saison tout entière où les Verdurin avaient si souvent dîné dans l'île du Bois qui lui faisait mal. Si mal que peu à peu les curiosités qu'excitait en lui sa jalousie furent neutralisées par la peur des tortures nouvelles qu'il s'infligerait en les satisfaisant. Il se rendait compte que toute la période de la vie d'Odette écoulée avant qu'elle ne le rencontrât, période qu'il n'avait jamais cherché à se représenter, n'était pas l'étendue abstraite qu'il voyait vaguement, mais

avait été faite d'années particulières, remplie d'incid nts conrets.
Mais en les apprenant, il craignait que ce passé incolore, fluide et suppor-
table, ne prît un corps tangible et immonde, un visage individuel et
diabolique. Et il continuait à ne pas chercher à le concevoir non plus
par paresse de penser, mais par peur de souffrir. Il espérait qu'un jour
il finirait par pouvoir entendre le nom de l'île du Bois, de la princesse
des Laumes, sans ressentir le déchirement ancien, et trouvait imprudent de provoquer Odette à lui fournir de nouvelles paroles, le nom
d'endroits, de circonstances différentes qui, son mal à peine calmé, le
feraient renaître sous une autre forme.

Mais souvent les choses qu'il ne connaissait pas, qu'il redoutait maintenant de connaître, c'est Odette elle-même qui les lui révélait spontanément, et sans s'en rendre compte ; en effet l'écart que le vice mettait
entre la vie réelle d'Odette et la vie relativement innocente que Swann
avait cru, et bien souvent croyait encore, que menait sa maîtresse, cet
écart Odette en ignorait l'étendue : un être vicieux, affectant toujours
la même vertu devant les êtres de qui il ne veut pas que soient soupçonnés ses vices, n'a pas de contrôle pour se rendre compte combien
ceux-ci, dont la croissance continue est insensible pour lui-même l'en-
traînent peu à peu loin des façons de vivre normales. Dans leur coha-
bitation, au sein de l'esprit d'Odette, avec le souvenir des actions qu'elle
cachait à Swann, d'autres peu à peu en recevaient le reflet, étaient con-
tagionnées par elles, sans qu'elle pût leur trouver rien d'étrange, sans
qu'elles détonassent dans le milieu particulier où elle les faisait vivre
en elle ; mais si elle les racontait à Swann, il était épouvanté par la révélation de l'ambiance qu'elles trahissaient. Un jour il cherchait, sans
blesser Odette, à lui demander si elle n'avait jamais été chez des entre-
metteuses. A vrai dire il était convaincu que non ; la lecture de la lettre
anonyme en avait introduit la supposition dans son intelligence, mais
d'une façon mécanique ; elle n'y avait rencontré aucune créance, mais
en fait y était restée, et Swann, pour être débarrassé de la présence purement matérielle mais pourtant gênante du soupçon, souhaitait qu'Odette
l'extirpât. « Oh ! non ! Ce n'est pas que je ne sois pas persécutée pour
cela, ajouta-t-elle, en dévoilant dans un sourire une satisfaction de
vanité qu'elle ne s'apercevait plus ne pas pouvoir paraître légitime à
Swann. Il y en a une qui est encore restée plus de deux heures hier à
m'attendre, elle me proposait n'importe quel prix. Il paraît qu'il y a
un ambassadeur qui lui a dit : « Je me tue si vous ne me l'amenez pas. »
On lui a dit que j'étais sortie, j'ai fini par aller moi-même lui parler

pour qu'elle s'en aille. J'aurais voulu que tu voies comme je l'ai reçue, ma femme de chambre qui m'entendait de la pièce voisine m'a dit que je criais à tue-tête : « Mais puisque je vous dis que je ne veux pas ! C'est une idée comme ça, ça ne me plaît pas. Je pense que je suis libre de faire ce que je veux tout de même ! Si j'avais besoin d'argent, je comprends...» Le concierge a ordre de ne plus la laisser entrer, il dira que je suis à la campagne. Ah ! j'aurais voulu que tu sois caché quelque part. Je crois que tu aurais été content, mon chéri. Elle a du bon, tout de même, tu vois, ta petite Odette, quoiqu'on la trouve si détestable. »

D'ailleurs ses aveux même, quand elle lui en faisait, de fautes qu'elle le supposait avoir découvertes, servaient plutôt pour Swann de point de départ à de nouveaux doutes qu'ils ne mettaient un terme aux anciens. Car ils n'étaient jamais exactement proportionnés à ceux-ci. Odette avait eu beau retrancher de sa confession tout l'essentiel, il restait dans l'accessoire quelque chose que Swann n'avait jamais imaginé, qui l'accablait de sa nouveauté et allait lui permettre de changer les termes du problème de sa jalousie. Et ces aveux il ne pouvait plus les oublier. Son âme les charriait, les rejetait, les berçait, comme des cadavres. Et elle en était empoisonnée.

Une fois elle lui parla d'une visite que Forcheville lui avait faite le jour de la Fête de Paris-Murcie. « Comment, tu le connaissais déjà ? Ah ! oui, c'est vrai, dit-il en se reprenant pour ne pas paraître l'avoir ignoré. » Et tout d'un coup il se mit à trembler à la pensée que le jour de cette fête de Paris-Murcie où il avait reçu d'elle la lettre qu'il avait si précieusement gardée, elle déjeunait peut-être avec Forcheville à la Maison d'Or. Elle lui jura que non. « Pourtant la Maison d'Or me rappelle je ne sais quoi que j'ai su ne pas être vrai, lui dit-il pour l'effrayer. » — « Oui, que je n'y étais pas allée le soir où je t'ai dit que j'en sortais quand tu m'avais cherchée chez Prévost », lui répondit-elle (croyant à son air qu'il le savait), avec une décision où il y avait, beaucoup plutôt que du cynisme, de la timidité, une peur de contrarier Swann et que par amour-propre elle voulait cacher, puis le désir de lui montrer qu'elle pouvait être franche. Aussi frappa-t-elle avec une netteté et une vigueur de bourreau et qui étaient exemptes de cruauté car Odette n'avait pas conscience du mal qu'elle faisait à Swann ; et même elle se mit à rire, peut-être il est vrai, surtout pour ne pas avoir l'air humilié, confus. « C'est vrai que je n'avais pas été à la Maison Dorée, que je sortais de chez Forcheville. J'avais vraiment été chez Prévost, ça c'était pas de la blague, il m'y avait rencontrée et m'avait demandé d'entrer regarder ses gravures. Mais il était venu quelqu'un pour le voir. Je t ai dit que je venais de la Maison d'Or parce que j'avais peur que cela ne t'ennuie. Tu vois, c'était plutôt gentil de ma part. Mettons que j'aie eu tort, au moins je te le dis carrément. Quel intérêt aurais-je à ne pas te dire aussi bien que j'avais déjeuné avec lui le jour de la Fête Paris-Murcie, si c'était vrai. D'autant plus qu'à ce moment-là on ne se connaissait pas encore beaucoup tous les deux, dis, chéri. » Il lui sourit avec la lâcheté soudaine de l'être sans forces qu'avaient fait de lui ces accablantes paroles. Ainsi, même dans les mois auxquels il n'avait jamais plus osé repenser parce qu'ils avaient été trop heureux, dans ces mois où elle l'avait aimé, elle lui mentait déjà ! Aussi bien que ce moment (le premier soir qu'ils avaient « fait catleya ») où elle lui avait dit sortir de la Maison Dorée, combien devait-il y en avoir eu d'autres, receleurs eux aussi d'un mensonge que Swann n'avait pas soupçonné. Il se rappela qu'elle lui avait dit un jour : « Je n'aurais qu'à dire à Mme Verdurin que ma robe n'a pas été prête, que mon cab est venu en retard. Il y a toujours moyen de s'arranger. » A lui aussi probablement bien des fois où elle lui avait glissé de ces mots qui expliquent un retard, justifient un changement d'heure dans un rendez-vous, ils avaient dû cacher sans qu'il s'en fût douté alors, quelque chose qu'elle avait à faire avec un autre, avec un autre à qui elle avait dit : « Je n'aurai qu'à dire à Swann que ma robe n'a pas été prête, que mon cab est arrivé en retard, il y a toujours moyen de s'arranger. » Et sous tous les souveni s les plus doux de Swann, sous les paroles les plus simples que lui avait dites autrefois Odette, qu'il avait crues comme paroles d'évangile, sous les actions quotidiennes qu'elle lui avait racontées, sous les lieux les plus accoutumés, la maison de sa couturière, l'avenue du Bois, l'Hippodrome, il sentait (dissimulée à la faveur de cet excédent de temps qui dans les journées les plus détaillées laisse encore du jeu, de la place, et peut servir de cachette à certaines actions), il sentait s'insinuer la présence possible et souterraine de mensonges qui lui rendaient ignoble tout ce qui lui était resté le plus cher, ses meilleurs soirs, la rue La Pérouse elle-même, qu'Odette avait toujours dû quitter à d'autres heures que celles qu'elle lui avait dites, faisant circuler partout un peu de 'a ténébreuse horreur qu'il avait ressentie en entendant l'aveu relatif à la Maison Dorée, et, comme les bêtes immondes dans la Désolation de Ninive, ébranlant pierre à pierre tout son passé. Si maintenant il se détournait chaque fois que sa mémoire lui disait le nom cruel de la Maison Dorée, ce n'était plus comme tout récemment encore à la soirée de Mme de Saint-Euverte, parce qu'il lui rappelait un bonheur qu'il avait perdu depuis longtemps, mais un malheur qu'il venait seulement d'apprendre. Puis il en fut du nom de la Maison Dorée comme de celui de l'Ile du Bois, il cessa peu à peu de faire souffrir Swann. Car ce que nous croyons notre amour, notre jalousie, n'est pas une même passion continue, indivisible. Ils se composent d'une infinité d'amours successifs, de jalousies différentes et qui sont éphémères, mais par leur multitude ininterrompue donnent l'impression de la continuité, l'illusion de l'unité. La vie de l'amour de Swann, la fidélité de sa jalousie, étaient faites de la mort, de l'infidélité, d'innombrables désirs, d'innombrables doutes, qui avaient tous Odette pour objet. S'il était resté longtemps sans la voir, ceux qui mouraient n'auraient pas été remplacés par d'autres. Mais la présence d'Odette continuait d'ensemencer le cœur de Swann de tendresse et de soupçons alternés.

Certains soirs elle redevenait tout d'un coup avec lui d'une gentillesse dont elle l'avertissait durement qu'il devait profiter tout de suite, sous peine de ne pas la voir se renouveler avant des années ; il fallait rentrer immédiatement chez elle « faire catleya » et ce désir qu'elle prétendait avoir de lui était si soudain, si inexplicable, si impérieux, les caresses qu'elle lui prodiguait ensuite si démonstratives et si insolites, que cette tendresse brutale et sans vraisemblance faisait autant de chagrin à Swann qu'un mensonge et qu'une méchanceté. Un soir qu'il était ainsi, sur l'ordre qu'elle lui en avait donné, rentré avec elle, et qu'elle entremêlait ses baisers de paroles passionnées qui contrastaient avec sa sécheresse ordinaire, il crut tout d'un coup entendre du bruit ; il se leva, chercha partout, ne trouva personne, mais n'eut pas le courage de reprendre sa place auprès d'elle qui alors, au comble de la rage, brisa un vase et dit à Swann : « On ne peut jamais rien faire avec toi ! » Et il resta incertain si elle n'avait pas caché quelqu'un dont elle avait voulu faire souffrir la jalousie ou allumer les sens.

Quelquefois il allait dans des maisons de rendez-vous, espérant apprendre quelque chose d'elle, sans oser la nommer cependant. « J'ai une petite qui va vous plaire, disait l'entremetteuse. » Et il restait une heure à causer tristement avec quelque pauvre fille étonnée qu'il ne fît rien de plus. Une toute jeune et ravissante lui dit un jour : « Ce que je voudrais, c'est trouver un ami, alors il pourrait être sûr, je n'irais plus jamais avec personne. » — « Vraiment, crois-tu que ce soit possible qu'une femme soit touchée qu'on l'aime, ne vous trompe jamais ? » lui demanda Swann anxieusement. « Pour sûr ! ça dépend des caractères ! » Swann ne pouvait s'empêcher de dire à ces filles les mêmes choses qui auraient plu à la princesse des Laumes. A celle qui cherchait un ami, il dit en souriant : « C'est gentil, tu as mis des yeux bleus de la couleur de ta ceinture. » — « Vous aussi, vous avez des manchettes bleues. » — « Comme nous avons une belle conversation, pour un endroit de ce genre ! Je ne t'ennuie pas, tu as peut-être à faire ? » — « Non, j'ai tout mon temps. Si vous m'auriez ennuyée, je vous l'aurais dit. Au contraire j'aime bien vous entendre causer. » — « Je suis très flatté. N'est-ce pas que nous causons gentiment ? » dit-il à l'entremetteuse qui venait d'entrer. — « Mais oui, c'est justement ce que je me disais. Comme ils sont sages ! Voilà ! on vient maintenant pour causer chez moi. Le Prince le disait, l'autre jour, c'est bien mieux ici que chez sa femme. Il paraît que maintenant dans le monde elles ont toutes un genre, c'est un vrai scandale ! Je vous quitte, je suis discrète. » Et elle laissa Swann avec la fille qui avait les yeux bleus. Mais bientôt il se leva et lui dit adieu, elle lui était indifférente, elle ne connaissait pas Odette.

Le peintre ayant été malade, le docteur Cottard lui conseilla un voyage en mer ; plusieurs fidèles parlèrent de partir avec lui ; les Verdurin ne purent se résoudre à rester seuls, louèrent un yacht, puis s'en rendirent acquéreurs et ainsi Odette fit de fréquentes croisières. Chaque fois qu'elle était partie depuis un peu de temps Swann sentait qu'il commençait à se détacher d'elle, mais comme si cette distance morale était proportionnée à la distance matérielle, dès qu'il savait Odette de retour, il ne pouvait pas rester sans la voir. Une fois, partis pour un mois seulement, croyaient-ils, soit qu'ils eussent été tentés en route, soit que M. Verdurin eût sournoisement arrangé les choses d'avance pour faire plaisir à sa femme et n'eût averti les fidèles qu'au fur et à mesure, d'Alger ils allèrent à Tunis, puis en Italie, puis en Grèce, à Constantinople, en Asie Mineure. Le voyage durait depuis près d'un an. Swann se sentait absolument tranquille, presque heureux. Bien que M. Verdurin eût cherché à persuader au pianiste et au docteur Cottard que la tante de l'un et les malades de l'autre n'avaient aucun besoin d'eux, et, qu'en tous cas, il était imprudent de laisser Mme Cottard rentrer à Paris que Mme Verdurin assurait être en révolution, il fut obligé de leur rendre leur liberté à Constantinople. Et le peintre partit avec eux. Un jour, peu après le retour de ces trois voyageurs, Swann voyant passer un omnibus pour le Luxembourg où il avait à faire, avait sauté dedans, et s'y était trouvé assis en face de Mme Cottard qui faisait sa tournée de visites « de jours » en grande tenue, plumet au chapeau,

robe de soie, manchon, en-tout-cas, porte-cartes et gants blancs nettoyés.
Revêtue de ces insignes, quand il faisait sec, elle allait à pied d'une maison à l'autre, dans un même quartier, mais pour passer ensuite dans un
quartier différent usait de l'omnibus avec correspondance. Pendant
les premiers instants, avant que la gentillesse native de la femme eût
pu percer l'empesé de la petite bourgeoise, et ne sachant trop d'ailleurs
si elle devait parler des Verdurin à Swann, elle tint tout naturellement,
de sa voix lente, gauche et douce que par moments l'omnibus couvrait
complètement de son tonnerre, des propos parmi ceux qu'elle entendait
et répétait dans les vingt-cinq maisons dont elle montait les étages dans
une journée :

— Je ne vous demande pas, monsieur, si un homme dans le mouvement comme vous, a vu, aux Mirlitons, le portrait de Machard qui fait
courir tout Paris. Eh bien ! qu'en dites-vous ? Etes-vous dans le camp de
ceux qui approuvent ou dans le camp de ceux qui blâment ? Dans tous
les salons on ne parle que du portrait de Machard, on n'est pas chic,
on n'est pas pur, on n'est pas dans le train, si on ne donne pas son
opinion sur le portrait de Machard. »
Swann ayant répondu qu'il n'avait pas vu ce portrait, Mme Cottard
eut peur de l'avoir blessé en l'obligeant à le confesser.

— « Ah ! c'est très bien, au moins vous l'avouez franchement, vous
ne vous croyez pas déshonoré parce que vous n'avez pas vu le portrait
de Machard. Je trouve cela très beau de votre part. Hé bien, moi je
l'ai vu, les avis sont partagés, il y en a qui trouvent que c'est un peu
léché, un peu crème fouettée, moi, je le trouve idéal. Evidemment elle
ne ressemble pas aux femmes bleues et jaunes de notre ami Biche. Mais
je dois vous l'avouer franchement, vous ne me trouverez pas très fin
de siècle, mais je le dis comme je le pense, je ne comprends pas. Mon
Dieu je reconnais les qualités qu'il y a dans le portrait de mon mari,
c'est moins étrange que ce qu'il fait d'habitude mais il a fallu qu'il lui
fasse des moustaches bleues. Tandis que Machard ! Tenez justement
le mari de l'amie chez qui je vais en ce moment (ce qui me donne le très
grand plaisir de faire route avec vous) lui a promis s'il est nommé à
l'Académie (c'est un des collègues du docteur) de lui faire faire son
portrait par Machard. Evidemment c'est un beau rêve ! j'ai une autre
amie qui prétend qu'elle aime mieux Leloir. Je ne suis qu'une pauvre
profane et Leloir est peut-être encore supérieur comme science. Mais
je trouve que la première qualité d'un portrait, surtout quand il coûte
10.000 francs, est d'être ressemblant et d'une ressemblance agréable. »

Ayant tenu ces propos que lui inspirait la hauteur de son aigrette, le chiffre de son porte-cartes, le petit numéro tracé à l'encre dans ses gants par le teinturier, et l'embarras de parler à Swann des Verdurin, Mme Cottard, voyant qu'on était encore loin du coin de la rue Bonaparte où le conducteur devait l'arrêter, écouta son cœur qui lui conseillait d'autres paroles.

— Les oreilles ont dû vous tinter, monsieur, lui dit-elle, pendant le voyage que nous avons fait avec Mme Verdurin. On ne parlait que de vous.

Swann fut bien étonné, il supposait que son nom n'était jamais proféré devant les Verdurin.

— D'ailleurs, ajouta Mme Cottard, Mme de Crécy était là et c'est tout dire. Quand Odette est quelque part elle ne peut jamais rester bien longtemps sans parler de vous. Et vous pensez que ce n'est pas en mal. Comment ! vous en doutez, dit-elle, en voyant un geste sceptique de Swann ?

Et emportée par la sincérité de sa conviction, ne mettant d'ailleurs aucune mauvaise pensée sous ce mot qu'elle prenait seulement dans le sens où on l'emploie pour parler de l'affection qui unit des amis :

— Mais elle vous adore ! Ah ! je crois qu'il ne faudrait pas dire ça de vous devant elle ! On serait bien arrangé ! A propos de tout, si on voyait un tableau par exemple elle disait : « Ah ! s'il était là, c'est lui qui saurait vous dire si c'est authentique ou non. Il n'y a personne comme lui pour ça. » Et à tout moment elle demandait : « Qu'est-ce qu'il peut faire en ce moment ? Si seulement il travaillait un peu ! C'est malheureux, un garçon si doué, qu'il soit si paresseux. (Vous me pardonnez n'est-ce pas.) En ce moment je le vois, il pense à nous, il se demande où nous sommes. » Elle a même eu un mot que j'ai trouvé bien joli ; M. Verdurin lui disait : « Mais comment pouvez-vous voir ce qu'il fait en ce moment puisque vous êtes à huit cents lieues de lui ? » Alors Odette lui a répondu : « Rien n'est impossible à l'œil d'une amie. » Non je vous jure, je ne vous dis pas cela pour vous flatter, vous avez là une vraie amie comme on n'en a pas beaucoup. Je vous dirai du reste que si vous ne le savez pas, vous êtes le seul. Mme Verdurin me le disait encore le dernier jour (vous savez les veilles de départ on cause mieux) : « Je ne dis pas qu'Odette ne nous aime pas, mais tout ce que nous lui disons ne pèserait pas lourd auprès de ce que lui dirait M. Swann. » Oh ! mon Dieu, voilà que le conducteur m'arrête, en bavardant avec vous j'allais laisser passer la rue Bonaparte... me rendriez-vous le service de me dire si mon aigrette est droite ? »

Et Mme Cottard sortit de son manchon pour la tendre à Swann sa main gantée de blanc d'où s'échappa, avec une correspondance, une vision de haute vie qui remplit l'omnibus, mêlée à l'odeur du teinturier. Et Swann se sentit déborder de tendresse pour elle, autant que pour Mme Verdurin (et presque autant que pour Odette, car le sentiment qu'il éprouvait pour cette dernière n'étant plus mêlé de douleur, n'était plus guère de l'amour), tandis que de la plate-forme il la suivait de ses yeux attendris, qui enfilait courageusement la rue Bonaparte, l'aigrette haute, d'une main relevant sa jupe, de l'autre tenant son en-tout-cas et son porte-cartes dont elle laissait voir le chiffre, laissant baller devant elle son manchon.

Pour faire concurrence aux sentiments maladifs que Swann avait pour Odette, Mme Cottard, meilleur thérapeute que n'eût été son mari, avait greffé à côté d'eux d'autres sentiments, normaux ceux-là, de gratitude, d'amitié, des sentiments qui dans l'esprit de Swann rendraient Odette plus humaine (plus semblable aux autres femmes, parce que d'autres femmes aussi pouvaient les lui inspirer), hâteraient sa transformation définitive en cette Odette aimée d'affection paisible, qui l'avait ramené un soir après une fête chez le peintre boire un verre d'orangeade avec Porcheville et près de qui Swann avait entrevu qu'il pourrait vivre heureux.

Jadis ayant souvent pensé avec terreur qu'un jour il cesserait d'être épris d'Odette, il s'était promis d'être vigilant, et dès qu'il sentirait que son amour commencerait à le quitter, de s'accrocher à lui, de le retenir. Mais voici qu'à l'affaiblissement de son amour correspondait simultanément un affaiblissement du désir de rester amoureux. Car on ne peut pas changer, c'est-à-dire devenir une autre personne, tout en continuant à obéir aux sentiments de celle qu'on n'est plus. Parfois le nom aperçu dans un journal, d'un des hommes qu'il supposait avoir pu être les amants d'Odette, lui redonnait de la jalousie. Mais elle était bien légère et comme elle lui prouvait qu'il n'était pas encore complètement sorti de ce temps où il avait tant souffert — mais aussi où il avait connu une manière de sentir si voluptueuse, — et que les hasards de la route lui permettraient peut-être d'en apercevoir encore furtivement et de loin les beautés, cette jalousie lui procurait plutôt une excitation agréable comme au morne Parisien qui quitte Venise pour retrouver la France, un dernier moustique prouve que l'Italie et l'été ne sont pas encore bien loin. Mais le plus souvent le temps si particulier de sa

vie d'où il sortait, quand il faisait effort sinon pour y rester, du moins
pour en avoir une vision claire pendant qu'il le pouvait encore, il
s'apercevait qu'il ne le pouvait déjà plus ; il aurait voulu apercevoir
comme un paysage qui allait disparaître cet amour qu'il venait de
quitter ; mais il est si difficile d'être double et de se donner le spectacle
véridique d'un sentiment qu'on a cessé de posséder, que bientôt l'obscurité se faisant dans son cerveau, il ne voyait plus rien, renonçait à regarder, retirait son lorgnon, en essuyait les verres ; et il se disait qu'il
valait mieux se reposer un peu, qu'il serait encore temps tout à l'heure,
et se rencognait, avec l'incuriosité, dans l'engourdissement, du voyageur
ensommeillé qui rabat son chapeau sur ses yeux pour dormir dans le
wagon qu'il sent l'entraîner de plus en plus vite, loin du pays, où il a
si longtemps vécu et qu'il s'était promis de ne pas laisser fuir sans lui
donner un dernier adieu. Même, comme ce voyageur s'il se réveille
seulement en France, quand Swann ramassa par hasard près de lui la
preuve que Forcheville avait été l'amant d'Odette, il s'aperçut qu'il
n'en ressentait aucune douleur, que l'amour était loin maintenant et
regretta de n'avoir pas été averti du moment où il le quittait pour toujours. Et de même qu'avant d'embrasser Odette pour la première fois
il avait recherché à imprimer dans sa mémoire le visage qu'elle avait eu
si longtemps pour lui et qu'allait transformer le souvenir de ce baiser,
de même il eût voulu, en pensée au moins, avoir pu faire ses adieux,
pendant qu'elle existait encore, à cette Odette lui inspirant de l'amour,
de la jalousie, à cette Odette lui causant des souffrances et que maintenant il ne reverrait jamais. Il se trompait. Il devait la revoir une fois
encore, quelques semaines plus tard. Ce fut en dormant, dans le crépuscule d'un rêve. Il se promenait avec Mme Verdurin, le docteur Cottard,
un jeune homme en fez qu'il ne pouvait identifier, le peintre, Odette,
Napoléon III et mon grand-père, sur un chemin qui suivait la mer et la
surplombait à pic tantôt de très haut, tantôt de quelques mètres seulement, de sorte qu'on montait et redescendait constamment ; ceux des
promeneurs qui redescendaient déjà n'étaient plus visibles à ceux qui
montaient encore, le peu de jour qui restât faiblissait et il semblait
alors qu'une nuit noire allait s'étendre immédiatement. Par moment les
vagues sautaient jusqu'au bord et Swann sentait sur sa joue des écla-
boussures glacées. Odette lui disait de les essuyer, il ne pouvait pas
et en était confus vis-à-vis d'elle, ainsi que d'être en chemise de nuit.
Il espérait qu'à cause de l'obscurité on ne s'en rendait pas compte,
mais cependant Mme Verdurin le fixa d'un regard étonné durant un long

moment pendant lequel il vit sa figure se déformer, son nez s'allonger et qu'elle avait de grandes moustaches. Il se détourna pour regarder Odette, ses joues étaient pâles, avec des petits points rouges, ses traits tirés, cernés, mais elle le regardait avec des yeux pleins de tendresse prêts à se détacher comme des larmes pour tomber sur lui et il se sentait l'aimer tellement qu'il aurait voulu l'emmener tout de suite. Tout d'un coup Odette tourna son poignet, regarda une petite montre et dit : « Il faut que je m'en aille », elle prenait congé de tout le monde, de la même façon, sans prendre à part Swann, sans lui dire où elle le reverrait le soir ou un autre jour. Il n'osa pas le lui demander, il aurait voulu la suivre et était obligé, sans se retourner vers elle, de répondre en souriant à une question de Mme Verdurin, mais son cœur battait horriblement, il éprouvait de la haine pour Odette, il aurait voulu crever ses yeux qu'il aimait tant tout à l'heure, écraser ses joues sans fraîcheur. Il continuait à monter avec Mme Verdurin, c'est-à-dire à s'éloigner à chaque pas d'Odette, qui descendait en sens inverse. Au bout d'une seconde il y eut beaucoup d'heures qu'elle était partie. Le peintre fit remarquer à Swann que Napoléon III s'était éclipsé un instant après elle. « C'était certainement entendu entre eux, ajouta-t-il, ils ont dû se rejoindre en bas de la côte mais n'ont pas voulu dire adieu ensemble à cause des convenances. Elle est sa maîtresse. » Le jeune homme inconnu se mit à pleurer. Swann essaya de le consoler. « Après tout elle a raison, lui dit-il en lui essuyant les yeux et en lui ôtant son fez pour qu'il fût plus à son aise. Je le lui ai conseillé dix fois. Pourquoi en être triste ? C'était bien l'homme qui pouvait la comprendre. » Ainsi Swann se parlait-il à lui-même, car le jeune homme qu'il n'avait pu identifier d'abord était aussi lui ; comme certains romanciers, il avait distribué sa personnalité à deux personnages, celui qui faisait le rêve, et un qu'il voyait devant lui coiffé d'un fez.

Quant à Napoléon III, c'est à Forcheville que quelque vague association d'idées, puis une certaine modification dans la physionomie habituelle du baron, enfin le grand cordon de la Légion d'honneur en sautoir, lui avaient fait donner ce nom ; mais en réalité, et pour tout ce que le personnage présent dans le rêve lui représentait et lui rappelait, c'était bien Forcheville. Car, d'images incomplètes et changeantes Swann endormi tirait des déductions fausses, ayant d'ailleurs momentanément un tel pouvoir créateur qu'il se reproduisait par simple division comme certains organismes inférieurs ; avec la chaleur sentie de sa propre paume il modelait le creux d'une main étrangère qu'il

croyait serrer et, de sentiments et d'impressions dont il n'avait pas conscience encore faisait naître comme des péripéties qui, par leur enchaînement logique amèneraient à point nommé dans le sommeil de Swann
le personnage nécessaire pour recevoir son amour ou provoquer son
réveil. Une nuit noire se fit tout d'un coup, un tocsin sonna, des habitants passèrent en courant, se sauvant des maisons en flammes ; Swann
entendait le bruit des vagues qui sautaient et son cœur qui, avec la même
violence, battait d'anxiété dans sa poitrine. Tout d'un coup ses palpi-
tations de cœur redoublèrent de vitesse, il éprouva une souffrance, une
nausée inexplicables ; un paysan couvert de brûlures lui jetait en
passant : « Venez demander à Charlus où Odette est allée finir la soirée
avec son camarade, il a été avec elle autrefois et elle lui dit tout. C'est
eux qui ont mis le feu. » C'était son valet de chambre qui venait l'éveiller
et lui disait :

— Monsieur, il est huit heures et le coiffeur est là, je lui ai dit de
repasser dans une heure.

Mais ces paroles en pénétrant dans les ondes du sommeil où Swann
était plongé, n'étaient arrivées jusqu'à sa conscience qu'en subissant
cette déviation qui fait qu'au fond de l'eau un rayon paraît un soleil,
de même qu'un moment auparavant le bruit de la sonnette prenant
au fond de ces abîmes une sonorité de tocsin avait enfanté l'épisode
de l'incendie. Cependant le décor qu'il avait sous les yeux vola en poussière, il ouvrit les yeux, entendit une dernière fois le bruit d'une des
vagues de la mer qui s'éloignait. Il toucha sa joue. Elle était sèche. Et
pourtant il se rappelait la sensation de l'eau froide et le goût du sel.
Il se leva, s'habilla. Il avait fait venir le coiffeur de bonne heure parce
qu'il avait écrit la veille à mon grand-père qu'il irait dans l'après-midi
à Combray, ayant appris que Mme de Cambremer — Mlle Legrandin
— devait y passer quelques jours. Associant dans son souvenir au charme
de ce jeune visage celui d'une campagne où il n'était pas allé depuis si
longtemps, ils lui offraient ensemble un attrait qui l'avait décidé à
quitter enfin Paris pour quelques jours. Comme les différents hasards
qui nous mettent en présence de certaines personnes ne coïncident pas
avec le temps où nous les aimons, mais, le dépassant, peuvent se produire avant qu'il commence et se répéter après qu'il a fini, les premières
apparitions que fait dans notre vie un être destiné plus tard à nous plaire,
prennent rétrospectivement à nos yeux une valeur d'avertissement, de
présage. C'est de cette façon que Swann s'était souvent reporté à l'image
d'Odette rencontrée au théâtre, ce premier soir où il ne songeait pas à la

revoir jamais, — et qu'il se rappelait maintenant la soirée de Mme de Saint-Euverte où il avait présenté le général de Froberville à Mme de Cambremer. Les intérêts de notre vie sont si multiples qu'il n'est pas rare que dans une même circonstance les jalons d'un bonheur qui n'existe pas encore soient posés à côté de l'aggravation d'un chagrin dont nous souffrons. Et sans doute cela aurait pu arriver à Swann ailleurs que chez Mme de Saint-Euverte. Qui sait même, dans le cas où, ce soir-là, il se fût trouvé ailleurs, si d'autres bonheurs, d'autres chagrins ne lui seraient pas arrivés, et qui ensuite lui eussent paru avoir été inévitables ? Mais ce qui lui semblait l'avoir été, c'était ce qui avait eu lieu, et il n'était pas loin de voir quelque chose de providentiel dans ce fait qu'il se fût décidé à aller à la soirée de Mme de Saint-Euverte, parce que son esprit désireux d'admirer la richesse d'invention de la vie et incapable de se poser longtemps une question difficile, comme de savoir ce qui eût été le plus à souhaiter, considérait dans les souffrances qu'il avait éprouvées ce soir-là et les plaisirs encore insoupçonnés qui germaient déjà, — et entre lesquels la balance était trop difficile à établir —, une sorte d'enchaînement nécessaire.

Mais tandis que, une heure après son réveil, il donnait des indications au coiffeur pour que sa brosse ne se dérangeât pas en wagon, il repensa à son rêve ; il revit comme il les avait sentis tout près de lui, le teint pâle d'Odette, les joues trop maigres, les traits tirés, les yeux battus, tout ce que — au cours des tendresses successives qui avaient fait de son durable amour pour Odette un long oubli de l'image première qu'il avait reçue d'elle — il avait cessé de remarquer depuis les premiers temps de leur liaison, dans lesquels sans doute, pendant qu'il dormait, sa mémoire en avait été chercher la sensation exacte. Et avec cette muflerie intermittente qui reparaissait chez lui dès qu'il n'était plus malheureux et que baissait du même coup le niveau de sa moralité, il s'écria en lui-même : « Dire que j'ai gâché des années de ma vie, que j'ai voulu mourir, que j'ai eu mon plus grand amour, pour une femme qui ne me plaisait pas, qui n'était pas mon genre ! »

TROISIÈME PARTIE

NOMS DE PAYS : LE NOM

Parmi les chambres dont j'évoquais le plus souvent l'image dans mes nuits d'insomnie, aucune ne ressemblait moins aux chambres de Combray, saupoudrées d'une atmosphère grenue, pollinisée, comestible et dévote, que celle du Grand-Hôtel de la Plage, à Balbec, dont les murs passés au ripolin contenaient comme les parois polies d'une piscine où l'eau bleuit, un air pur, azuré et salin. Le tapissier bavarois qui avait été chargé de l'aménagement de cet hôtel avait varié la décoration des pièces et sur trois côtés, fait courir le long des murs, dans celle que je me trouvai habiter, des bibliothèques basses, à vitrines en glace, dans lesquelles selon la place qu'elles occupaient, et par un effet qu'il n'avait pas prévu, telle ou telle partie de tableau changeant de la mer se reflétait, déroulant une frise de claires marines, qu'interrompaient seuls les pleines de l'acajou. Si bien que toute la pièce avait l'air d'un de ces dortoirs modèles qu'on présente dans les expositions « modern style » du mobilier où ils sont ornés d'œuvres d'art qu'on a supposées capables de réjouir les yeux de celui qui couchera là et auxquelles on a donné des sujets en rapport avec le genre de site où l'habitation doit se trouver.

Mais rien ne ressemblait moins non plus à ce Balbec réel que celui dont j'avais souvent rêvé, les jours de tempête, quand le vent était si fort que Françoise en me menant aux Champs-Elysées me recommandait de ne pas marcher trop près des murs pour ne pas recevoir de tuiles sur la tête et parlait en gémissant des grands sinistres et naufrages annoncés par les journaux. Je n'avais pas de plus grand désir que de voir une tempête sur la mer, moins comme un beau spectacle que comme un moment dévoilé de la vie réelle de la nature ; ou plutôt il n'y avait pour moi de beaux spectacles que ceux que je savais qui n'étaient pas artificiellement combinés pour mon plaisir, mais étaient nécessaires, inchangeables, — les beautés des paysages ou du grand art. Je n'étais curieux, je n'étais avide de connaître que ce que je croyais plus vrai que moi-même, ce qui avait pour moi le prix de me montrer un peu de la pensée d'un grand génie, ou de la force ou de la grâce de la nature telle qu'elle se manifeste livrée à elle-même, sans l'intervention des hommes. De même que le beau son de sa voix, isolément reproduit par le phonographe, ne nous consolerait pas d'avoir perdu notre mère, de même une tempête mécaniquement imitée m'aurait laissé aussi indifférent que les fontaines lumineuses de l'Exposition. Je voulais aussi pour que la tempête fût absolument vraie, que le rivage lui-même fût un rivage naturel, non une digue récemment créée par une municipalité. D'ailleurs la nature par tous les sentiments qu'elle éveillait en moi, me semblait ce qu'il y avait de plus opposé aux productions mécaniques des hommes. Moins elle portait leur empreinte et plus elle offrait d'espace à l'expansion de mon cœur. Or j'avais retenu le nom de Balbec que nous avait cité Legrandin, comme d'une plage toute proche de « ces côtes funèbres, fameuses par tant de naufrages qu'enveloppe six mois de l'année le linceul des brumes et l'écume des vagues. »

« On y sent encore sous ses pas, disait-il, bien plus qu'au Finistère lui-même (et quand bien même des hôtels s'y superposeraient maintenant sans pouvoir y modifier la plus antique ossature de la terre) ,on y sent la véritable fin de la terre française, européenne, de la Terre antique. Et c'est le dernier campement de pêcheurs, pareils à tous les pêcheurs qui ont vécu depuis le commencement du monde, en face du royaume éternel des brouillards de la mer et des ombres. » Un jour qu'à Combray j'avais parlé de cette plage de Balbec devant M. Swann afin d'apprendre de lui si c'était le point le mieux choisi pour voir les plus fortes tempêtes, il m'avait répondu : « Je crois bien que je connais Balbec ! L'église de Balbec, du XIIe et XIIIe siècle, encore à moitié romane, est peut-être le plus curieux échantillon du gothique normand, et si singulière, on dirait de l'art persan. » Et ces lieux qui jusque-là ne m'avaient semblé être que de la nature immémoriale, restée contemporaine des grands phénomènes géologiques, — et tout aussi en dehors de l'histoire humaine que l'Océan ou la grande Ourse, avec ces sauvages pêcheurs pour qui, pas plus que pour les baleines, il n'y eut de moyen âge —, ç'avait été un grand charme pour moi de les voir tout d'un coup entrés dans la série des siècles, ayant connu l'époque romane, et de savoir que le trèfle gothique était venu nervurer aussi ces rochers sauvages à l'heure voulue, comme ces plantes frêles mais vivaces qui, quand c'est le printemps, étoilent çà et là la neige des pôles. Et si le gothique apportait à ces lieux et à ces hommes une détermination qui leur manquait, eux aussi lui en conféraient une en retour. J'essayais de me représenter comment ces pêcheurs avaient vécu, le timide et insoupçonné essai de rapports sociaux qu'ils avaient tenté là, pendant le moyen âge, ramassés sur un point des côtes d'Enfer, aux pieds des falaises de la mort ; et le gothique me semblait plus vivant maintenant que séparé des villes où je l'avais toujours imaginé jusque-là, je pouvais voir comment, dans un cas particulier, sur des rochers sauvages, il avait germé et fleuri en un fin clocher. On me mena voir des reproductions des plus célèbres statues de Balbec — les apôtres moutonnants et camus, la Vierge du porche, et de joie ma respiration s'arrêtait dans ma poitrine quand je pensais que je pourrais les voir se modeler en relief sur le brouillard éternel et salé. Alors, par les soirs orageux et doux de février, le vent, — soufflant dans mon cœur, qu'il ne faisait pas trembler moins fort que la cheminée de ma chambre, le projet d'un voyage à Balbec — mêlait en moi le désir de l'architecture gothique avec celui d'une tempête sur la mer.

J'aurais voulu prendre dès le lendemain le beau train généreux d'une heure vingt-deux dont je ne pouvais jamais sans que mon cœur palpitât lire, dans les réclames des Compagnies de chemin de fer, dans les annonces de voyages circulaires, l'heure de départ : elle me semblait inciser à un point précis de l'après-midi une savoureuse entaille, une marque mystérieuse à partir de laquelle les heures déviées conduisaient bien encore au soir, au matin du lendemain, mais qu'on verrait, au lieu de Paris, dans l'une de ces villes par où le train passe et entre lesquelles il nous permettait de choisir ; car il s'arrêtait à Bayeux, à Coutances, à Vitré, à Questambert, à Pontorson, à Balbec, à Lannion, à Lamb'lle, à Benodet, à Pont-Aven, à Quimperlé, et s'avançait magnifiquement surchargé de noms qu'il m'offrait et entre lesquels je ne savais lequel j'aurais préféré, par impossibilité d'en sacrifier aucun. Mais sans même l'attendre, j'aurais pu en m'habillant à la hâte partir le soir même, si mes parents me l'avaient permis, et arriver à Balbec quand le petit jour se lèverait sur la mer furieuse, contre les écumes envolées de laquelle j'irais me réfugier dans l'église de style persan. Mais à l'approche des vacances de Pâques, quand mes parents m'eurent promis de me les faire passer une fois dans le nord de l'Italie, voilà qu'à ces rêves de tempête dont j'avais été rempli tout entier, ne souhaitant voir que des vagues accourant de partout, toujours plus haut, sur la côte la plus sauvage, près d'églises escarpées et rugueuses comme des falaises et dans les tours desquelles crieraient les oiseaux de mer, voilà que tout à coup les effaçant, leur ôtant tout charme, les excluant parce qu'ils lui étaient opposés et n'auraient pu que l'affaiblir, se substituaient en moi le rêve contraire du printemps le plus diapré, non pas le printemps de Combray qui piquait encore aigrement avec toutes les aiguilles du givre, mais celui qui couvrait déjà de lys et d'anémones les champs de Fiésole et éblouissait Florence de fonds d'or pareils à ceux de l'Angelico. Dès lors, seuls les rayons, les parfums, les couleurs me semblaient avoir du prix ; car l'alternance des images avait amené en moi un changement de front du désir, et, — aussi brusque que ceux qu'il y a parfois en musique, un complet changement de ton dans ma sensibilité. Puis il arriva qu'une simple variation atmosphérique suffit à provoquer en moi cette modulation sans qu'il y eût besoin d'attendre le retour d'une saison. Car souvent dans l'une on trouve égaré un jour d'une autre qui nous y fait vivre, en évoque aussitôt, en fait désirer les plaisirs particuliers et interrompt les rêves que nous étions en train de faire, en plaçant, plus tôt ou plus tard qu'à son tour, ce feuillet détaché d'un autre chapitre, dans le calendrier interpolé du Bonheur. Mais bientôt comme ces phénomènes naturels dont notre confort ou notre santé ne peuvent tirer qu'un bénéfice accidentel et assez mince jusqu'au jour où la science s'empare d'eux, et les produisant à volonté, remet en nos mains la possibilité de leur apparition, soustraite à la tutelle et dispensée de l'agrément du hasard, de même la production de ces rêves d'Atlantique et d'Italie cessa d'être soumise uniquement aux changements des saisons et du temps. Je n'eus besoin pour les faire renaître que de prononcer ces noms : Balbec, Venise, Florence, dans l'intérieur desquels avait fini par s'accumuler le désir que m'avaient inspiré les lieux qu'ils désignaient. Même au printemps, trouver dans un livre le nom de Balbec suffisait à réveiller en moi le désir des tempêtes et du gothique normand ; même par un jour de tempête le nom de Florence ou de Venise me donnait le désir du soleil, des lys, du palais des Doges et de Sainte-Marie-des-Fleurs.

Mais si ces noms absorbèrent à tout jamais l'image que j'avais de ces villes, ce ne fut qu'en la transformant, qu'en soumettant sa réapparition en moi à leurs lois propres ; ils eurent ainsi pour conséquence de la rendre plus belle, mais aussi plus différente de ce que les villes de Normandie ou de Toscane pouvaient être en réalité, et, en accroissant les joies arbitraires de mon imagination, d'aggraver la déception future de mes voyages. Ils exaltèrent l'idée que je me faisais de certains lieux de la terre, en les faisant plus particuliers, par conséquent plus réels. Je ne me représentais pas alors les villes, les paysages, les monuments, comme des tableaux plus ou moins agréables, découpés çà et là dans

une même matière, mais chacun d'eux comme un inconnu, essentielle-
ment différent des autres, dont mon âme avait soif et qu'elle aurait
profit à connaître. Combien ils prirent quelque chose de plus individuel
encore, d'être désignés par des noms, des noms qui n'étaient que pour
eux, des noms comme en ont les personnes. Les mots nous présentent
des choses une petite image claire et usuelle comme celles que l'on
suspend aux murs des écoles pour donner aux enfants l'exemple de ce
qu'est un établi, un oiseau, une fourmilière, choses conçues comme
pareilles à toutes celles de même sorte. Mais les noms présentent des
personnes — et des villes qu'ils nous habituent à croire individuelles,
uniques comme des personnes — une image confuse qui tire d'eux, de
leur sonorité éclatante ou sombre, la couleur dont elle est peinte uni-
formément comme une des ces affiches, entièrement bleues ou entièrement rouges, dans lesquelles, à cause des limites du procédé employé
ou par un caprice du décorateur, sont bleus ou rouges, non seulement
le ciel et la mer, mais les barques, l'église, les passants. Le nom de
Parme, une des villes où je désirais le plus aller, depuis que j'avais lu
la Chartreuse, m'apparaissant compact, lisse, mauve et doux, si on me
parlait d'une maison quelconque de Parme dans laquelle je serais reçu,
on me causait le plaisir de penser que j'habiterais une demeure lisse,
compacte, mauve et douce, qui n'avait de rapport avec les demeures
d'aucune ville d'Italie puisque je l'imaginais seulement à l'aide de cette
syllabe lourde du nom de Parme, où ne circule aucun air, et de tout
ce que je lui avais fait absorber de douceur stendhalienne et du reflet
des violettes. Et quand je pensais à Florence, c'était comme à une ville
miraculeusement embaumée et semblable à une corolle, parce qu'elle
s'appelait la cité des lys et sa cathédrale, Sainte-Marie-des-Fleurs.
Quant à Balbec, c'était un de ces noms où comme sur une vieille poterie
normande qui garde la couleur de la terre d'où elle fut tirée, on voit se
peindre encore la représentation de quelque usage aboli, de quelque
droit féodal, d'un état ancien de lieux, d'une manière désuète de prononcer qui en avait formé les syllabes hétéroclites et que je ne doutais
pas de retrouver jusque chez l'aubergiste qui me servirait du café au
lait à mon arrivée, me menant voir la mer déchaînée devant l'église et
auquel je prêtais l'aspect disputeur, solennel et médiéval d'un personnage de fabliau.

Si ma santé s'affermissait et que mes parents me permissent, sinon
d'aller séjourner à Balbec, du moins de prendre une fois, pour faire
connaissance avec l'architecture et les paysages de la Normandie ou de

la Bretagne, ce train d'une heure vingt-deux dans lequel j'étais monté
tant de fois en imagination, j'aurais voulu m'arrêter de préférence
dans les villes les plus belles ; mais j'avais beau les comparer, comment
choisir plus qu'entre des êtres individuels, qui ne sont pas interchan-
geables, entre Bayeux si haute dans sa noble dentelle rougeâtre et dont
le faîte était illuminé par le vieil or de sa dernière syllabe ; Vitré dont
l'accent aigu losangeait de bois noir le vitrage ancien ; le doux Lam-
balle qui, dans son blanc, va du jaune coquille d'œuf au gris perle ;
Coutances, cathédrale normande, que sa diphtongue finale, grasse et
jaunissante couronne par une tour de beurre ; Lannion avec le bruit,
dans son silence villageois, du coche suivi de la mouche ; Questambert,
Pontorson, risibles et naïfs, plumes blanches et becs jaunes éparpillés
sur la route de ces lieux fluviatiles et poétiques ; Benodet, nom à peine
amarré que semble vouloir entraîner la rivière au milieu de ses algues,
Pont-Aven, envolée blanche et rose de l'aile d'une coiffe légère qui se
reflète en tremblant dans une eau verdie de canal ; Quimperlé, lui,
mieux attaché et, depuis le moyen âge, entre les ruisseaux dont il
gazouille et s'emperle en une grisaille pareille à celle que dessinent,
à travers les toiles d'araignées d'une verrière, les rayons de soleil changés
en pointes émoussées d'argent bruni ?

Ces images étaient fausses pour une autre raison encore ; c'est qu'elles
étaient forcément très simplifiées ; sans doute ce à quoi aspirait mon
imagination et que mes sens ne percevaient qu'incomplètement et sans
plaisir dans le présent, je l'avais enfermé dans le refuge des noms ;
sans doute, parce que j'y avais accumulé du rêve, ils aimantaient maintenant mes désirs ; mais les noms ne sont pas très vastes ; c'est tout
au plus si je pouvais y faire entrer deux ou trois des « curiosités » prin-
cipales de la ville et elles s'y juxtaposaient sans intermédiaires ; dans le
nom de Balbec, comme dans le verre grossissant de ces porte-plume
qu'on achète aux bains de mer, j'apercevais des vagues soulevées autour
d'une église de style persan. Peut-être même la simplification de ces
images fut-elle une des causes de l'empire qu'elles prirent sur moi.
Quand mon père eut décidé, une année, que nous irions passer les
vacances de Pâques à Florence et à Venise, n'ayant pas la place de faire
entrer dans le nom de Florence les éléments qui composent d'habitude
les villes, je fus contraint à faire sortir une cité surnaturelle de la fécondation, par certains parfums printaniers, de ce que je croyais être, en
son essence, le génie de Giotto. Tout au plus — et parce qu'on ne
peut pas faire tenir dans un nom beaucoup plus de durée que d'espace —

comme certains tableaux de Giotto eux-mêmes qui montrent à deux
moments différents de l'action un même personnage, ici couché dans
son lit, là s'apprêtant à monter à cheval, le nom de Florence était-il
divisé en deux compartiments. Dans l'un, sous un dais architectural,
je contemplais une fresque à laquelle était partiellement superposé un
rideau de soleil matinal, poudreux, oblique et progressif ; dans l'autre
(car ne pensant pas aux noms comme à un idéal inaccessible mais
comme à une ambiance réelle dans laquelle j'irais me plonger, la vie non
vécue encore, la vie intacte et pure que j'y enfermais donnait aux plaisirs les plus matériels, aux scènes les plus simples, cet attrait qu'ils ont
dans les œuvres des primitifs), je traversais rapidement, — pour trouver plus vite le déjeuner qui m'attendait avec des fruits et du vin de
Chianti — le Ponte-Vecchio encombré de jonquilles, de narcisses et
d'anémones. Voilà (bien que je fusse à Paris) ce que je voyais et non
ce qui était autour de moi. Même à un simple point de vue réaliste, les
pays que nous désirons tiennent à chaque moment beaucoup plus de
place dans notre vie véritable, que le pays où nous nous trouvons effec-
tivement. Sans doute si alors j'avais fait moi-même plus attention à ce
qu'il y avait dans ma pensée quand je prononçais les mots « aller à
Florence, à Parme, à Pise, à Venise », je me serais rendu compte que
ce que je voyais n'était nullement une ville, mais quelque chose d'aussi
différent de tout ce que je connaissais, d'aussi délicieux, que pourrait
être pour une humanité dont la vie se serait toujours écoulée dans des
fins d'après-midi d'hiver, cette merveille inconnue : une matinée de
printemps. Ces images irréelles, fixes, toujours pareilles, remplissant
mes nuits et mes jours, différencièrent cette époque de ma vie de celles
qui l'avaient précédée (et qui auraient pu se confondre avec elle aux
yeux d'un observateur qui ne voit les choses que du dehors, c'est-à-dire
qui ne voit rien), comme dans un opéra un motif mélodique introduit
une nouveauté qu'on ne pourrait pas soupçonner si on ne faisait que
lire le livret, moins encore si on restait en dehors du théâtre à compter
seulement les quarts d'heure qui s'écoulent. Et encore, même à ce
point de vue de simple quantité, dans notre vie les jours ne sont pas
égaux. Pour parcourir les jours, les natures un peu nerveuses, comme
était la mienne, disposent, comme les voitures automobiles, de « vitesses »
différentes. Il y a des jours montueux et malaisés qu'on met un temps
infini à gravir et des jours en pente qui se laissent descendre à fond de
train en chantant. Pendant ce mois — où je ressassai comme une
mélodie, sans pouvoir m'en rassasier, ces images de Florence, de Venise

et de Pise desquelles le désir qu'elles excitaient en moi gardait quelque chose d'aussi profondément individuel que si c'avait été un amour, un amour pour une personne — je ne cessai pas de croire qu'elles correspondaient à une réalité indépendante de moi, et elles me firent connaître une aussi belle espérance que pouvait en nourrir un chrétien des premiers âges à la veille d'entrer dans le paradis. Aussi sans que je me souciasse de la contradiction qu'il y avait à vouloir regarder et toucher avec les organes des sens, ce qui avait été élaboré par la rêverie et non perçu par eux — et d'autant plus tentant pour eux, plus différent de ce qu'ils connaissaient — c'est ce qui me rappelait la réalité de ces images, qui enflammait le plus mon désir, parce que c'était comme une promesse qu'il serait contenté. Et, bien que mon exaltation eût pour motif un désir de jouissances artistiques, les guides l'entretenaient encore plus que les livres d'esthétiques et, plus que les guides, l'indicateur des chemins de fer. Ce qui m'émouvait c'était de penser que cette Florence que je voyais proche mais inaccessible dans mon imagination, si le trajet qui la séparait de moi, en moi-même, n'était pas viable, je pourrais l'atteindre par un biais, par un détour, en prenant la « voie de terre ». Certes quand je me répétais, donnant ainsi tant de valeur à ce que j'allais voir, que Venise était « l'école de Giorgione, la demeure du Titien, le plus complet musée de l'architecture domestique au moyen âge », je me sentais heureux. Je l'étais pourtant davantage quand, sorti pour une course, marchant vite à cause du temps qui, après quelques jours de printemps précoce était redevenu un temps d'hiver (comme celui que nous trouvions d'habitude à Combray, la Semaine Sainte), — voyant sur les boulevards les marronniers qui, plongés dans un air glacial et liquide comme de l'eau, n'en commençaient pas moins, invités exacts, déjà en tenue, et qui ne se sont pas laissé décourager, à arrondir et à ciseler en leurs blocs congelés, l'irrésistible verdure dont la puissance abortive du froid contrariait mais ne parvenait pas à réfréner la progressive poussée —, je pensais que déjà le Ponte-Vecchio était jonché à foison de jacinthes et d'anémones et que le soleil du printemps teignait déjà les flots du Grand Canal d'un si sombre azur et de si nobles émeraudes qu'en venant se briser aux pieds des peintures du Titien, ils pouvaient rivaliser de riche coloris avec elles. Je ne pus plus contenir ma joie quand mon père, tout en consultant le baromètre et en déplorant le froid, commença à chercher quels seraient les meilleurs trains, et quand je compris qu'en pénétrant après le déjeuner dans le laboratoire charbonneux, dans la chambre magique érer la transmutation tout autour d'elle, on pouvait s'éveiller le lendemain dans la cité de marbre et d'or « rehaussée de jaspe et pavée d'émeraudes ». Ainsi elle et la Cité des lys n'étaient pas seulement des tableaux fictifs qu'on mettait à volonté devant son imagitation, mais existaient à une certaine distance de Paris qu'il fallait absolument franchir si l'on voulait les voir, à une certaine place déterminée de la terre, et à aucune autre, en un mot étaient bien réelles. Elles le devinrent encore plus pour moi, quand mon père en disant : « En somme, vous pourriez rester à Venise du 20 avril au 29 et arriver à Florence dès le matin de Pâques », les fit sortir toutes deux non plus seulement de l'Espace abstrait, mais de ce Temps imaginaire où nous situons non pas un seul voyage à la fois, mais d'autres, simultanés et sans trop d'émotion puisqu'ils ne sont que possibles, — ce Temps qui se refabrique si bien qu'on peut encore le passer dans une ville après qu'on l'a passé dans une autre — et leur consacra de ces jours particuliers qui sont le certificat d'authenticité des objets auxquels on les emploie, car ces jours uniques, ils se consument par l'usage, ils ne reviennent pas, on ne peut plus les vivre ici quand on les a vécus là ; je sentis que c'était vers la semaine qui commençait le lundi où la blanchisseuse devant rapporter le gilet blanc que j'avais couvert d'encre, que se dirigeaient pour s'y absorber au sortir du temps idéal où elles n'existaient pas encore, les deux Cités Reines dont j'allais avoir, par la plus émouvante des géométries, à inscrire les dômes et les tours dans le plan de ma propre vie. Mais je n'étais encore qu'en chemin vers le dernier degré de l'allégresse ; je l'atteignis enfin (ayant seulement alors la révélation que sur les rues clapotantes, rougies du reflet des fresques de Giorgione, ce n'était pas, comme j'avais, malgré tant d'avertissements, continué à l'imaginer, les hommes « majestueux et terribles comme la mer, portant leur armure aux reflets de bronze sous les plis de leur manteau sanglant » qui se promèneraient dans Venise la semaine prochaine, la veille de Pâques, mais que ce pourrait être moi le personnage minuscule que, dans une grande photographie de Saint-Marc qu'on m'avait prêtée, l'illustrateur avait représenté, en chapeau melon, devant les porches), quand j'entendis mon père me dire : « Il doit faire encore froid sur le Grand-Canal, tu ferais bien de mettre à tout hasard dans ta malle ton pardessus d'hiver et ton gros veston. » A ces mots je m'élevai à une sorte d'extase ; ce que j'avais cru jusque-là impossible, je me sentis vraiment pénétrer entre ces « rochers d'améthyste pareils à un récif de la mer des Indes » ; par une gymnastique suprême et au-dessus de mes forces, me dévêtant comme d'une carapace sans objet de l'air de ma chambre qui m'entourait, je le remplaçai par des parties égales d'air vénitien, cette atmosphère marine, indicible et particulière comme celle des rêves que mon imagination avait enfermée dans le nom de Venise, je sentis s'opérer en moi une miraculeuse désincarnation ; elle se doubla aussitôt de la vague envie de vomir qu'on éprouve quand on vient de prendre un gros mal de gorge, et on dut me mettre au lit avec une fièvre si tenace, que le docteur déclara qu'il fallait renoncer non seulement à me laisser partir maintenant à Florence et à Venise mais, même quand je serais entièrement rétabli, m'éviter d'ici au moins un an, tout projet de voyage et toute cause d'agitation.

Et hélas, il défendit aussi d'une façon absolue qu'on me laissât aller a : théâtre entendre la Berma ; l'artiste sublime, à laquelle Bergotte trouvait du génie, m'aurait en me faisant connaître quelque chose qui était peut-être aussi important et aussi beau, consolé de n'avoir pas été à Florence et à Venise, de n'aller pas à Balbec. On devait se contenter de m'envoyer chaque jour aux Champs-Elysées, sous la surveillance d'une personne qui m'empêcherait de me fatiguer et qui fut Françoise, entrée à notre service après la mort de ma tante Léonie. Aller aux Champs-Elysées me fut insupportable. Si seulement Bergotte les eût décrits dans un de ses livres, sans doute j'aurais désiré de les connaître, comme toutes les choses dont on avait commencé par mettre le « double » dans mon imagination. Elle les réchauffait, les faisait vivre, leur donnait une personnalité, et je voulais les retrouver dans la réalité ; mais dans ce jardin public rien ne se rattachait à mes rêves.

Un jour, comme je m'ennuyais à notre place familière, à côté des chevaux de bois, Françoise m'avait emmené en excursion — au delà de la frontière que gardent à intervalles égaux les petits bastions des marchandes de sucre d'orge —, dans ces régions voisines mais étrangères où les visages sont inconnus, où passe la voiture aux chèvres ; puis elle était revenue prendre ses affaires sur sa chaise adossée à un massif de lauriers ; en l'attendant je foulais la grande pelouse chétive et rase, jaunie par le soleil, au bout de laquelle le bassin est dominé par une statue quand, de l'allée, s'adressant à une fillette à cheveux roux qui jouait au volant devant la vasque, une autre en train de mettre son manteau et de serrer sa raquette, lui cria, d'une voix brève : « Adieu, Gilberte, je rentre, n'oublie pas que nous venons ce soir chez toi après dîner. » Ce nom de Gilberte passa près de moi, évoquant d'autant plus l'existence de celle qu'il désignait qu'il ne la nommait pas seulement comme un absent dont on parle, mais l'interpellait ; il passa ainsi près de moi, en action pour ainsi dire, avec une puissance qu'accroissait la courbe de son jet et l'approche de son but ; — transportant à son bord, je le sentais, la connaissance, les notions qu'avait de celle à qui il était adressé, non pas moi, mais l'amie qui l'appelait, tout ce que, tandis qu'elle le prononçait, elle revoyait ou du moins, possédait en sa mémoire, de leur intimité quotidienne, des visites qu'elles se faisaient l'une chez l'autre, de tout cet inconnu encore plus inaccessible et plus douloureux pour moi d'être au contraire si familier et si maniable pour cette fille heureuse qui m'en frôlait sans que j'y puisse pénétrer et le jetait en plein air dans un cri ; — laissant déjà flotter dans l'air l'émanation délicieuse qu'il avait fait se dégager, en les touchant avec précision, de quelques points invisibles de la vie de Mlle Swann, du soir qui allait venir, tel qu'il serait, après dîner, chez elle, — formant, passager céleste au milieu des enfants et des bonnes, un petit nuage d'une couleur précieuse, pareil à celui qui, bombé au-dessus d'un beau jardin du Poussin, reflète minutieusement comme un nuage d'opéra, plein de chevaux et de chars, quelque apparition de la vie des dieux ; — jetant enfin, sur cette herbe pelée, à l'endroit où elle était, un morceau à la fois de pelouse flétrie et un moment de l'après-midi de la blonde joueuse de volant (qui ne s'arrêta de le lancer et de le rattraper que quand une institutrice à plumet bleu l'eût appelée), une petite bande merveilleuse et couleur d'héliotrope impalpable comme un reflet et superposée comme un tapis sur lequel je ne pus me lasser de promener mes pas attardés, nostalgiques et profanateurs, tandis que Françoise me criait : « Allons, aboutonnez voir votre paletot et filons » et que je remarquais pour la première fois avec irritation qu'elle avait un langage vulgaire, et hélas, pas de plumet bleu à son chapeau.

Retournerait-elle seulement aux Champs-Elysées ? Le lendemain elle n'y était pas ; mais je l'y vis les jours suivants ; je tournais tout le temps autour de l'endroit où elle jouait avec ses amies, si bien qu'une fois où elles ne se trouvèrent pas en nombre pour leur partie de barres, elle me fit demander si je voulais compléter leur camp, et je jouai désormais avec elle chaque fois qu'elle était là. Mais ce n'était pas tous les jours ; il y en avait où elle était empêchée de venir par ses cours, le catéchisme, un goûter, toute cette vie séparée de la mienne que par deux fois, condensée dans le nom de Gilberte, j'avais senti passer si douloureusement près de moi, dans le raidillon de Combray et sur la

pelouse des Champs-Elysées. Ces jours-là, elle annonçait d'avance
qu'on ne la verrait pas ; si c'était à cause de ses études, elle disait :
« C'est rasant, je ne pourrai pas venir demain ; vous allez tous vous
amuser sans moi », d'un air chagrin qui me consolait un peu ; mais en
revanche quand elle était invitée à une matinée, et que, ne le sachant
pas je lui demandais si elle viendrait jouer, elle me répondait : « J'espère
bien que non ! J'espère bien que maman me laissera aller chez mon amie. »
Du moins ces jours-là, je savais que je ne la verrais pas, tandis que
d'autres fois, c'était à l'improviste que sa mère l'emmenait faire des
courses avec elle, et le lendemain elle disait : « Ah ! oui, je suis sortie
avec maman », comme une chose naturelle, et qui n'eût pas été pour
quelqu'un le plus grand malheur possible. Il y avait aussi les jours de
mauvais temps où son institutrice, qui pour elle-même craignait la
pluie, ne voulait pas l'emmener aux Champs-Elysées.

Aussi si le ciel était douteux, dès le matin je ne cessais de l'interroger
et je tenais compte de tous les présages. Si je voyais la dame d'en face
qui, près de la fenêtre, mettait son chapeau, je me disais : « Cette dame
va sortir ; donc il fait un temps où l'on peut sortir : pourquoi Gilberte
ne ferait-elle pas comme cette dame ? » Mais le temps s'assombrissait,
ma mère disait qu'il pouvait se lever encore, qu'il suffirait pour cela
d'un rayon de soleil, mais que plus probablement il pleuvrait ; et s'il
pleuvait à quoi bon aller aux Champs-Elysées ? Aussi depuis le déjeuner
mes regards anxieux ne quittaient plus le ciel incertain et nuageux. Il
restait sombre. Devant la fenêtre, le balcon était gris. Tout d'un coup,
sur sa pierre maussade je ne voyais pas une couleur moins terne, mais
je sentais comme un effort vers une couleur moins terne, la pulsation
d'un rayon hésitant qui voudrait libérer sa lumière. Un instant après,
le balcon était pâle et réfléchissant comme une eau matinale, et mille
reflets de la ferronnerie de son treillage étaient venus s'y poser. Un
souffle de vent les dispersait, la pierre s'était de nouveau assombrie,
mais, comme apprivoisés, ils revenaient ; elle recommençait imperceptiblement à blanchir et par un de ces crescendos continus comme ceux
qui, en musique, à la fin d'une Ouverture, mènent une seule note
jusqu'au fortissimo suprême en la faisant passer rapidement par tous
les degrés intermédiaires, je la voyais atteindre à cet or inaltérable et
fixe des beaux jours, sur lequel l'ombre découpée de l'appui ouvragé
de la balustrade se détachait en noir comme une végétation capricieuse,
avec une ténuité dans la délinéation des moindres détails qui semblait
trahir une conscience appliquée, une satisfaction d'artiste, et avec un

tel relief, un tel velours dans le repos de ses masses sombres et heureuses qu'en vérité ces reflets larges et feuillus qui reposaient sur ce lac de soleil semblaient savoir qu'ils étaient des gages de calme et de bonheur.

Lierre instantané, flore pariétaire et fugitive ! la plus incolore, la plus triste, au gré de beaucoup, de celles qui peuvent ramper sur le mur ou décorer la croisée ; pour moi, de toutes la plus chère depuis le jour où elle était apparue sur notre balcon, comme l'ombre même de la présence de Gilberte qui était peut-être déjà aux Champs-Elysées, et dès que j'y arriverais, me dirait : « Commençons tout de suite à jouer aux barres, vous êtes dans mon camp » ; fragile, emportée par un souffle, mais aussi en rapport non pas avec la saison, mais avec l'heure ; promesse du bonheur immédiat que la journée refuse ou accomplira, et par là du bonheur immédiat par excellence, le bonheur de l'amour ; plus douce, plus chaude sur la pierre que n'est la mousse même ; vivace, à qui il suffit d'un rayon pour naître et faire éclore de la joie, même au cœur de l'hiver.

Et jusque dans ces jours où toute autre végétation a disparu, où le beau cuir vert qui enveloppe le tronc des vieux arbres est caché sous la neige, quand celle-ci cessait de tomber, mais que le temps restait trop couvert pour espérer que Gilberte sortît, alors tout d'un coup, faisant dire à ma mère : « Tiens voilà justement qu'il fait beau, vous pourriez peut-être essayer tout de même d'aller aux Champs-Elysées », sur le manteau de neige qui couvrait le balcon, le soleil apparu entrelaçait des fils d'or et brodait des reflets noirs. Ce jour-là nous ne trouvions personne ou une seule fillette prête à partir qui m'assurait que Gilberte ne viendrait pas. Les chaises désertées par l'assemblée imposante mais frileuse des institutrices étaient vides. Seule, près de la pelouse, était assise une dame d'un certain âge qui venait par tous les temps, toujours harnachée d'une toilette identique, magnifique et sombre, et pour faire la connaissance de laquelle j'aurais à cette époque sacrifié, si l'échange m'avait été permis, tous les plus grands avantages futurs de ma vie. Car Gilberte allait tous les jours la saluer ; elle demandait à Gilberte des nouvelles de « son amour de mère » ; et il me semblait que si je l'avais connue, j'aurais été pour Gilberte quelqu'un de tout autre, quelqu'un qui connaissait les relations de ses parents. Pendant que ses petits enfants jouaient plus loin, elle lisait toujours les *Débats* qu'elle appelait « mes vieux Débats » et, par genre aristocratique, disait en parlant du sergent de ville ou de la loueuse de chaises : « Mon vieil ami le sergent de ville », « la loueuse de chaises et moi qui sommes de vieux amis »

Françoise avait trop froid pour rester immobile, nous allâmes jusqu'au pont de la Concorde voir la Seine prise, dont chacun et même les enfants s'approchaient sans peur comme d'une immense baleine échouée, sans défense, et qu'on allait dépecer. Nous revenions aux Champs-Elysées ; je languissais de douleur entre les chevaux de bois immobiles et la pelouse blanche prise dans le réseau noir des allées dont on avait enlevé la neige et sur laquelle la statue avait à la main un jet de glace ajouté qui semblait l'explication de son geste. La vieille dame elle-même ayant plié ses *Débats*, demanda l'heure à une bonne d'enfants qui passait et qu'elle remercia en lui disant : « Comme vous êtes aimable ! » puis, priant le cantonnier de dire à ses petits enfants de revenir, qu'elle avait froid, ajouta : « Vous serez mille fois bon. Vous savez que je suis confuse ! » Tout à coup l'air se déchira : entre le guignol et le cirque, à l'horizon embelli, sur le ciel entr'ouvert, je venais d'apercevoir, comme un signe fabuleux, le plumet bleu de Mademoiselle. Et déjà Gilberte courait à toute vitesse dans ma direction, étincelante et rouge sous un bonnet carré de fourrure, animée par le froid, le retard et le désir du jeu ; un peu avant d'arriver à moi, elle se laissa glisser sur la glace et, soit pour mieux garder son équilibre, soit parce qu'elle trouvait cela plus gracieux, ou par affectation du maintien d'une patineuse, c'est les bras grands ouverts qu'elle avançait en souriant, comme si elle avait voulu m'y recevoir. « Brava ! Brava ! ça c'est très bien, je dirais comme vous que c'est chic, que c'est crâne, si je n'étais pas d'un autre temps, du temps de l'ancien régime, s'écria la vieille dame prenant la parole au nom des Champs-Elysées silencieux pour remercier Gilberte d'être venue sans se laisser intimider par le temps. Vous êtes comme moi, fidèle quand même à nos vieux Champs-Elysées ; nous sommes deux intrépides. Si je vous disais que je les aime, même ainsi. Cette neige, vous allez rire de moi, ça me fait penser à de l'hermine ! » Et la vieille dame se mit à rire.

Le premier de ces jours — auxquels la neige, image des puissances qui pouvaient me priver de voir Gilberte, donnait la tristesse d'un jour de séparation et jusqu'à l'aspect d'un jour de départ parce qu'il changeait la figure et empêchait presque l'usage du lieu habituel de nos seules entrevues maintenant changé, tout enveloppé de housses —, ce jour fit pourtant faire un progrès à mon amour, car il fut comme un premier chagrin qu'elle eût partagé avec moi. Il n'y avait que nous deux de notre bande, et être ainsi le seul qui fût avec elle, c'était non seulement comme un commencement d'intimité, mais aussi de sa part, —

comme si elle ne fût venue rien que pour moi ; par un temps pareil — cela me semblait aussi touchant que si un de ces jours où elle était invitée à une matinée elle y avait renoncé pour venir me retrouver aux Champs-Elysées ; je prenais plus de confiance en la vitalité et en l'avenir de notre amitié qui restait vivace au milieu de l'engourdissement, de la solitude et de la ruine des choses environnantes ; et tandis qu'elle me mettait des boules de neige dans le cou, je souriais avec attendrissement à ce qui me semblait à la fois une prédilection qu'elle me marquait en me tolérant comme compagnon de voyage dans ce pays hivernal et nouveau, et une sorte de fidélité qu'elle me gardait au milieu du malheur. Bientôt l'une après l'autre, comme des moineaux hésitants, ses amies arrivèrent toutes noires sur la neige. Nous commençâmes à jouer et comme ce jour si tristement commencé devait finir dans la joie, comme je m'approchais, avant de jouer aux barres, de l'amie à la voix brève que j'avais entendue le premier jour crier le nom de Gilberte, elle me dit : « Non, non, on sait bien que vous aimez mieux être dans le camp de Gilberte, d'ailleurs vous voyez elle vous fait signe. » Elle m'appelait en effet pour que je vinsse sur la pelouse de neige, dans son camp, dont le soleil en lui donnant les reflets roses, l'usure métallique des brocarts anciens, faisait un camp du drap d'or.

Ce jour que j'avais tant redouté fut au contraire un des seuls où je ne fus pas trop malheureux.

Car, moi qui ne pensais plus qu'à ne jamais rester un jour sans voir Gilberte (au point qu'une fois ma grand'mère n'étant pas rentrée pour l'heure du dîner, je ne pus m'empêcher de me dire tout de suite que si elle avait été écrasée par une voiture, je ne pourrais pas aller de quelque temps aux Champs-Elysées ; on n'aime plus personne dès qu'on aime) pourtant ces moments où j'étais auprès d'elle et que depuis la veille j'avais si impatiemment attendus, pour lesquels j'avais tremblé, auxquels j'aurais sacrifié tout le reste, n'étaient nullement des moments heureux ; et je le savais bien car c'était les seuls moments de ma vie sur lesquels je concentrasse une attention méticuleuse, acharnée, et elle ne découvrait pas en eux un atome de plaisir.

Tout le temps que j'étais loin de Gilberte, j'avais besoin de la voir, parce que cherchant sans cesse à me représenter son image, je finissais pas ne plus y réussir, et par ne plus savoir exactement à quoi correspondait mon amour. Puis, elle ne m'avait encore jamais dit qu'elle m'aimait. Bien au contraire, elle avait souvent prétendu qu'elle avait des amis qu'elle me préférait, que j'étais un bon camarade avec qui elle jouait volontiers quoique trop distrait, pas assez au jeu ; enfin elle m'avait donné souvent des marques apparentes de froideur qui auraient pu ébranler ma croyance que j'étais pour elle un être différent des autres, si cette croyance avait pris sa source dans un amour que Gilberte aurait eu pour moi, et non pas, comme cela était, dans l'amour que j'avais pour elle, ce qui la rendait autrement résistante, puisque cela la faisait dépendre de la manière même dont j'étais obligé, par une nécessité intérieure, de penser à Gilberte. Mais les sentiments que je ressentais pour elle, moi-même je ne les lui avais pas encore déclarés. Certes, à toutes les pages de mes cahiers, j'écrivais indéfiniment son nom et son adresse, mais à la vue de ces vagues lignes que je traçais sans qu'elle pensât pour cela à moi, qui lui faisaient prendre autour de moi tant de place apparente sans qu'elle fût mêlée davantage à ma vie, je me sentais découragé parce qu'elles ne me parlaient pas de Gilberte qui ne les verrait même pas, mais de mon propre désir qu'elles semblaient me montrer comme quelque chose de purement personnel, d'irréel, de fastidieux et d'impuissant. Le plus pressé était que nous nous vissions Gilberte et moi, et que nous puissions nous faire l'aveu réciproque de notre amour, qui jusque-là n'aurait pour ainsi dire pas commencé. Sans doute les diverses raisons qui me rendaient si impatient de la voir auraient été moins impérieuses pour un homme mûr. Plus tard, il arrive que devenus habiles dans la culture de nos plaisirs, nous nous contentions de celui que nous avons à penser à une femme comme je pensais à Gilberte, sans être inquiets de savoir si cette image correspond à la réalité, et aussi de celui de l'aimer sans avoir besoin d'être certain qu'elle nous aime ; ou encore que nous renoncions au plaisir de lui avouer notre inclination pour elle, afin d'entretenir plus vivace l'inclination qu'elle a pour nous, imitant ces jardiniers japonais qui pour obtenir une plus belle fleur, en sacrifient plusieurs autres. Mais à l'époque où j'aimais Gilberte, je croyais encore que l'Amour existait réellement en dehors de nous ; que, en permettant tout au plus que nous écartions les obstacles, il offrait ses bonheurs dans un ordre auquel on n'était pas libre de rien changer ; il me semblait que si j'avais, de mon chef, substitué à la douceur de l'aveu la simulation de l'indifférence, je ne me serais pas seulement privé d'une des joies dont j'avais le plus rêvé mais que je me serais fabriqué à ma guise un amour factice et sans valeur, sans communication avec le vrai, dont j'aurais renoncé à suivre les chemins mystérieux et préexistants.

Mais quand j'arrivais aux Champs-Elysées, — et que d'abord j'allais, pouvoir confronter mon amour, pour lui faire subir les rectifications nécessaires à sa cause vivante, indépendante de moi —, dès que j'étais en présence de cette Gilberte Swann sur la vue de laquelle j'avais compté pour rafraîchir les images que ma mémoire fatiguée ne retrouvait plus, de cette Gilberte Swann avec qui j'avais joué hier, et que venait de me faire saluer et reconnaître un instinct aveugle comme celui qui dans la marche nous met un pied devant l'autre avant que nous ayons eu le temps de penser, aussitôt tout se passait comme si elle et la fillette qui était l'objet de mes rêves avaient été deux êtres différents. Par exemple si depuis la veille je portais dans ma mémoire deux yeux de feu dans des joues pleines et brillantes, la figure de Gilberte m'offrait maintenant avec insistance quelque chose que précisément je ne m'étais pas rappelé, un certain effilement aigu du nez qui, s'associant instantanément à d'autres traits, prenait l'importance de ces caractères qui en histoire naturelle définissent une espèce, et la transmuait en une fillette du genre de celles à museau pointu. Tandis que je m'apprêtais à profiter de cet instant désiré pour me livrer, sur l'image de Gilberte que j'avais préparée avant de venir et que je ne retrouvais plus dans ma tête, à la mise au point qui me permettrait dans les longues heures où j'étais seul d'être sûr que c'était bien elle que je me rappelais, que c'était bien mon amour pour elle que j'accroissais peu à peu comme un ouvrage qu'on compose, elle me passait une balle ; et comme le philosophe idéaliste dont le corps tient compte du monde extérieur à la réalité duquel son intelligence ne croit pas, le même moi qui m'avait fait la saluer avant que je l'eusse identifiée, s'empressait de me faire saisir la balle qu'elle me tendait (comme si elle était une camarade avec qui j'étais venu jouer, et non une âme sœur que j'étais venu rejoindre), me faisait lui tenir par bien-séance jusqu'à l'heure où elle s'en allait, mille propos aimables et insignifiants et m'empêchait ainsi, ou de garder le silence pendant lequel j'aurais pu enfin remettre la main sur l'image urgente et égarée, ou de lui dire les paroles qui pouvaient faire faire à notre amour les progrès décisifs sur lesquels j'étais chaque fois obligé de ne plus compter que pour l'après-midi suivante. Il en faisait pourtant quelques-uns. Un jour nous étions allés avec Gilberte jusqu'à la baraque de notre marchande qui était particulièrement aimable pour nous, — car c'était chez elle que M. Swann faisait acheter son pain d'épices, et par hygiène, il en consommait beaucoup, souffrant d'un eczéma ethnique et de la constipation des Prophètes, — Gilberte me montrait en riant deux petits garçons qui étaient comme le petit coloriste et le petit naturaliste des livres d'enfants. Car l'un ne voulait pas d'un sucre d'orge rouge parce qu'il préférait le violet et l'autre, les larmes aux yeux, refusait une prune que voulait lui acheter sa bonne, parce que, finit-il par dire d'une voix passionnée : « J'aime mieux l'autre prune, parce qu'elle a un ver ! » J'achetai deux billes d'un sou. Je regardais avec admiration, lumineuses et captives dans une sébile isolée, les billes d'agate qui me semblaient précieuses parce qu'elles étaient souriantes et blondes comme des jeunes filles et parce qu'elles coûtaient cinquante centimes pièce. Gilberte à qui on donnait beaucoup plus d'argent qu'à moi me demanda laquelle je trouvais la plus belle. Elles avaient la transparence et le fondu de la vie. Je n'aurais voulu lui en faire sacrifier aucune. J'aurais aimé qu'elle pût les acheter, les délivrer toutes. Pourtant je lui en désignai une qui avait la couleur de ses yeux. Gilberte la prit, chercha son rayon doré, la caressa, paya sa rançon, mais aussitôt me remit sa captive en me disant : « Tenez, elle est à vous, je vous la donne, gardez-la comme souvenir. »

Une autre fois, toujours préoccupé du désir d'entendre la Berma dans une pièce classique, je lui avais demandé si elle ne possédait pas une brochure où Bergotte parlait de Racine, et qui ne se trouvait plus dans le commerce. Elle m'avait prié de lui en rappeler le titre exact, et le soir je lui avais adressé un petit télégramme en écrivant sur l'enveloppe ce nom de Gilberte Swann que j'avais tant de fois tracé sur mes cahiers. Le lendemain elle m'apporta dans un paquet noué de faveurs mauves et scellé de cire blanche, la brochure qu'elle avait fait chercher. « Vous voyez que c'est bien ce que vous m'avez demandé, me dit-elle, tirant de son manchon le télégramme que je lui avais envoyé. » Mais dans l'adresse de ce pneumatique, — qui, hier encore n'était rien, n'était qu'un petit bleu que j'avais écrit, et qui depuis qu'un télégraphiste l'avait remis au concierge de Gilberte et qu'un domestique l'avait porté jusqu'à sa chambre, était devenu cette chose sans prix, un des petits bleus qu'elle avait reçus ce jour-là, — j'eus peine à reconnaître les lignes vaines et solitaires de mon écriture sous les cercles imprimés qu'y avait apposés la poste, sous les inscriptions qu'y avait ajoutées au crayon un des facteurs, signes de réalisation effective, cachets du monde extérieur, violettes ceintures symboliques de la vie, qui pour la première fois venaient épouser, maintenir, relever, réjouir mon rêve.

Et il y eut un jour aussi où elle me dit : « Vous savez, vous pouvez m'appeler Gilberte, en tout cas moi, je vous appellerai par votre nom

de baptême. C'est trop gênant. » Pourtant elle continua encore un
moment à se contenter de me dire « vous» et comme je le lui faisais
remarquer, elle sourit, et composant, construisant une phrase comme
celles qui dans les grammaires étrangères n'ont d'autre but que de nous
faire employer un mot nouveau, elle la termina par mon petit nom. Et
me souvenant plus tard de ce que j'avais senti alors, j'y ai démêlé
l'impression d'avoir été tenu un instant dans sa bouche, moi-même,
nu, sans plus aucune des modalités sociales qui appartenaient aussi,
soit à ses autres camarades, soit, quand elle disait mon nom de famille,
à mes parents, et dont ses lèvres — en l'effort qu'elle faisait, un peu
comme son père, pour articuler les mots qu'elle voulait mettre en valeur
— eurent l'air de me dépouiller, de me dévêtir, comme de sa peau un
fruit dont on ne peut avaler que la pulpe, tandis que son regard, se
mettant au même degré nouveau d'intimité que prenait sa parole,
m'atteignait aussi plus directement, non sans témoigner la conscience,
le plaisir et jusque la gratitude qu'il en avait, en se faisant accompagner
d'un sourire.

Mais au moment même, je ne pouvais apprécier la valeur de ces
plaisirs nouveaux. Ils n'étaient pas donnés par la fillette que j'aimais,
au moi qui l'aimait, mais par l'autre, par celle avec qui je jouais, à cet
autre moi qui ne possédait ni le souvenir de la vraie Gilberte, ni le
cœur indisponible qui seul aurait pu savoir le prix d'un bonheur, parce
que seul il l'avait désiré. Même après être rentré à la maison je ne les
goûtais pas, car, chaque jour, la nécessité qui me faisait espérer que le
lendemain j'aurais la contemplation exacte, calme, heureuse de Gilberte,
qu'elle m'avouerait enfin son amour, en m'expliquant pour quelles
raisons elle avait dû me le cacher jusqu'ici, cette même nécessité me
forçait à tenir le passé pour rien, à ne jamais regarder que devant moi,
à considérer les petits avantages qu'elle m'avait donnés non pas en eux-
mêmes et comme s'ils se suffisaient, mais comme des échelons nouveaux
où poser le pied, qui allaient me permettre de faire un pas de plus en
avant et d'atteindre enfin le bonheur que je n'avais pas encore rencontré.

Si elle me donnait parfois de ces marques d'amitié, elle me faisait
aussi de la peine en ayant l'air de ne pas avoir de plaisir à me voir, et
cela arrivait souvent les jours mêmes sur lesquels j'avais le plus compté
pour réaliser mes espérances. J'étais sûr que Gilberte viendrait aux
Champs-Elysées et j'éprouvais une allégresse qui me paraissait seulement la vague anticipation d'un grand bonheur quand, — entrant dès le
matin au salon pour embrasser maman déjà toute prête, la tour de ses

cheveux noirs entièrement construite, et ses belles mains blanches et potelées sentant encore le savon, — j'avais appris, en voyant une colonne de poussière se tenir debout toute seule au-dessus du piano, et en entendant un orgue de Barbarie jouer sous la fenêtre : « En revenant de la revue », que l'hiver recevait jusqu'au soir la visite inopinée et radieuse d'une journée de printemps. Pendant que nous déjeunions, en ouvrant sa croisée, la dame d'en face avait fait décamper en un clin d'œil, d'a côté de ma chaise, — rayant d'un seul bond toute la largeur de notre salle à manger — un rayon qui y avait commencé sa sieste et était déjà revenu la continuer l'instant d'après. Au collège, à la classe d'une heure, le soleil me faisait languir d'impatience et d'ennui en laissant traîner une lueur dorée jusque sur mon pupitre, comme une invitation à la fête où je ne pourrais arriver avant trois heures, jusqu'au moment où Françoise venait me chercher à la sortie, et où nous nous acheminions vers les Champs-Elysées par les rues décorées de lumière, encombrées par la foule, et où les balcons, descellés par le soleil et vaporeux, flottaient devant les maisons comme des nuages d'or. Hélas ! aux Champs-Elysées je ne trouvais pas Gilberte, elle n'était pas encore arrivée. Immobile sur la pelouse nourrie par le soleil invisible qui çà et là faisait flamboyer la pointe d'un brin d'herbe, et sur laquelle les pigeons qui s'y étaient posés avaient l'air de sculptures antiques que la pioche du jardinier a ramenées à la surface d'un sol auguste, je restais les yeux fixés sur l'horizon, je m'attendais à tout moment à voir apparaître l'image de Gilberte suivant son institutrice, derrière la statue qui semblait tendre l'enfant qu'elle portait et qui ruisselait de rayons, à la bénédiction du soleil. La vieille lectrice des *Débats* était assise sur son fauteuil, toujours à la même place, elle interpellait un gardien à qui elle faisait un geste amical de la main en lui criant : « Quel joli temps ! » Et la préposée s'étant approchée d'elle pour percevoir le prix du fauteuil, elle faisait mille minauderies en mettant dans l'ouverture de son gant le ticket de dix centimes comme si ç'avait été un bouquet, pour qui elle cherchait, par amabilité pour le donateur, la place la plus flatteuse possible. Quand elle l'avait trouvée, elle faisait exécuter une évolution circulaire à son cou, redressait son boa, et plantait sur la chaisière, en lui montrant le bout de papier jaune qui dépassait sur son poignet, le beau sourire dont une femme, en indiquant son corsage à un jeune homme, lui dit : « Vous reconnaissez vos roses ! »

J'emmenais Françoise au-devant de Gilberte jusqu'à l'Arc-de-Triomphe, nous ne la rencontrions pas, et je revenais vers la pelouse persuadé qu'elle ne viendrait plus, quand, devant les chevaux de bois, la fillette à la voix brève se jetait sur moi : « Vite, vite, il y a déjà un quart d'heure que Gilberte est arrivée. Elle va repartir bientôt. On vous attend pour faire une partie de barres. » Pendant que je montais l'avenue des Champs-Elysées, Gilberte était venue par la rue Boissy-d'Anglas, Mademoiselle ayant profité du beau temps pour faire des courses pour elle ; et M. Swann allait venir chercher sa fille. Aussi c'était ma faute ; je n'aurais pas dû m'éloigner de la pelouse ; car on ne savait jamais sûrement par quel côté Gilberte viendrait, si ce serait plus ou moins tard, et cette attente finissait par me rendre plus émouvants, non seulement les Champs-Elysées entiers et toute la durée de l'après-midi, comme une immense étendue d'espace et de temps sur chacun des points et à chacun des moments de laquelle il était possible qu'apparût l'image de Gilberte, mais encore cette image, elle-même, parce que derrière cette image je sentais se cacher la raison pour laquelle elle m'était décochée en plein cœur, à quatre heures au lieu de deux heures et demie, surmontée d'un chapeau de visite à la place d'un béret de jeu, devant les « Ambassadeurs » et non entre les deux guignols, je devinais quel-qu'une de ces occupations où je ne pouvais suivre Gilberte et qui la for-çaient à sortir ou à rester à la maison, j'étais en contact avec le mystère de sa vie inconnue. C'était ce mystère aussi qui me troublait quand, courant sur l'ordre de la fillette à la voix brève pour commencer tout de suite notre partie de barres, j'apercevais Gilberte, si vive et brusque avec nous, faisant une révérence à la dame aux *Débats* (qui lui disait : « Quel beau soleil, on dirait du feu »), lui parlant avec un sourire timide, d'un air compassé qui m'évoquait la jeune fille différente que Gilberte devait être chez ses parents, avec les amis de ses parents, en visite, dans toute son autre existence qui m'échappait. Mais de cette existence per-sonne ne me donnait l'impression comme M. Swann qui venait un peu après pour retrouver sa fille. C'est que lui et Mme Swann, — parce que leur fille habitait chez eux, parce que ses études, ses jeux, ses amitiés dépendaient d'eux — contenaient pour moi, comme Gilberte, peut-être même plus que Gilberte, comme il convenait à des lieux tout puis-sants sur elle en qui il aurait eu sa source, un inconnu inaccessible, un charme douloureux. Tout ce qui les concernait était de ma part l'objet d'une préoccupation si constante que les jours où, comme ceux-là, M. Swann (que j'avais vu si souvent autrefois sans qu'il excitât ma curiosité, quand il était lié avec mes parents) venait chercher Gilberte aux Champs-Elysées, une fois calmés les battements de cœur qu'avait

171

excités en moi l'apparition de son chapeau gris et de son manteau à pèlerine, son aspect m'impressionnait encore comme celui d'un personnage historique sur lequel nous venons de lire une série d'ouvrages et dont les moindres particularités nous passionnent. Ses relations avec le comte de Paris qui, quand j'en entendais parler à Combray, me semblaient indifférentes, prenaient maintenant pour moi quelque chose de merveilleux, comme si personne d'autre n'eût jamais connu les Orléans ; elles le faisaient se détacher vivement sur le fond vulgaire des promeneurs de différentes classes qui encombraient cette allée des Champs-Elysées, et au milieu desquels j'admirais qu'il consentit à figurer sans réclamer d'eux d'égards spéciaux, qu'aucun d'ailleurs ne songeait à lui rendre, tant était profond l'incognito dont il était enveloppé.

Il répondait poliment aux saluts des camarades de Gilberte, même au mien quoiqu'il fût brouillé avec ma famille, mais sans avoir l'air de me connaître. (Cela me rappela qu'il m'avait pourtant vu bien souvent à la campagne ; souvenir que j'avais gardé mais dans l'ombre, parce que depuis que j'avais revu Gilberte, pour moi Swann était surtout son père, et non plus le Swann de Combray ; comme les idées sur lesquelles j'embranchais maintenant son nom étaient différentes des idées dans le réseau desquelles il était autrefois compris et que je n'utilisais plus jamais quand j'avais à penser à lui, il était devenu un personnage nouveau ; je le rattachai pourtant par une ligne artificielle secondaire et transversale à notre invité d'autrefois ; et comme rien n'avait plus pour moi de prix que dans la mesure où mon amour pouvait en profiter, ce fut avec un mouvement de honte et le regret de ne pouvoir les effacer que je retrouvai les années où aux yeux de ce même Swann qui était en ce moment devant moi aux Champs-Elysées et à qui heureusement Gilberte n'avait peut-être pas dit mon nom, je m'étais si souvent le soir rendu ridicule en envoyant demander à maman de monter dans ma chambre me dire bonsoir, pendant qu'elle prenait le café avec lui, mon père et mes grands-parents à la table du jardin.) Il disait à Gilberte qu'il lui permettait de faire une partie, qu'il pouvait attendre un quart d'heure, et s'asseyant comme tout le monde sur une chaise de fer payait son ticket de cette main que Philippe VII avait si souvent retenue dans la sienne, tandis que nous commencions à jouer sur la pelouse, faisant envoler les pigeons dont les beaux corps irisés qui ont la forme d'un cœur et sont comme les lilas du règne des oiseaux, venaient se réfugier comme en des lieux d'asile, tel sur le grand vase de pierre à qui son bec en y disparaissant faisait faire le geste et assignait la destination d'offrir e:

172

abondance les fruits ou les graines qu'il avait l'air d'y picorer, tel autre sur le front de la statue, qu'il semblait surmonter d'un de ces objets en émail desquels la polychromie varie dans certaines œuvres antiques la monotonie de la pierre, et d'un attribut, qui quand la déesse le porte lui vaut une épithète particulière, et n fait, comme pour une mortelle un prénom différent, une divinité nouvelle.

Un de ces jours de soleil qui n'avait pas réalisé mes espérances, je n'eus pas le courage de cacher ma déception à Gilberte.

— J'avais justement beaucoup de choses à vous demander, lui dis-je. Je croyais que ce jour compterait beaucoup dans notre amitié. Et aussitôt arrivée, vous allez partir ! Tâchez de venir demain de bonne heure, que je puisse enfin vous parler.

Sa figure resplendit et ce fut en sautant de joie qu'elle me répondit :

— Demain, comptez-y, mon bel ami, mais je ne viendrai pas ! j'ai un grand goûter ; après midi non plus, je vais chez une amie pour voir de ses fenêtres l'arrivée du roi Théodose, ce sera superbe, et le lendemain encore à *Michel Strogoff* et puis après, cela va être bientôt Noël et les vacances du jour de l'An. Peut-être on va m'emmener dans le midi. Ce que ce serait chic ! quoique cela me fera manquer un arbre de Noël ; en tout cas si je reste à Paris, je ne viendrai pas ici car j'irai faire des visites avec maman. Adieu, voilà papa qui m'appelle.

Je revins avec Françoise par les rues qui étaient encore pavoisées de soleil, comme au soir d'une fête qui est finie. Je ne pouvais pas traîner mes jambes.

— Ça n'est pas étonnant, dit Françoise, ce n'est pas un temps de saison, il fait trop chaud. Hélas ! mon Dieu, de partout il doit y avoir bien des pauvres malades, c'est à croire que là-haut aussi tout se détraque.

Je me redisais en étouffant mes sanglots les mots où Gilberte avait laissé éclater sa joie de ne pas venir de longtemps aux Champs-Elysées. Mais déjà le charme dont, par son simple fonctionnement, se remplissait mon esprit dès qu'il songeait à elle, la position particulière, unique, — fût-elle affligeante, — où me plaçait inévitablement par rapport à Gilberte, la contrainte interne d'un pli mental, avaient commencé à ajouter, même à cette marque d'indifférence, quelque chose de romanesque, et au milieu de mes larmes se formait un sourire qui n'était que l'ébauche timide d'un baiser. Et quand vint l'heure du courrier, je me dis ce soir-là comme tous les autres : Je vais recevoir une lettre de Gilberte, elle va me dire enfin qu'elle n'a jamais cessé de m'aimer, et m'expliquera la raison mystérieuse pour laquelle elle a été forcée de me le cacher jusqu'ici, de faire semblant de pouvoir être heureuse sans me voir, la raison pour laquelle elle a pris l'apparence de la Gilberte simple camarade.

Tous les soirs je me plaisais à imaginer cette lettre, je croyais la lire, je m'en récitais chaque phrase. Tout d'un coup je m'arrêtais effrayé. Je comprenais que si je devais recevoir une lettre de Gilberte, ce ne pourrait pas en tout cas être celle-là puisque c'était moi qui venais de la composer. Et dès lors, je m'efforçais de détourner ma pensée des mots que j'aurais aimé qu'elle m'écrivît, par peur en les énonçant, d'exclure justement ceux-là, — les plus chers, les plus désirés —, du champ des réalisations possibles. Même si par une invraisemblable coïncidence, c'eût été justement la lettre que j'avais inventée que de son côté m'eût adressée Gilberte, y reconnaissant mon œuvre je n'eusse pas eu l'impression de recevoir quelque chose qui ne vînt pas de moi, quelque chose de réel, de nouveau, un bonheur extérieur à mon esprit, indépendant de ma volonté, vraiment donné par l'amour.

En attendant je relisais une page que ne m'avait pas écrite Gilberte, mais qui du moins me venait d'elle, cette page de Bergotte sur la beauté des vieux mythes dont s'est inspiré Racine, et que, à côté de la bille d'agate, je gardais toujours auprès de moi. J'étais attendri par la bonté de mon amie qui me l'avait fait rechercher ; et comme chacun a besoin de trouver des raisons à sa passion, jusqu'à être heureux de reconnaître dans l'être qu'il aime des qualités que la littérature ou la conversation lui ont appris être de celles qui sont dignes d'exciter l'amour, jusqu'à les assimiler par imitation et en faire des raisons nouvelles de son amour, ces qualités fussent-elles les plus opposées à celles que cet amour eût recherchées tant qu'il était spontané — comme Swann autrefois le caractère esthétique de la beauté d'Odette, — moi, qui avais d'abord aimé Gilberte, dès Combray, à cause de tout l'inconnu de sa vie, dans lequel j'aurais voulu me précipiter, m'incarner, en délaissant la mienne qui ne m'était plus rien, je pensais maintenant comme à un inesti-mable avantage, que de cette mienne vie trop connue, dédaignée, Gilberte pourrait devenir un jour l'humble servante, la commode et confortable collaboratrice, qui le soir m'aidant dans mes travaux, colla-tionnerait pour moi des brochures. Quant à Bergotte, ce vieillard infi-niment sage et presque divin à cause de qui j'avais d'abord aimé Gil-berte, avant même de l'avoir vue, maintenant c'était surtout à cause de Gilberte que je l'aimais. Avec autant de plaisir que les pages qu'il avait écrites sur Racine, je regardais le papier fermé de grands cachets de cire blancs et noué d'un flot de rubans mauves dans lequel elle me les avait apportées. Je baisai la bille d'agate qui était le meilleure part du cœur de mon amie, la part qui n'était pas frivole, mais fidèle, et qui bien que parée du charme mystérieux de la vie de Gilberte demeu- rait près de moi, habitait ma chambre, couchait dans mon lit. Mais la beauté de cette pierre, et la beauté aussi de ces pages de Bergotte, que j'étais heureux d'associer à l'idée de mon amour pour Gilberte comme si dans les moments où celui-ci ne m'apparaissait plus que comme un néant, elles lui donnaient une sorte de consistance, je m'apercevais qu'elles étaient antérieures à cet amour, qu'elles ne lui ressemblaient pas, que leurs éléments avaient été fixés par le talent ou par les lois minéralogiques avant que Gilberte ne me connût, que rien dans le livre ni dans la pierre n'eût été autre si Gilberte ne m'avait pas aimé et que rien par conséquent ne m'autorisait à lire en eux un message de bonheur. Et tandis que mon amour attendant sans cesse du lendemain, l'aveu de celui de Gilberte, annulait, défaisait chaque soir le travail mal fait de la journée, dans l'ombre de moi-même une ouvrière inconnue ne laissait pas au rebut les fils arrachés et les disposait, sans souci de me plaire et de travailler à mon bonheur, dans un ordre différent qu'elle donnait à tous ses ouvrages. Ne portant aucun intérêt particulier à mon amour, ne commençant pas par décider que j'étais aimé, elle recueillait les actions de Gilberte qui m'avaient semblé inexplicables et ses fautes que j'avais excusées. Alors les unes et les autres prenaient un sens. Il semblait dire, cet ordre nouveau, qu'en voyant Gilberte, au lieu qu'elle vînt aux Champs-Elysées, aller à une matinée, faire des courses avec son institutrice et se préparer à une absence pour les vacances du jour de l'an, j'avais tort de penser, me dire : « c'est qu'elle est frivole ou docile. » Car elle eût cessé d'être l'un ou l'autre si elle m'avait aimé, et si elle avait été forcée d'obéir c'eût été avec le même désespoir que j'avais les jours où je ne la voyais pas. Il disait encore, cet ordre nouveau, que je devais pourtant savoir ce que c'était qu'aimer puisque j'aimais Gilberte ; il me faisait remarquer le souci perpétuel que j'avais de me faire valoir à ses yeux, à cause duquel j'essayais de persuader à ma mère d'acheter à Françoise un caoutchouc et un chapeau avec un plumet bleu, ou plutôt de ne plus m'envoyer aux Champs-Elysées avec cette bonne dont je rougissais (à quoi ma mère répondait que j'étais injuste pour Fran- çoise, que c'était une brave femme qui nous était dévouée), et aussi ce besoin unique de voir Gilberte qui faisait que des mois d'avance je ne

pensais qu'à tâcher d'apprendre à quelle époque elle quitterait Paris et
où elle irait, trouvant le pays le plus agréable un lieu d'exil si elle ne
devait pas y être, et ne désirant que rester toujours à Paris tant que je
pourrais la voir aux Champs-Elysées ; et il n'avait pas de peine à me
montrer que ce souci-là, ni ce besoin, je ne les trouverais sous les actions
de Gilberte. Elle au contraire appréciait son institutrice, sans s'inquiéter
de ce que j'en pensais. Elle trouvait naturel de ne pas venir aux Champs-
Elysées, si c'était pour aller faire des emplettes avec Mademoiselle,
agréable si c'était pour sortir avec sa mère. Et à supposer même qu'elle
m'eût permis d'aller passer les vacances au même endroit qu'elle, du
moins pour choisir cet endroit elle s'occupait du désir de ses parents, de
mille amusements dont on lui avait parlé et nullement que ce fût celui
où ma famille avait l'intention de m'envoyer. Quand elle m'assurait
parfois qu'elle m'aimait moins qu'un de ses amis, moins qu'elle ne
m'aimait la veille parce que je lui avais fait perdre sa partie par une
négligence, je lui demandais pardon, je lui demandais ce qu'il fallait
faire pour qu'elle recommençât à m'aimer autant, pour qu'elle m'aimât
plus que les autres ; je voulais qu'elle me dît que c'était déjà fait, je l'en
suppliais comme si elle avait pu modifier son affection pour moi à son
gré, au mien, pour me faire plaisir, rien que par les mots qu'elle dirait,
selon ma bonne ou ma mauvaise conduite. Ne savais-je donc pas que
ce que j'éprouvais, moi, pour elle, ne dépendait ni de ses actions, ni de
ma volonté ?

Il disait enfin, l'ordre nouveau dessiné par l'ouvrière invisible,
que si nous pouvons désirer que les actions d'une personne qui
nous a peinés jusqu'ici n'aient pas été sincères, il y a dans leur
suite une clarté contre quoi notre désir ne peut rien et à laquelle,
plutôt qu'à lui, nous devons demander quelles seront ses actions de
demain.

Ces paroles nouvelles, mon amour les entendait ; elles le persua-
daient que le lendemain ne serait pas différent de ce qu'avaient été tous
les autres jours ; que le sentiment de Gilberte pour moi, trop ancien
déjà pour pouvoir changer, c'était l'indifférence ; que dans mon amitié
avec Gilberte ; c'est moi seul qui aimais. « C'est vrai, répondait mon
amour, il n'y a plus rien à faire de cette amitié-là, elle ne changera pas. »
Alors dès le lendemain (ou attendant une fête s'il y en avait une prochaine, un anniversaire, le nouvel an peut-être, un de ces jours qui ne
sont pas pareils aux autres, où le temps recommence sur de nouveaux
frais en rejetant l'héritage du passé, en n'acceptant pas le legs de ses

tristesses), je demandais à Gilberte de renoncer à notre amitié ancienne et de jeter les bases d'une nouvelle amitié.

J'avais toujours à portée de ma main un plan de Paris qui, parce qu'on pouvait y distinguer la rue où habitaient M. et Mme Swann, me semblait contenir un trésor. Et par plaisir, par une sorte de fidélité chevaleresque aussi, à propos de n'importe quoi, je disais le nom de cette rue, si bien que mon père me demandait, n'étant pas comme ma mère et ma grand'mère au courant de mon amour :

— Mais pourquoi parles-tu tout le temps de cette rue, elle n'a rien d'extraordinaire, elle est très agréable à habiter parce qu'elle est à deux pas du Bois, mais il y en a dix autres dans le même cas.

Je m'arrangeais à tout propos à faire prononcer à mes parents le nom de Swann : certes je me le répétais mentalement sans cesse : mais j'avais besoin aussi d'entendre sa sonorité délicieuse et de me faire jouer cette musique dont la lecture muette ne me suffisait pas. Ce nom de Swann d'ailleurs que je connaissais depuis si longtemps, était maintenant pour moi, ainsi qu'il arrive à certains aphasiques à l'égard des mots les plus usuels, un nom nouveau. Il était toujours présent à ma pensée et pourtant elle ne pouvait pas s'habituer à lui. Je le décomposais, je l'épelais, son orthographe était pour moi une surprise. Et en même temps que d'être familier, il avait cessé de me paraître innocent. Les joies que je prenais à l'entendre, je les croyais si coupables, qu'il me semblait qu'on devinait ma pensée et qu'on changeait la conversation si je cherchais à l'y amener. Je me rabattais sur les sujets qui touchaient encore à Gilberte, je rabâchais sans fin les mêmes paroles, et j'avais beau savoir que ce n'était que des paroles, — des paroles prononcées loin d'elle, qu'elle n'entendait pas, des paroles sans vertu qui répétaient ce qui était, mais ne le pouvaient modifier, — pourtant il me semblait qu'à force de manier, de brasser ainsi tout ce qui avoisinait Gilberte j'en ferais peut-être sortir quelque chose d'heureux. Je redisais à mes parents que Gilberte aimait bien son institutrice, comme si cette proposition énoncée pour la centième fois allait avoir enfin pour effet de faire brusquement entrer Gilberte venant à tout jamais vivre avec nous. Je reprenais l'éloge de la vieille dame qui lisait les *Débats* (j'avais insinué à mes parents que c'était une ambassadrice ou peut-être une altesse) et je continuai à célébrer sa beauté, sa magnificence, sa noblesse, jusqu'au jour où je dis que d'après le nom qu'avait prononcé Gilberte elle devait s'appeler Mme Blatin.

— Oh ! mais je vois ce que c'est, s'écria ma mère tandis que je me sentais rougir de honte. A la garde ! A la garde! comme aurait dit ton pauvre grand-père. Et c'est elle que tu trouves belle ! Mais elle est horrible et elle l'a toujours été. C'est la veuve d'un huissier. Tu ne te rappelles pas quand tu étais enfant les manèges que je faisais pour l'éviter à la leçon de gymnastique où, sans me connaître, elle voulait venir me parler sous prétexte de me dire que tu étais « trop beau pour un garçon ». Elle a toujours eu la rage de connaître du monde et il faut bien qu'elle soit une espèce de folle comme j'ai toujours pensé, si elle connaît vraiment Mme Swann. Car si elle était d'un milieu fort commun, au moins il n'y a jamais rien eu que je sache à dire sur elle. Mais il fallait toujours qu'elle se fasse des relations. Elle est horrible, affreusement vulgaire, et avec cela faiseuse d'embarras ».

Quant à Swann, pour tâcher de lui ressembler, je passais tout mon temps à table, à me tirer sur le nez et à me frotter les yeux. Mon père disait : « cet enfant est idiot, il deviendra affreux. » J'aurais surtout voulu être aussi chauve que Swann. Il me semblait un être si extraordinaire que je trouvais merveilleux que des personnes que je fréquentais le connussent aussi et que dans les hasards d'une journée quelconque on pût être amené à le rencontrer. Et une fois, ma mère, en train de nous raconter comme chaque soir à dîner, les courses qu'elle avait faites dans l'après-midi, rien qu'en disant : « A ce propos, devinez qui j'ai rencontré aux Trois Quartiers, au rayon des parapluies : Swann », fit éclore au milieu de son récit, fort aride pour moi, une fleur mystérieuse. Quelle mélancolique volupté, d'apprendre que cet après-midi-là, profilant dans la foule sa forme surnaturelle, Swann avait été acheter un parapluie. Au milieu des événements grands et minimes, également indifférents, celui-là éveillait en moi ces vibrations particulières dont était perpétuellement ému mon amour pour Gilberte. Mon père disait que je ne m'intéressais à rien parce que je n'écoutais pas quand on parlait des conséquences politiques que pouvait avoir la visite du roi Thédose, en ce moment l'hôte de la France et, prétendait-on, son allié. Mais combien en revanche, j'avais envie de savoir si Swann avait son manteau à pèlerine !

— Est-ce que vous vous êtes dit bonjour ? demandai-je.

— Mais naturellement, répondit ma mère qui avait toujours l'air de craindre que si elle eût avoué que nous étions en froid avec Swann, on eût cherché à les réconcilier plus qu'elle ne souhaitait, à cause de

Mme Swann qu'elle ne voulait pas connaître. C'est lui qui est venu me saluer, je ne le voyais pas.

— Mais alors, vous n'êtes pas brouillés ?

— Brouillés ? mais pourquoi veux-tu que nous soyons brouillés, répondit-elle vivement comme si j'avais attenté à la fiction de ses bons rapports avec Swann et essayé de travailler à un « rapprochement ».

— Il pourrait t'en vouloir de ne plus l'inviter.

— On n'est pas obligé d'inviter tout le monde ; est-ce qu'il m'invite ? Je ne connais pas sa femme.

— Mais il venait bien à Combray.

— Eh bien oui ! il venait à Combray, et puis à Paris il a autre chose à faire et moi aussi. Mais je t'assure que nous n'avions pas du tout l'air de deux personnes brouillées. Nous sommes restés un moment ensemble parce qu'on ne lui apportait pas son paquet. Il m'a demandé de tes nouvelles, il m'a dit que tu jouais avec sa fille, ajouta ma mère, m'émerveillant du prodige que j'existasse dans l'esprit de Swann, bien plus, que ce fût d'une façon assez complète, pour que, quand je tremblais d'amour devant lui aux Champs-Elysées, il sût mon nom, qui était ma mère, et pût amalgamer autour de ma qualité de camarade de sa fille quelques renseignements sur mes grands-parents, leur famille, l'endroit que nous habitions, certaines particularités de notre vie d'autrefois, peut-être même inconnues de moi. Mais ma mère ne paraissait pas avoir trouvé un charme particulier à ce rayon des Trois Quartiers où elle avait représenté pour Swann, au moment où il l'avait vue, une personne définie avec qui il avait des souvenirs communs qui avaient motivé chez lui le mouvement de s'approcher d'elle, le geste de la saluer.

Ni elle d'ailleurs ni mon père ne semblaient non plus trouver à parler des grands-parents de Swann, du titre d'agent de change honoraire, un plaisir qui passât tous les autres. Mon imagination avait isolé et consacré dans le Paris social une certaine famille comme elle avait fait dans le Paris de pierre pour une certaine maison dont elle avait sculpté la porte cochère et rendu précieuses les fenêtres. Mais ces ornements, j'étais seul à les voir. De même que mon père et ma mère trouvaient la maison qu'habitait Swann pareille aux autres maisons construites en même temps dans le quartier du Bois, de même la famille de Swann leur semblait du même genre que beaucoup d'autres familles d'agents de change. Ils la jugeaient plus ou moins favorablement selon le degré où elle avait participé à des mérites communs au reste de l'univers et ne lui trouvaient rien d'unique. Ce qu'au contraire ils y appréciaient, ils le rencontraient à un degré égal, ou plus élevé, ailleurs. Aussi après avoir trouvé la maison bien située, ils parlaient d'une autre qui l'était mieux, mais qui n'avait rien à voir avec Gilberte, ou de financiers d'un cran supérieur à son grand-père ; et s'ils avaient eu l'air un moment d'être du même avis que moi, c'était par un malentendu qui ne tardait pas à se dissiper. C'est que, pour percevoir dans tout ce qui entourait Gilberte, une qualité inconnue analogue dans le monde des émotions à ce que peut être dans celui des couleurs l'infra-rouge, mes parents étaient dépourvus de ce sens supplémentaire et momentané dont m'avait doté l'amour.

Les jours où Gilberte m'avait annoncé qu'elle ne devait pas venir aux Champs-Elysées, je tâchais de faire des promenades qui me rapprochassent un peu d'elle. Parfois j'emmenais Françoise en pèlerinage devant la maison qu'habitaient les Swann. Je lui faisais répéter sans fin ce que, par l'institutrice, elle avait appris relativement à Mme Swann. « Il paraît qu'elle a bien confiance à des médailles. Jamais elle ne partira en voyage si elle a entendu la chouette, ou bien comme un tic tac d'horloge dans le mur, ou si elle a vu un chat à minuit, ou si le bois d'un meuble, il a craqué. Ah ! c'est une personne très croyante ! » J'étais si amoureux de Gilberte que si sur le chemin j'apercevais leur vieux maître d'hôtel promenant un chien, l'émotion m'obligeait à m'arrêter, j'attachais sur ses favoris blancs des regards pleins de passion. Françoise me disait :

— Qu'est-ce que vous avez ?

Puis, nous poursuivions notre route jusque devant leur porte cochère où un concierge différent de tout concierge, et pénétré jusque dans les galons de sa livrée du même charme douloureux que j'avais ressenti dans le nom de Gilberte, avait l'air de savoir que j'étais de ceux à qui une indignité originelle interdirait toujours de pénétrer dans la vie mystérieuse qu'il était chargé de garder et sur laquelle les fenêtres de l'entre-sol paraissaient conscientes d'être refermées, ressemblant beaucoup moins entre la noble retombée de leurs rideaux de mousseline à n'importe quelles autres fenêtres, qu'aux regards de Gilberte. D'autres fois nous allions sur les boulevards et je me postais à l'entrée de la rue Duphot ; on m'avait dit qu'on pouvait souvent y voir passer Swann se rendant chez son dentiste ; et mon imagination différenciait tellement le père de Gilberte du reste de l'humanité, sa présence au milieu du monde réel y introduisait tant de merveilleux, que, avant même d'arriver à la Madeleine, j'étais ému à la pensée d'approcher d'une rue où pouvait se produire inopinément l'apparition surnaturelle.

DU COTÉ DE CHEZ SWANN

Mais le plus souvent, — quand je ne devais pas voir Gilberte — comme j'avais appris que Mme Swann se promenait presque chaque jour dans l'allée « des Acacias », autour du grand Lac, et dans l'allée de la — Reine-Marguerite —, je dirigeais Françoise du côté du Bois de Boulogne. Il était pour moi comme ces jardins zoologiques où l'on voit rassemblés des flores diverses et des paysages opposés ; où, après une colline on trouve une grotte, un pré, des rochers, une rivière, une fosse, une colline, un marais, mais où l'on sait qu'ils ne sont là que pour fournir aux ébats de l'hippopotame, des zèbres, des crocodiles, des lapins russes, des ours et du héron, un milieu approprié ou un cadre pittoresque ; lui, le Bois, complexe aussi, réunissant des petits mondes divers et clos, — faisant succéder quelque ferme plantée d'arbres rouges, de chênes d'Amérique, comme une exploitation agricole dans la Virginie, à une sapinière au bord du lac, ou à une futaie d'où surgit tout à coup dans sa souple fourrure, avec les beaux yeux d'une bête, quelque promeneuse rapide, — il était le Jardin des femmes ; et, — comme l'allée de Myrtes de l' *Enéide*, — plantée pour elles d'arbres d'une seule essence, l'allée des Acacias était fréquentée par les Beautés célèbres. Comme, de loin, la culmination du rocher d'où elle se jette dans l'eau, transporte de joie les enfants qui savent qu'ils vont voir l'otarie, bien avant d'arriver à l'allée des Acacias leur parfum qui, irradiant alentour, faisait sentir de loin l'approche et la singularité d'une puissante et molle individualité végétale ; puis, quand je me rapprochais, le faîte aperçu de leur frondaison légère et mièvre, d'une élégance facile, d'une coupe coquette et d'un mince tissu, sur laquelle des centaines de fleurs s'étaient abattues comme des colonies ailées et vibratiles de parasites précieux ; enfin jusqu'à leur nom féminin, désœuvré et doux, me faisaient battre le cœur mais d'un désir mondain, comme ces valses qui ne nous évoquent plus que le nom des belles invitées que l'huissier annonce à l'entrée d'un bal. On m'avait dit que je verrais dans l'allée certaines élégantes que, bien qu'elles n'eussent pas toutes été épousées, l'on citait habituellement à côté de Mme Swann, mais le plus souvent sous leur nom de guerre ; leur nouveau nom, quand il y en avait un, n'était qu'une sorte d'incognito que ceux qui voulaient parler d'elles avaient soin de lever pour se faire comprendre. Pensant que le Beau — dans l'ordre des élégances féminines — était régi par des lois occultes à la connaissance desquelles elles avaient été initiées, et qu'elles avaient le pouvoir de le réaliser, j'acceptais d'avance comme une révélation l'apparition de leur toilette, de leur attelage, de mille détails au sein desquels je mettais ma croyance comme une âme intérieure qui donnait la cohésion d'un chef-d'œuvre à cet ensemble éphémère et mouvant. Mais c'est Mme Swann que je voulais voir, et j'attendais qu'elle passât, ému comme si ç'avait été Gilberte, dont les parents, imprégnés comme tout ce qui l'entourait, de son charme, excitaient en moi autant d'amour qu'elle, même un trouble plus douloureux (parce que leur point de contact avec elle était cette partie intestine de sa vie qui m'était interdite), et enfin (car je sus bientôt, comme on le verra, qu'ils n'aimaient pas que je jouasse avec elle), ce sentiment de vénération que nous vouons toujours à ceux qui exercent sans frein la puissance de nous faire du mal.

J'assignais la première place à la simplicité, dans l'ordre des mérites esthétiques et des grandeurs mondaines quand j'apercevais Mme Swann à pied, dans une polonaise de drap, sur la tête un petit toquet agrémenté d'une aile de lophophore, un bouquet de violettes au corsage, pressée, traversant l'allée des Acacias comme si ç'avait été seulement le chemin le plus court pour rentrer chez elle et répondant d'un clin d'œil aux messieurs en voiture qui, reconnaissant de loin sa silhouette, la saluaient et se disaient que personne n'avait autant de chic. Mais au lieu de la simplicité, c'est le faste que je mettais au plus haut rang, si, après que j'avais forcé Françoise, qui n'en pouvait plus et disait que les jambes « lui rentraient », à faire les cent pas pendant une heure, je voyais enfin, débouchant de l'allée qui vient de la Porte Dauphine — image pour moi d'un prestige royal, d'une arrivée souveraine telle qu'aucune reine véritable n'a pu m'en donner l'impression dans la suite, parce que j'avais de leur pouvoir une notion moins vague et plus expérimentale, — emportée par le vol de deux chevaux ardents, minces et contournés comme on en voit dans les dessins de Constantin Guys, portant établi sur son siège un énorme cocher fourré comme un cosaque, à côté d'un petit groom rappelant le « tigre » de « feu Baudenord », je voyais — ou plutôt je sentais imprimer sa forme dans mon cœur par une nette et épuisante blessure — une incomparable victoria, à dessein un peu haute et laissant passer à travers son luxe « dernier cri » des allusions aux formes anciennes, au fond de laquelle reposait avec abandon Mme Swann, ses cheveux maintenant blonds avec une seule mèche grise ceints d'un mince bandeau de fleurs, le plus souvent des violettes, d'où descendaient de longs voiles, à la main une ombrelle mauve, aux lèvres un sourire ambigu où je ne voyais que la bienveillance d'une Majesté et où il y avait surtout la provocation de la cocotte, et qu'elle inclinait avec douceur sur les personnes qui la saluaient. Ce sourire en réalité disait aux uns : « Je me rappelle très bien, c'était exquis ! » ; à d'autres : « Comme j'aurais aimé ! ç'a été la mauvaise chance ! » ; à d'autres « Mais si vous voulez ! Je vais suivre encore un moment la file et dès que je pourrai, je couperai. » Quand passaient des inconnus, elle laissait cependant autour de ses lèvres un sourire oisif, comme tourné vers l'attente ou le souvenir d'un ami et qui faisait dire : « Comme elle est belle ! » Et pour certains hommes seulement elle avait un sourire aigre, contraint, timide et froid et qui signifiait : « Oui, rosse, je sais que vous avez une langue de vipère, que vous ne pouvez pas vous tenir de parler ! Est-ce que je m'occupe de vous, moi ! » Coquelin passait en discourant au milieu d'amis qui l'écoutaient et faisait avec la main à des personnes en voiture, un large bonjour de théâtre. Mais je ne pensais qu'à Mme Swann et je faisais semblant de ne pas l'avoir vue, car je savais qu'arrivée à la hauteur du Tir aux pigeons elle dirait à son cocher de couper la file et de l'arrêter pour qu'elle pût descendre l'allée à pied. Et les jours où je me sentais le courage de passer à côté d'elle, j'entraînais Françoise dans cette direction. A un moment en effet, c'est dans l'allée des piétons, marchant vers nous que j'apercevais Mme Swann laissant s'étaler derrière elle la longue traîne de sa robe mauve, vêtue, comme le peuple imagine les reines, d'étoffes et de riches atours que les autres femmes ne portaient pas, abaissant parfois son regard sur le manche de son ombrelle, faisant peu attention aux personnes qui passaient, comme si sa grande affaire et son but avaient été de prendre de l'exercice, sans penser qu'elle était vue et que toutes les têtes étaient tournées vers elle. Parfois pourtant quand elle s'était retournée pour appeler son levrier, elle jetait imperceptiblement un regard circulaire autour d'elle.

Ceux même qui ne la connaissaient pas étaient avertis par quelque chose de singulier et d'excessif, — ou peut-être par une radiation télépathique comme celles qui déchaînaient des applaudissements dans la foule ignorante aux moments où la Berma était sublime, — que ce devait être quelque personne connue. Ils se demandaient : « Qui est-ce ? », interrogeaient quelquefois un passant, ou se promettaient de se rappeler la toilette comme un point de repère pour des amis plus instruits qui les renseigneraient aussitôt. D'autres promeneurs, s'arrêtant à demi, disaient :

— « Vous savez qui c'est ? Mme Swann ! Cela ne vous dit rien ? Odette de Crécy ? »

— « Odette de Crécy ? Mais je me disais aussi, ces yeux tristes...

Mais savez-vous qu'elle ne doit plus être de la première jeunesse !
Je me rappelle que j'ai couché avec elle le jour de la démission de Mac-
Mahon. »

— « Je crois que vous ferez bien de ne pas le lui rappeler. Elle est
maintenant Mme Swann, la femme d'un monsieur du Jockey, ami du
prince de Galles. Elle est du reste encore superbe. »

— « Oui, mais si vous l'aviez connue à ce moment-là, ce qu'elle était
jolie ! Elle habitait un petit hôtel très étrange avec des chinoiseries. Je
me rappelle que nous étions embêtés par le bruit des crieurs de journaux, elle a fini par me faire lever. »

Sans entendre les réflexions, je percevais autour d'elle le murmure
indistinct de la célébrité. Mon cœur battait d'impatience quand je pensais qu'il allait se passer un instant encore avant que tous ces gens, au
milieu desquels je remarquais avec désolation que n'était pas un banquier mulâtre par lequel je me sentais méprisé, vissent le jeune homme
inconnu auquel ils ne prêtaient aucune attention, saluer (sans la connaître, à vrai dire, mais je m'y croyais autorisé parce que mes parents
connaissaient son mari et que j'étais le camarade de sa fille), cette
femme dont la réputation de beauté, d'inconduite et d'élégance était
universelle. Mais déjà j'étais tout près de Mme Swann, alors je lui tirais
un si grand coup de chapeau, si étendu, si prolongé, qu'elle ne pouvait
s'empêcher de sourire. Des gens riaient. Quant à elle, elle ne m'avait
jamais vu avec Gilberte, elle ne savait pas mon nom, mais j'étais pour
elle — comme un des gardes du Bois, ou le batelier ou les canards du
lac à qui elle jetait du pain — un des personnages secondaires, familiers, anonymes, aussi dénués de caractères individuels qu'un « emploi
de théâtre », de ses promenades au bois. Certains jours où je ne l'avais
pas vue allée des Acacias, il m'arrivait de la rencontrer dans l'allée de la
Reine-Marguerite où vont les femmes qui cherchent à être seules, ou à
avoir l'air de chercher à l'être ; elle ne le restait pas longtemps, bientôt
rejointe par quelque ami, souvent coiffé d'un « tube » gris, que je ne
connaissais pas et qui causait longuement avec elle, tandis que leurs
deux voitures suivaient.

Cette complexité du bois de Boulogne qui en fait un lieu factice et,
dans le sens zoologique ou mythologique du mot, un Jardin, je l'ai
retrouvée cette année comme je le traversais pour aller à Trianon, un
des premiers matins de ce mois de novembre où, à Paris, dans les maisons, la proximité et la privation du spectacle de l'automne qui s'achève

si vite sans qu'on y assiste, donnent une nostalgie, une véritable fièvre des feuilles mortes qui peut aller jusqu'à empêcher de dormir. Dans ma chambre fermée, elles s'interposaient depuis un mois, évoquées par mon désir de les voir, entre ma pensée et n'importe quel objet auquel je m'appliquais, et tourbillonnaient comme ces taches jaunes qui parfois, quoi que nous regardions, dansent devant nos yeux. Et ce matin-là, n'entendant plus la pluie tomber comme les jours précédents, voyant le beau temps sourire aux coins des rideaux fermés comme aux coins d'une bouche close qui laisse échapper le secret de son bonheur, j'avais senti que ces feuilles jaunes, je pourrais les regarder traversées par la lumière, dans leur suprême beauté ; et ne pouvant pas davantage me tenir d'aller voir des arbres qu'autrefois, quand le vent soufflait trop fort dans ma cheminée, de partir pour le bord de la mer, j'étais sorti pour aller à Trianon, en passant par le bois de Boulogne. C'était l'heure et c'était la saison où le Bois semble peut-être le plus multiple, non seulement parce qu'il est plus subdivisé, mais encore parce qu'il l'est autrement. Même dans les parties découvertes où l'on embrasse un grand espace, çà et là, en face des sombres masses lointaines des arbres qui n'avaient pas de feuilles ou qui avaient encore leurs feuilles de l'été, un double rang de marronniers orangés semblait, comme dans un tableau à peine commencé, avoir seul encore été peint par le décorateur qui n'aurait pas mis de couleur sur le reste, et tendait son allée en pleine lumière pour la promenade épisodique de personnages qui ne seraient ajoutés que plus tard.

Plus loin, là où toutes leurs feuilles vertes couvraient les arbres, un seul, petit trapu, étêté et têtu, secouait au vent une vilaine chevelure rouge. Ailleurs encore c'était le premier éveil de ce mois de mai des feuilles, et celles d'un empelopsis merveilleux et souriant comme une épine rose de l'hiver, depuis le matin même étaient tout en fleur. Et le Bois avait l'aspect provisoire et factice d'une pépinière ou d'un parc, où soit dans un intérêt botanique, soit pour la préparation d'une fête, on vient d'installer, au milieu des arbres de sorte commune qui n'ont pas encore été déplantés, deux ou trois espèces précieuses aux feuillages fantastiques et qui semblent autour d'eux réserver du vide, donner de l'air, faire de la clarté. Ainsi c'était la saison où le Bois de Boulogne trahit le plus d'essences diverses et juxtapose le plus de parties distinctes en un assemblage composite. Et c'était aussi l'heure. Dans les endroits où les arbres gardaient encore leurs feuilles, ils semblaient subir une altération de leur matière à partir du point où ils étaient touchés par la

lumière du soleil, presque horizontale le matin comme elle le redevien-
drait quelques heures plus tard au moment où dans le crépuscule commençant, elle s'allume comme une lampe, projette à distance sur le
feuillage un reflet artificiel et chaud, et fait flamber les suprêmes
feuilles d'un arbre qui reste le candélabre incombustible et terne de son
faîte incendié. Ici, elle épaississait comme des briques, et, comme une
jaune maçonnerie persane à dessins bleus, cimentait grossièrement,
contre le ciel les feuilles des marronniers, là au contraire les détachait
de lui vers qui elles crispaient leurs doigts d'or. A mi-hauteur d'un
arbre habillé de vigne vierge, elle greffait et faisait épanouir, impossible
à discerner nettement dans l'éblouissement, un immense bouquet
comme de fleurs rouges, peut-être une variété d'œillet. Les différentes
parties du Bois, mieux confondues l'été dans l'épaisseur et la monotonie des verdures se trouvaient dégagées. Des espaces plus éclaircis
laissaient voir l'entrée de presque toutes, ou bien un feuillage somptueux
la désignait comme une oriflamme. On distinguait, comme sur une
carte en couleur, Armenonville, le Pré Catelan, Madrid, le Champ de
courses, les bords du Lac. Par moments apparaissait quelque construc-
tion inutile, une fausse grotte, un moulin à qui les arbres en s'écartant
faisaient place ou qu'une pelouse portait en avant sur sa moelleuse plate-
forme. On sentait que le Bois n'était pas qu'un bois, qu'il répondait
à une destination étrangère à la vie de ses arbres, l'exaltation que j'éprouvais n'était pas causée que par l'admiration de l'automne, mais par un
désir. Grande source d'une joie que l'âme ressent d'abord sans en reconnaître la cause, sans comprendre que rien au dehors ne la motive. Ainsi
regardais-je les arbres avec une tendresse insatisfaite qui les dépassait
et se portait à mon insu vers ce chef-d'œuvre des belles promeneuses
qu'ils enferment chaque jour pendant quelques heures. J'allais vers
l'allée des Acacias. Je traversais des futaies où la lumière du matin qui
leur imposait des divisions nouvelles, émondait les arbres, mariait
ensemble les tiges diverses et composait des bouquets. Elle attirait adroitement à elle deux arbres; s'aidant du ciseau puissant du rayon et de
l'ombre, elle retranchait à chacun une moitié de son tronc et de ses
branches, et, tressant ensemble les deux moitiés qui restaient, en faisait soit un seul pilier d'ombre, que délimitait l'ensoleillement d'alentour, soit un seul fantôme de clarté dont un réseau d'ombre noire cer-
nait le factice et tremblant contour. Quand un rayon de soleil dorait
les plus hautes branches, elles semblaient, trempées d'une humidité
étincelante, émerger seules de l'atmosphère liquide et couleur d'éme-

raude où la futaie tout entière était plongée comme sous la mer. Car les arbres continuaient à vivre de leur vie propre et quand ils n'avaient plus de feuilles, elle brillait mieux sur le fourreau de velours vert qui enveloppait leurs troncs ou dans l'émail blanc des sphères de gui qui étaient semées au faîte des peupliers, rondes comme le soleil et la lune dans la Création de Michel-Ange. Mais forcés depuis tant d'années par une sorte de greffe à vivre en commun avec la femme, ils m'évoquaient la dryade, la belle mondaine rapide et colorée qu'au passage ils couvrent de leurs branches et obligent à ressentir comme eux la puissance de la saison ; ils me rappelaient le temps heureux de ma croyante jeunesse, quand je venais avidement aux lieux où des chefs-d'œuvre d'élégance féminine se réaliseraient pour quelques instants entre les feuillages inconscients et complices. Mais la beauté que faisaient désirer les sapins et les acacias du bois de Boulogne, plus troublants en cela que les marronniers et les lilas de Trianon que j'allais voir, n'était pas fixée en dehors de moi dans les souvenirs d'une époque historique, dans des œuvres d'art, dans un petit temple à l'amour au pied duquel s'amoncellent les feuilles palmées d'or. Je rejoignis les bords du Lac, j'allai jusqu'au Tir aux pigeons. L'idée de perfection que je portais en moi, je l'avais prêtée alors à la hauteur d'une victoire, à la maigreur de ces chevaux furieux et légers comme des guêpes, les yeux injectés de sang comme les cruels chevaux de Diomède, et que maintenant, pris d'un désir de revoir ce que j'avais aimé, aussi ardent que celui qui me poussait bien des années auparavant dans ces mêmes chemins, je voulais avoir de nouveau sous les yeux au moment où l'énorme cocher de Mme Swann, surveillé par un petit groom gros comme le poing et aussi enfantin que saint Georges, essayait de maîtriser leurs ailes d'acier qui se débattaient effarouchées et palpitantes. Hélas ! il n'y avait plus que des automobiles conduites par des mécaniciens moustachus qu'accompagnaient de grands valets de pied. Je voulais tenir sous les yeux de mon corps pour savoir s'ils étaient aussi charmants que les voyaient les yeux de ma mémoire, de petits chapeaux de femmes si bas qu'ils semblaient une simple couronne. Tous maintenant étaient immenses, couverts de fruits et de fleurs et d'oiseaux variés. Au lieu des belles robes dans lesquelles Mme Swann avait l'air d'une reine, des tuniques gréco-saxonnes relevaient avec les plis des Tanagra, et quelquefois dans le style du Directoire, des chiffons liberty semés de fleurs comme un papier peint. Sur la tête des messieurs qui auraient pu se promener avec Mme Swann dans l'allée de la Reine-Marguerite, je ne trouvais pas le chapeau gris d'autrefois, ni même un autre. Ils sortaient nu-tête. Et toutes ces parties nouvelles du spectacle, je n'avais plus de croyance à y introduire pour leur donner la consistance, l'unité, l'existence ; elles passaient éparses devant moi, au hasard, sans vérité, ne contenant en elles aucune beauté que mes yeux eussent pu essayer comme autrefois de composer. C'était des femmes quelconques, en l'élégance desquelles je n'avais aucune foi et dont les toilettes me semblaient sans importance. Mais quand disparaît une croyance, il lui survit — et de plus en plus vivace pour masquer le manque de la puissance que nous avons perdue de donner de la réalité à des choses nouvelles — un attachement fétichiste aux anciennes qu'elle avait animée, comme si c'était en elle et non en nous que le divin résidait et si notre incrédulité actuelle avait une cause contingente, la mort des Dieux.

Quelle horreur ! me disais-je : peut-on trouver ces automobiles élégantes comme étaient les anciens attelages ? je suis sans doute déjà trop vieux — mais je ne suis pas fait pour un monde où les femmes s'entravent dans des robes qui ne sont pas même en étoffe. A quoi bon venir sous ces arbres, si rien n'est plus de ce qui s'assemblait sous ces délicats feuillages rougissants, si la vulgarité et la folie ont remplacé ce qu'ils encadraient d'exquis. Quelle horreur ! Ma consolation c'est de penser aux femmes que j'ai connues, aujourd'hui qu'il n'y a plus d'élégance. Mais comment des gens qui contemplent ces horribles créatures sous leurs chapeaux couverts d'une volière ou d'un potager, pourraient-ils même sentir ce qu'il y avait de charmant à voir Mme Swann coiffée d'une simple capote mauve ou d'un petit chapeau que dépassait une seule fleur d'iris toute droite. Aurais-je même pu leur faire comprendre l'émotion que j'éprouvais par les matins d'hiver à rencontrer Mme Swan à pied, en paletot de loutre, coiffée d'un simple béret que dépassaient deux couteaux de plumes de perdrix, mais autour de laquelle la tiédeur factice de son appartement était évoquée, rien que par le bouquet de violettes qui s'écrasait à son corsage et dont le fleurissement vivant et bleu en face du ciel gris, de l'air glacé, des arbres aux branches nues, avait le même charme de ne prendre la saison et le temps que comme un cadre, et de vivre dans une atmosphère humaine, dans l'atmosphère de cette femme, qu'avaient dans les vases et les jardinières de son salon, près du feu allumé, devant le canapé de soie, les fleurs qui regardaient par la fenêtre close la neige tomber ? D'ailleurs il ne m'eût pas suffi que les toilettes fussent les mêmes qu'en ces années-là. A cause de la solidarité qu'ont entre elles les différentes parties d'un souvenir et que notre mémoire maintient équilibrées dans un assemblage où il ne nous est pas permis de rien distraire, ni refuser, j'aurais voulu pouvoir aller finir la journée chez une de ces femmes, devant une tasse de thé, dans un appartement aux murs peints de couleurs sombres, comme était encore celui de Mme Swann (l'année d'après celle où se termine la première partie de ce récit) et où luiraient les feux orangés, la rouge combustion, la flamme rose et blanche des chrysanthèmes dans le crépuscule de novembre pendant des instants pareils à ceux où (comme on le verra plus tard) je n'avais pas su découvrir les plaisirs que je désirais. Mais maintenant, même ne me conduisant à rien, ces instants me semblaient avoir eu eux-mêmes assez de charme. Je voudrais les retrouver tels que je me les rappelais. Hélas ! il n'y avait plus que des appartements Louis XVI tout blancs, émaillés d'hortensias bleus. D'ailleurs, on ne revenait plus à Paris que très tard. Mme Swann m'eût répondu d'un château qu'elle ne rentrerait qu'en février, bien après le temps des chrysanthèmes, si je lui avais demandé de reconstituer pour moi les éléments de ce souvenir que je sentais attaché à une année lointaine, à un millésime vers lequel il ne m'était pas permis de remonter, les éléments de ce désir devenu lui-même inaccessible comme le plaisir qu'il avait jadis vainement poursuivi. Et il m'eût fallu aussi que ce fussent les mêmes femmes, celles dont la toilette m'intéressait parce que, au temps où je croyais encore, mon imagination les avait individualisées et les avait pourvues d'une légende. Hélas ! dans l'avenue des Acacias — l'allée des Myrtes — j'en revis quelques-unes, vieilles, et qui n'étaient plus que les ombres terribles de ce qu'elles avaient été, errant, cherchant désespérément on ne sait quoi dans les bosquets virgiliens. Elles avaient fui depuis longtemps que j'étais encore à interroger vainement les chemins désertés. Le soleil s'était caché. La nature recommençait à régner sur le Bois d'où s'était envolée l'idée qu'il était le Jardin élyséen de la Femme ; au-dessus du moulin factice le vrai ciel était gris ; le vent ridait le Grand Lac de petites vaguelettes, comme un lac ; de gros oiseaux parcouraient rapidement le Bois, comme un bois, et poussant des cris aigus se posaient l'un après l'autre sur les grands chênes qui sous leur couronne druidique et avec une majesté dodonéenne semblaient proclamer le vide inhumain de la forêt désaffectée, et m'aidaient à mieux comprendre la contradiction que c'est de chercher dans la réalité les tableaux de la mémoire, auxquels manquerait toujours le charme qui leur vient de la mémoire même et de n'être pas perçus par les sens. La réalité que j'avais connue n'existait plus. Il suffisait que Mme Swann n'arrivât pas toute pareille au même moment, pour que l'Avenue fût autre. Les lieux que nous avons connus n'appartiennent pas qu'au monde de l'espace où nous les situons pour plus de facilité. Ils n'étaient qu'une mince tranche au milieu d'impressions contiguës qui formaient notre vie d'alors ; le souvenir d'une certaine image n'est que le regret d'un certain instant ; et les maisons, les routes, les avenues, sont fugitives, hélas, comme les années.

ÉDITIONS DE LA NOUVELLE REVUE FRANÇAISE

LIBRAIRIE GALLIMARD. Société anonyme au capital de 850.000 francs

35 & 37, RUE MADAME, PARIS (VIᵉ) — TÉLÉPH. : FLEURUS 12-27

CATALOGUE GÉNÉRAL 2054

POÉSIE - ROMAN - THÉATRE - LITTÉRATURE - TRADUCTION

LES PRIX SONT INDIQUÉS NETS SANS MAJORATION

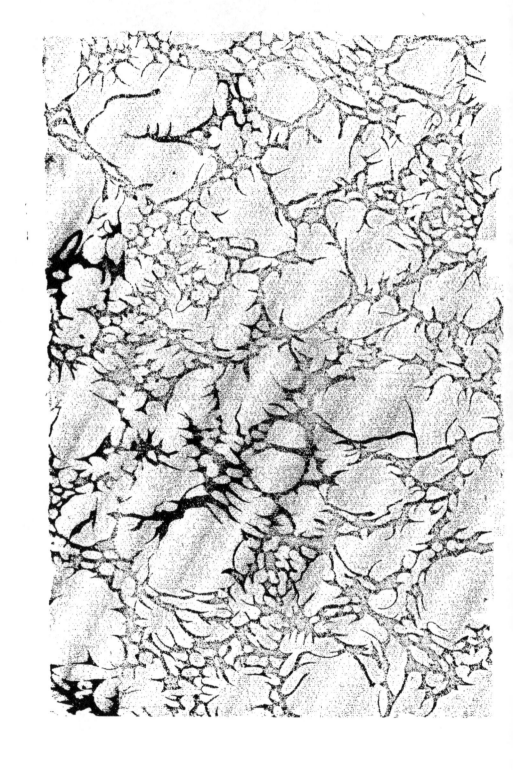

PLEASE DO NOT REMOVE
CARDS OR SLIPS FROM THIS POCKET

UNIVERSITY OF TORONTO LIBRARY

CPSIA information can be obtained
at www.ICGtesting.com
Printed in the USA
BVHW07s2158250618
519781BV00008B/179/P